KB183916

보리누름
축제

박인목 수필집

청어

보리누름 축제

박인목 수필집

보리누름 축제

박인목 수필집

책을 내면서
―축제, 아직 끝나지 않았다

살아오는 동안 수많은 축제를 경험하면서도 정작 축제인 줄을 모르고 지내왔다. 이제야 생각하니 음악과 춤, 술과 떡이 있어야만 축제인 것은 아닐 것이었다. 함께 웃고 함께 눈물짓고 함께 안타까워하면서 서로를 보듬어주는 순간이었다면 그것만으로도 축제가 아닐까 한다.

유년 시절 보리누름에 도리깨질로 비지땀 흘리던 순간이 내게는 축제의 시작이었다. 그로부터 수월찮은 세월이 흘렀다. 한때는 일만 하다가 좋은 것들을 놓쳤다며 아쉬워도 했지만, 왜 그토록 열심히 일을 했는가는 진지하게 곱씹어 본 적이 없었다. 일이 주는 보람과 만족, 기쁨과 성취가 있었기에 일에 몰두하였을 터인데도 말이다. 그런 보람을 한정 없이 누렸으니 나는 얼마나 행운아였던가.

오늘도 강남역 근처 작업실로 나는 출근한다. 빌딩 숲 사이로 맑고 푸른 하늘을 바라보면서 커피 한잔을 앞에 놓고 글 한 편을 쓴다. 지인과 메일로 사연을 주고받고, 찾아온 친구와 맛있는 점심 식사도 즐긴다. 퇴근 무렵이면 '오늘 하루 즐겁게 지냈구나'라는 뿌듯함에 젖는다. 나에게 축제는 아직도 진행형이다.

축제는 또 있다. 올해는 결혼 45주년, 소중한 반려자 주선애 권사에게 고맙다는 말과 함께 이 책을 드린다. 사랑하는 두 딸과 사위, 손녀 모두 축제의 주인공들이다. 하루하루가 즐겁고 행복한 축제의 연속이기를 기도한다.

바쁘신 중에도 찬평을 아끼지 않은 홍정화 평론가님께 깊이 감사드린다. 도서출판 청어 이영철 대표와 관계자에게도 고맙다는 말을 전하고 싶다. 이 책을 읽는 분들도 아름다운 축제가 늘 함께했으면 하는 바람이다.

2024년 12월
함박눈이 쏟아지는 창가에서

박인묵

3부   학처럼 살다간 친구

4부 보리누름 축제

5부 싱가포르의 코엘 칼링

6부   100살까지 산다면

1부

택시 위로 점프한 골키퍼

인도로 갑자기 달려드는 택시를 맞닥뜨리는 순간, 반사적으로 보닛 위로 몸을 솟구쳤다. 시속 40킬로로 달려오는 차를 향해 용감하게 뛰어올랐으니, 우승 골키퍼의 실력을 제대로 발휘한 셈이었다. 조사 나온 경찰관은 '기적'이라며 입을 다물지 못했다. 역시 갈고닦은 연습 덕택이었으리라.

—「택시 위로 점프한 골키퍼」 중에서

택시 위로 점프한 골키퍼

솔직히 카타르로 출국 때만 해도 크게 기대하지 않았었다. 세계무대가 그리 호락호락하지 않다는 것을 잘 아니까. 그래도 혹시나 하는 기대감에 밤잠을 설치며 TV 앞에 앉았는데, 이게 웬일인가 싶다. 우리 선수들이 기대 이상이었다. 더군다나 조별 리그 마지막 상대인 포르투갈은 쉬운 상대가 아니었다. 세계적 인 축구 전문가들이 우리 팀의 승리 가능성을 10%도 안 된다 는 것만 봐도 그랬다. 그러나 예상을 통쾌하게 뒤엎었다. 초반 실점까지 한 상태여서 패색이 더욱 짙었지만, 만회 골로 희망의 불씨를 살려냈다. 후반 추가시간에 손흥민 선수의 절묘한 패스 를 받은 황희찬 선수가 결승 골을 터트리는 순간, 우리 집 거 실에는 한바탕 폭풍이 일었다.

나도 축구선수가 될 뻔한 적이 있었다. 중학교 일학년이던 어느 날, 삼학년 축구부 선배들이 우리 교실에 들이닥쳤다. 그 들은 뒷자리 한 줄을 모두 일으켜 세웠다. 요모조모 살피더니 나를 지목하면서 앞으로 나오라고 하였다. 키가 좀 큰 것 말고는 축구장에서 별로 쓸모가 없을 나를 무슨 안목으로 찍었는지 참 알다가도 모를 일이었다.

내가 축구선수가 된다? 우선 두려웠다. 축구부 선배들은 하나같이 얼굴도 험상궂고, 기합이 엄청 세기로 진작 소문나 있었다. 그들은 담배를 피우는 것은 보통이고, 교칙을 어겨 정학 처분을 받은 이들도 여럿 있어서 도저히 함께 어울릴 수 없는 깡패집단이나 마찬가지였다. 샌님 중에 왕 샌님인 내가 절대로 가서는 안 될 곳이었다. 그렇지만 하늘 같은 선배의 말을 어떻게 거역하랴. 그들의 우격다짐에 어쩔 수 없이 그날 오후 축구장으로 갔다. 그들은 나를 골키퍼 요원으로 테스트를 받도록 했다. 축구부장 선배에게 사정을 해보았다.

"저는 축구 잘 못하는데요?"

"이 짜식, 어디서 엄살이야!"

말이 통하지 않았다. 선생님에게 사정해도 될 일이 아닌 듯싶었다.

"인마, 골대 앞에 서서 공 받아 내봐!"

"…"

암담했다. 그렇다면 방법은 딱 하나밖에 없을 터…. 선배는 골문 앞에 나를 세우고 페널티 지점에 공을 놓더니 사정없이 슛을 해왔다. 진작부터 마음에 없었던 역할인데, 공이 사정없이 날아와 내 얼굴을 강타했고, 별수 없이 나는 뒤로 나자빠졌다. 그 선배는 아랑곳없이 나를 채근하며 열 번도 더 슛을 했다. 그는 엉겁결에 취하는 내 순발력을 몰래 살피는 것 같았다. 그렇다면 나도 머리를 굴릴 수밖에. '점프 실력도 없고 날아오는 공의 방향도 가늠하지 못하는, 골키퍼 싹수라고는 눈곱만큼도 없어야 하겠지.' 차라리 그 자리에 짚단을 세워놓는 것이 나을지도 모를 정도로 선배에게는 보였으리라. 악을 쓰던 선배도 단념하는 듯하였다. 그래도 윽박지르는 것은 잊지 않았다.

"너 인마 엄살 다 아는데, 일단 가 있어!"

나는 올가미에서 가까스로 풀려나게 되었다.

비록 선수의 길로 발을 들여놓지 않았지만, 젊은 시절의 축구에 대한 추억들은 많다. 첫 직장, C 세무서에 입사한 지 한 달쯤 되었을 때였다. 체육의 날 행사로 인근 학교 운동장을 빌려서 직장 내 축구시합이 열렸다. 아래 위층으로 편을 나누었고, 위층 팀에는 서장님도 골키퍼로 함께 뛰었다. 그동안 번번이 지기만 했던 우리 아래층 팀은 그날 위층 팀의 코를 납작하게 만들어 주었고, 그 중심엔 그날 MVP(최우수선수)를 차지했던 내가 있었다. 그날의 나는 요즘으로 치면 손흥민급이었다. 나는 뭇 여직원들의 인기를 독차지하고도 남았다.

하지만 그날 나는 큰일을 저지르고 만다. 내가 세 번째 골을 넣기 위해 상대편 문 앞까지 내달려 골키퍼와 일대일로 맞닥뜨리게 되었다. 이런 상황에는 골키퍼를 의식하지 말고 내

질러야 한다. 나는 있는 힘을 다해 강슛을 날렸다. 공은 골키퍼―하늘 같은 서장님―의 얼굴을 강타하고 말았다. 서장님은 코피가 얼굴에 낭자한 채 뒤로 나둥그러졌다. 신참 직원이 겁도 없다고 동료들이 수군거렸다.

내가 골키퍼로 뛴 적도 물론 있었다. 부산에서 근무할 때였는데, 고등학교 동문 축구대회에서였다. 동창회 주관으로 매년 개최되는 대회에서 우리 기수는 우승을 노렸고, 골키퍼로 내가 발탁되었다. 농구선수 출신도 있었는데, 왜 내가 차출됐는지 모를 일이었지만. 뭐든지 내키면 최선을 다하는 성격대로, 나는 한 달 전부터 인근 초등학교에서 짬짬이 골키퍼 연습을 했다. 당일 시합이 승부차기로 결정될 소지가 컸기에, 골키퍼 역할이 우승의 관건이라는 예상을 하면서.

연습이라야 점프와 좌우로 순발력 있게 몸을 날려서 공을 막아내는 동작들을 해보는 정도였다. 연습을 통해 날아오는 공을 받아내는 요령은 꽤 향상되었을 터였다. 대망의 시합 날, 예선부터 준결승까지 승리를 이어갔고 드디어 결승! 승부차기에서 극적으로 이겨 우승컵을 거머쥐었다.

그날, 나는 거미손이라 불리며 골문에서 펄펄 날았다. 그러나 호사다마라 했던가. 우승컵으로 동기들과 축배를 나눈 뒤 집으로 가는 길에 교통사고를 당하고 만다. 택시를 기다리는 중에 인도로 갑자기 달려드는 차를 맞닥뜨리는 순간, 반사적으로 보닛 위로 몸을 솟구쳤다. 시속 40Km로 달려오는 차를 향해 용감하게 뛰어올랐으니, 우승 골키퍼의 실력을 제대로 발휘한 셈이었다. 다음날 병원에서 아침을 맞았으나, 걷는 데도 지장이 없을 정도로 살만했다. 조사 나온 경찰관은 '기적'이라며 입을 다물지 못했다. 역시 갈고닦은 연습 덕택이었으리라.

서울로 직장을 옮긴 뒤에도 직장 동료들과 축구로 자주 어울렸다. 서울국세청에 근무할 때였다. 등촌동에 있는 모 회사 잔디 구장을 빌려 과(課) 대항 시합을 했다. 친목 도모가 목적이지만 제대로 하자며 심판은 다른 과 직원을 초빙해서 편파판정이 없도록 했고…. 시합의 열기가 최고조에 이르렀을 때 상대편 응원 관중이 갑자기 심판에게 무언가 항의를 해왔다. 우리편 선수가 한 명 더 많다는 것이었다. 심판은 시합을 즉시 중단시키고 선수 숫자를 세었는데, 우리 편 선수가 열두 명이었다. 그런데 놀랍게도 상대편 선수는 열셋이 아닌가. 그날 뒤풀이 자리에서 생맥주잔을 주고받으며 그 이야기로 웃고 또 웃었던 기억이 난다.

카타르에서 선전한 선수들이 돌아왔다. 비록 16강전에서 강팀 브라질을 만나 아깝게 지기는 했어도 금의환향이다. 그들은 '중요한 것은 꺾이지 않는 마음'이라는 현수막을 들고 있었다. 그 어떤 역경에도 가장 중요한 것은 꺾이지 않는 마음이라는 긍정적인 정신, 얼마나 멋있고 든든한가. 공항 환영 행사에서 그들은 팬들로부터 뜨거운 환영을 받았다. 우리 모두에게 희망과 용기를 듬뿍 선사한 그들에겐 당연한 보상이었다. 잘 생기고 늠름한 선수들이 자랑스럽고 부럽다. 오늘따라 축구선수 기회를 마다했던 지난날 내 소심함에 슬그머니 화가 난다.

한 잔 더

'한 잔 더'는 술을 좋아하는 이들이 반가워하는 말이 아닐까 싶다. 오랜만에 만난 친구와 밥만 먹고 헤어질 때나, 직장 동료들과 저녁 회식을 끝내고 헤어질 때 '한 잔 더'의 기회가 주어진다면 그날의 분위기는 확 달라진다. 거래처 손님과 맨송맨송한 저녁 식사만으로는 원하는 것을 기대하기가 애매했다면, '한 잔 더'는 의외의 반향을 불러올 수도 있을 것이다. '2차'라거나 '입가심'이라는 말도 있지만, 감히 '한 잔 더'라는 격조와 친근감을 따라오지는 못하리라. 더군다나 '한 잔 더'의 장소까지 가격 저렴하면서 넉살 좋은 주모라도 기다리는 곳이라면 금상첨화가 아닐 수 없다.

얼마 전 고교동창들이 오랜만에 함께 저녁 모임을 가진 적이 있었다. 코로나 때문에 못 만났던 것을 보상이라도 받으려는 듯 많이들 모였다. 그런데 저녁 식사가 끝났지만 곧장 집으로 향하는 친구는 없었다. 그냥 헤어지기가 왠지 섭섭한 것이다. 시간도 일곱 시밖에 안 됐으니 그런 것이리라. 때맞춰 한 친구가 한턱내겠노라고 '한 잔 더'를 호기롭게 선언하였고, 다들 기다렸다는 듯이 '한 잔 더' 할 장소를 찾아 일어섰다. 하지만 몇 바퀴 주변을 돌아도 마땅한 '금상첨화'는 찾을 수 없다. "압구정동에서 그런 집을 찾다니, 우리가 잘못됐지."라고 결론 짓고 삼삼오오 헤어지고 말았다. 그래도 열혈 친구 대여섯은 커피 파는 집으로 들어선다. 야밤의 커피에 잠을 설치는 노틀 들이면서 꿩 대신 닭이라는 기분으로….

사발 만 한 커피잔을 앞에 놓고 앉으니 세월의 무게와 함께 '한 잔'의 추억이 새록새록 피어오른다. 40대 중반쯤, 국세청 법인세과에 근무할 때였다. 기획 부서라 일이 많았지만, 승진을 앞두고 몸을 돌보지 않고 일했다. 일선 관서에 내려보낼 업무 지침도 만들어야 했고, 국회 개원을 앞두고 답변 자료도 만들어야 했다. 처리 기한에 쫓기는 민원업무는 왜 그리도 많았던지…. 매일 야근을 하지 않을 수 없었던 형편이었다. 컴퓨터 두드리는 소리만 요란한데 저녁 10시쯤 되어, 누군가가 "오늘은 좀 일찍들 갑시다."라고 말한다. '그래, 오늘만 날인가?'라며 다들 자리에서 일어선다. 10시가 '일찍'이라니 웃기는 개그였지만, 자정은 안 넘겼으니 틀린 말은 아닐 것이었다.

사무실을 나서면 갑자기 후덥지근하다. 목도 컬컬하다. 누군가 한마디. "한잔해야지!" 반대하는 사람은 있을 수 없다. 사무실 앞 '원적외선 맥줏집'에 자리를 잡고 앉는다. "어서 와유

~" 주인아줌마의 충청도 사투리에 정이 듬뿍 서렸다. 500cc 한 잔씩을 논스톱으로 목구멍에 쏟아붓는다. 원적외선에 구운 치킨이 안주로 나오는데, 안주가 어중간하게 남으면 500cc는 추가된다. 손님은 우리밖에 없다. 상사 험담을 맘 놓고 토해내는 손님을 보면서, 충청도 아줌마는 빙그레 웃기만 한다.

다음 순서는 집으로 직행하였을까. 천만의 말씀이다. 일단 같은 방향의 사람들끼리 택시를 탄다. 성수동 사는 C 씨, 잠실 사는 나 그리고 대치동 사는 S 씨 이렇게 셋이다. 차에 오른 뒤, C 씨의 끈질긴 '한 잔 더' 유혹을 두 사람은 뿌리치지 못한다. 우리는 성수동에 있던 '백색궁전'으로 납신다. 이름은 궁전이지만 명칭에 비해 훨씬 서민적인 행랑채 수준이다. 그래도 '공주'가 기다리고 있다. C 씨의 호기, "그거 있지요?"라고 눈짓을 보내면 공주는 알았다는 대답과 함께 소주에 양주를 탄 것 같은 칵테일 한 잔씩을 내놓는다. 맥주보다 훨씬 도수가 높다. 아직도 강을 못 건넌 우리는 사뭇 긴장할 수밖에 없다.

C 씨는 여차하면 우리를 더 곤란하게 만들기도 한다. 그의 집으로 우리를 끌고 가기 때문이다. 이제는 '한 잔 더' 아닌 '한 잔 만 더!'가 된다. 한밤중이 다된 시각에 그는 호기롭게 우리를 모셔(?)가서 자는 사람을 깨운다. 그 집 안주인은 초인종 소리에 눈을 비비고 문을 열었다가 남편이 모셔온 눈 게슴츠레한 손님들을 보고 혼비백산한다. 붙잡혀 온 손님들은 후회막급 되

돌아 나오려 하지만, C 씨가 그냥 있을 리가 없다. "와카요?"라며 소매를 확 끌어당긴다. 우리는 안주인님이 정성스레 만들어 내 온 안주에 '한 잔만 더'를 한다. 자정을 넘길 수는 없다. 우리는 '계란말이 최고!'라는 칭찬으로 무례를 슬쩍 감추면서 두 번째 백색궁전을 나선다.

이제 한강 도강을 앞두고 S와 둘만 남았다. 일반택시는 잡기가 힘든 시각이다. 모범택시를 가까스로 잡고 잠실대교를 건넌다. 다리 위를 달리다가 달빛 교교히 흐르는 한강 물결이 문득 보고 싶어진다. 기사 양반에게 양해를 구하니 다행히 오케이다. 우리는 차에서 내려 난간 아래 강물을 오염시킨다. 500cc 두어 개쯤을 십수 미터 아래로 버릴 때의 기분을 아는 사람은 다 안다.

여기가 끝이 아니다. 우리 집 앞에 이르러 S 씨에게 내가 묻는다. "한 잔만 더"에서 "딱 한 잔 더" 단계로 바꾸어서. 굳이 사족을 붙인다면 그를 혼자 보내기가 좀 그래서다. '딱'이란 수식어가 붙어야 설득력이 있다. '딱 한 잔만 더!'라는 최후의 한 마디가 남아 있지만, 그 단계에 이르기 전에 S 씨는 늘 흔쾌하다. '울산집'이란 두어 평짜리 라면집—우리 집 앞 큰길가에 있었다—에 들러서 다리 건너오면서 비운 뱃속에 '딱 한 잔'을 보충한다. 이때부터는 형과 동생으로 서로의 호칭이 바뀐다. 그리고는 '내일'을 핑계로 우리는 헤어진다. S는 택시를 타고, 나는 걸어서 집으로…. 길고 장엄한 하루 여정이 그 막을 내리는 순간이다.

그렇게 '한 잔' 순례로 가까웠던 분들과 지금도 자주 만난다. 다들 승진을 거듭해서 공직을 훌륭하게 마무리하였다. S씨는 정년퇴직 후 우리 법인의 또 다른 지점대표로 함께 일하고 있다. 동업자, 직장 동료·선후배로서 한 달에 한 번쯤은 골프도 치고, 여행도 함께 하면서 지낸다. 가끔은 '딱 한 잔 더' 하던 그때를 회상하며 웃곤 한다. 그렇게 늦게 귀가하면서도, 다음날 출근에는 한 치의 실수도 없었다고 자부한다. 혹시 국록을 축냈다고 누가 시비라도 걸어온다면 정말로 서운할 일이다. 매번 집사람에겐 '술 마시고 늦는 사람'으로 오해받기도 하였지만, 할 일은 다하고 다닌 셈이다. 다만 가족들과의 시간을 갖지 못했던 큰 죄는 두고두고 반성할 일이다.

이제 그 옛날 같은 호프집, 라면집도 찾기가 쉽지 않다. 조선시대 주막집을 지금 찾는 것과 무엇이 다르랴. 기력이 쇠잔하여 '한 잔 더'할 형편도 안 될 지경에 이르면 오늘처럼 커피집에서라도 향수를 달래야 하겠지. 소중한 인연들이 켜켜이 쌓인 한잔의 추억들이 오늘따라 그리워진다.

단골 바꾸기

한 달에 한 번꼴로 그 이발소에 간다. 강남역 근처 큼직한 예식장 건물 안에 있는 이발소다. 세무사 일을 시작하던 해, 같은 건물에서 일하던 후배의 소개로 드나들기 시작하였다. 햇수로 십오 년이 지났으니, 이제는 단골이라 해도 되지 않을까 싶다. 건물 지하의 목욕탕 한쪽 구석에 대여섯 평 남짓한 공간에서 이발사 두 사람이 함께 일한다. 그들은 여기서만 삼십 년 동안 손님을 맞아 왔다고 한다. 이발과 염색까지 모두 끝나면 목욕탕으로 직행할 수 있어서 나 같은 손님한테는 편리하다. 코로나가 한창일 때는 감염환자가 생기는 바람에 문을 잠깐 닫은 적도 있었는데, 덕분에 나도 보건소에 가서 검사를 받아야 했었다.

오가는 사람들이 많은 지역이라 목욕 손님들은 늘 많은 편이다. 나 같은 손님처럼 이발과 목욕 두 가지를 다 해결하러 오는 사람도 많다. 두 분 이발사 중에서 60대 후반으로 보이는 분이 내 단골이다. 딱히 단골 계약이라도 맺은 것은 아니다. 처음 갔던 날, 마침 그때 손이 비었던 이가 그랬고, 그 뒤로 갈 때마다 내 머리 손질을 맡아 오늘에 이르게 되었다. 한번 인연을 맺으면 쉽게 뿌리치지 못하는 내 성격인지라, 지금까지도 꾸준하게 드나들고 있다. 그는 충청도 양반인데 말수가 적고, 착해 보인다. 한눈에 봐도 얼굴에 그렇게 쓰여 있다.

손님을 맞는 그의 행동은 변함없다. 말없이 눈인사만 건넨 뒤, 의자를 권한다. 더운물에 덥힌 수건으로 머릿결을 진정시키고 머리를 깎기 시작한다. 앞뒤 두상과 옆머리에 따라 이발 기구도 골라서 쓴다. 염색도 약을 찬찬히 풀어서 흰 머리카락이 혹시 보일세라 꼼꼼하게 빗질한다. 그는 사십 년 전 이발 일을 광화문 쪽에서 시작하였고, 지금 이곳으로 옮겨 왔다고 하니 평생을 한길만 걸어온 전문가인 셈이다. 나는 이발 의자에 앉고서 모든 것을 그에게 맡겨버렸다. 머리 스타일을 주문하면 오히려 그를 헷갈리게 할 것 같아서였다.

그는 말수가 적은데다 표정도 무덤덤하다. 말수가 적기로는 손님인 나 또한 둘째가라면 서운할 일이다. 그의 '무덤덤'이 어느 정도인지 궁금했다. 가위질에 열심인 그와 거울 속에서 눈이 마주쳤을 때, 내가 슬쩍 물어보았다. "사장님 이발은 누가 해줍니까?" 그는 씩 웃기만 하였다. 그게 전부였다. 말 그대로 무덤덤의 고수였다. 내가 오히려 궁금해졌다. 중이 제 머리 못 깎는다는 속담도 있지 않은가. 마누라일까, 아니면 다른 이발소에 가서 하나? 엉뚱한 생각을 하고 있는데, 바닥에 떨어진 머리카락을 쓸고 있던 옆의 이발사가 대신 말했다. "제가 해드리지요."라고.

그런 해결책은 미처 짐작도 못 했었다. 서로 상대방의 머리를 깎아주는 것은 둘이 함께 일하기에 가능할 것이다. 혼자서 이발소를 운영한다면 아마도 다른 이발소로 가야 할 테니까. 무덤덤의 동료 이발사인 그는 무덤덤과는 성격이 180도로 다른 수다쟁이다. 무덤덤보다 대여섯 살 아래로 보인다. 어떤 인연으로 둘이 만났는지 알 수는 없지만, 한 공간에서 삼십여 년 세월을 함께한다는 것은 흔치 않은 일이 아닌가. 수다쟁이는 바닥에 흐트러진 머리카락 쓰는 것을 솔선한다거나, 무덤덤에게는 항상 공손한 말투로 대하는 것으로 미루어 볼 때 두 사람의 관계는 꽤 돈독한 것처럼 보인다. 그들은 단골손님 관리도 둘만의 협정이 있는 것 같다. 수다쟁이가 손님이 없어 쉬고 있으면서도 무덤덤의 앞 손님이 끝날 때까지 나를 기다리게 하는 것을 보면 그렇다. 그들은 고용 관계는 아니고 동업 방식일 테다. 수입·지출도 반반씩 나누는 동업자 관계 말이다.

나와 수다쟁이 사이에 불편한 일 하나가 있었다. 코로나가 한창일 때다. 무덤덤이 내 머리를 깎고 있는 옆 의자에서 수다쟁이도 머리를 깎고 있었다. 그가 자기 손님에게 이것저것 쓸데없는(내가 보기에는 그랬다) 말을 거는 걸 보고 한마디 한 적이 있었다. "마스크 좀 쓰고 말해요!"라고. 그가 얼른 미안해하였고, 그때부터 비로소 조용해지는 것이었다. 코로나 공포 때문에 이발사도 손님도 마스크를 쓰고 있어야 할 때였다. 손님은 가만있는데, 오히려 그가 말을 계속 거는 것을 보고 참다 못해서 그랬던 거였다. 그 일이 있고 나서부터 나를 보는 눈초리가 썩 달가운 것은 아닌 것으로 짐작하고 있었다.

서너 달 전 어느 날 이발소에 들렀다. 그날은 무덤덤이 쉬는 날이었다. 월요일은 그가 쉬는 날이라는 것을 여태 몰랐던 것이다. 간 김에 수다쟁이에게 머리를 맡기려 했더니, 헤어스타일이 맘에 안 들지도 모른다며 슬쩍 꽁무니를 빼는 척하였다. 두 사람의 단골 불문율일까, 아니면 나와의 그 악연(?) 때문일까. 나는 괜찮다고 말해 주었다. 그는 "머리숱이 참 많습니다."라면서, "숱이 많은 것은 건강하다는 겁니다." 등등 내 기분을 슬슬 맞추면서 머리를 깎기 시작한다. 수다쟁이인 그의 타고난 입담은 잠시도 쉬지 않았다. 덕분에 나는 처음으로 이발소 의자에서 졸지 않고 이발을 끝냈다. 코로나 때 거북하게 느껴졌던 그의 수다가 오늘은 하나도 거북하지 않고 재미났다. 그뿐이 아니었다. "끝났습니다."라고 그가 수건을 털며 말했을 때, 거울에 비친 내 머리 스타일은 마음에 쏙 드는 거였다. 무덤덤과는 비교가 확연할 정도로….

그동안 무덤덤이 깎아준 머리가 마음에 들지 않을 때가 많았던 게 사실이었다. 전문가로서의 그의 스타일을 존중해서 말은 자제해 왔었다. 하지만 윗머리를 짧게 쳐버리고 뒷머리를 너무 길게 두는 것이 싫었다. 한 번은 이발을 시작하기 전에 '앞머리는 조금 짧게, 윗머리는 길게' '여기는 좀 덜 치고' '여기는 좀 더 깎고…' 손으로 그 위치를 가리키며 의견을 얘기해 줘보았다. 그때 무덤덤의 대답은 "네 알겠습니다."였으나, 끝나고 나서 보면 맘에 들지 않기는 마찬가지였다.

고백컨대, 그날 이후로 몇 달 동안 일부러 월요일에 맞추어 이발소를 갔었다. 무덤덤을 피해서. 무덤덤의 이발 솜씨가 마음에 차지 않지만, 그렇다고 십오 년 단골에게 동업 관계에 있는 수다쟁이에게로 바꾸겠다고 대놓고 말할 수 없어서다. 오늘, 월요일에도 수다쟁이에게서 머리를 깎고 왔다. 언제까지 단골 눈치를 보며 이런 식의 외도를 해야 할지 고민이다.

어떤 입학식

　오월 어느 날, 구름 한 점 없이 쾌청한 날씨다. 단정하게 옷깃을 여미고 집을 나선다. 오늘은 이구고교 입학식 날이다. 학교는 경북 예천군에 있다. 입학생들은 서울을 비롯한 전국 각지에서 모인다. 서울 학생 여덟 명은 두 대의 승용차편으로 출발했다. 이구고교는 해마다 봄가을에 입학해서, 일박이일 소정의 과정을 마치고 졸업을 한다. 벌써 십수 년이 지났고, 한창때는 학생 수가 마흔 명을 넘긴 적도 있었다.

　입학식을 앞두고는 늘 가슴이 설렌다. 지난 학기에 함께 공부했던 동기생을 또 만날 수 있기 때문이다. 첫사랑 여인을 만나러 가는 기분도 이보다는 못하리라. 그동안 늙지는 않았을까. 아픈 데는 없을까. 마눌님한테 구박이나 받지는 않았을까…. 60년 전 고교 입학식 때가 아련히 떠오른다. 촌놈이 대처에 있는 명문학교에 입학하던 날이었다. 새 교복에 반짝이는 모표를 단 모자를 쓰고, 긴장하며 들어섰던 교문. 유달리 울창한 측백나무 아래 빤댓돌 촘촘히 박힌 오솔길을 걸으며, 여기가 내 꿈을 키워줄 곳이라고 맘속으로 다짐했었다.

오늘 입학생들은 그때 무학산 아래서 동문수학한 그 졸업생 중에서 우수학생만 뽑혔다. 이구학교도 열아홉 번째 학기를 맞는 동안 명문학교로 자리를 잡았다. 같은 동문 선후배들 중에도 우리 29기의 골프모임 역사와 응집력을 부러워한다. 우리 학교가 명문으로 발돋움한 데는 모임 운영 방식에서 찾을 수 있을 것이다. 일단 입학하면 졸업 때까지 다음 사항을 필수적으로 준수해야 한다. 첫째, 60년 전 쓰던 말씨를 쓸 것. 둘째, 사회에서 간직했던 호칭은 쓸 수 없고 이름이나 별명으로 불러야 한다. 셋째, 저녁 만찬 때 60년 전 고교 시절 추억담을 한 토막씩 발표한다. 넷째, 성적은 신페리오 방식으로 채점한다. 네 가지 점수를 종합해서 졸업식 때 시상을 한다.

"이구골프학교 입학 환영"이라고 골프장 입구에 큼직하게 내걸린 현수막이 눈에 들어온다. 먼저 도착한 친구들과 서로 인사를 나눈다. 골프장이 갑자기 시끌벅적해진다. "반갑데이" "오랜만이야" "고생했제?" "젊어 비인다" "똥배 쑥 들어갔네" 악수와 뜨거운 포옹…. 서울, 부산, 마산, 울산, 포항에서 모인 스무 명이다. 라커에서 마주치는 사람들이 힐끗힐끗 쳐다본다. 그들도 허연 머리 노인네들 입학식이 부러운 게지….

12시 정각에 입학식이 거행된다. 애국가는 생략하지만, 다들 목소리를 가다듬고 60년 전 교가를 부른다. 그다음은 단체구

호 차례다. 교장 친구가 "누죽걸산!" 선창하고, 학생들이 "변사
또!"라고 외쳤다. '누우면 죽고 걸으면 산다, 변치 말고 사랑하
며 또 만나자'는 뜻이다. 멋있는 구호이다. 함성은 소백산 봉우
리 끝까지 울려 퍼졌다. 이어 일박이일의 행동요령을 듣고, 단
체 촬영을 마치니 입학식은 끝났다.

이제 체육시간이다. 5개 반이 각각 게임을 시작한다. 내가
속한 반은 부산의 전○○, 마산의 안○○, 울산의 이○○ 이렇게
넷이다. 교수 출신인 전○○은 행정학 박사다. 성격이 차분하
고 섬세해서 공도 얌전하게 친다. 오늘 입학식에 맞추려고 미
국 아들네 집에 갔다가 서둘러 귀국한 열성파다. 이○○ 친구는
울산의 내로라하는 대기업 임원 출신이다. 산업 역군에다 후학
양성까지 하는 친구이다. 평소에 휘두르던 드라이브샷이 오늘
따라 자꾸 옆길로 비켜 가서 구시렁댄다. 신용금고 이사장인
안○○ 친구, 그는 언제나 야무지게 공을 치는 사나이. 흐트러
지는 경우가 잘 없다. 우리 골프학교 개근생이다.

그런데 오늘따라 나도 공이 왜 이렇게 맘먹은 대로 안 날
아갈까. 드라이브 거리가 작년보다 줄었다. 친구들도 한 번 실
수하면 변명을 늘어놓기가 바쁘다. "야, 옛날 그 실력 오데 갔
노?" 옆에서 가만있지 않는다. 울산 친구 공이 오늘따라 왼쪽
으로 자꾸 나간다. "얌마, 니 좌익이네." 친구는 속상한 데다
좌익으로까지 몰리니 화가 난다. "문디 자슥, 니는…." 웃고 떠
드는 가운데 오월 하늘은 푸르기만 하다.

다음은 저녁 식사시간, 모두들 기다리던 순서다. 체육시간에 쏟은 열정으로 목이 마르다. 우선 생맥주 한잔으로 목부터 축인다. 그리고 식사와 함께 돌아가며 각자 한마디씩 해야 한다. 점수를 따야 졸업이 되기 때문이다. 일흔을 넘겨 북한학 박사 학위를 딴 친구도 있고, 굴지의 조선사 1호 검사관에, 대학 총장, 교수 등등 열심히 살아온 친구들이다. 왕년에 한가닥씩 했다. 서로를 격려하는 박수가 쏟아진다. 무학산 아래 진짜 고교 시절 이야기는 다시 들어도 재미난다. 강남극장에 도둑영화 보러 갔던 날, 단속 나온 선생님들이 극장 안에 쫙 깔린 줄도 모르고 영화에 몰입하고 있을 때였다. 누가 발을 꽉 밟기에 고개를 돌려 보니 선도부 허현도 선생님이었다. 다른 학교 선생님들과 합동단속 중, 얼른 도망가라고 알려준 거였다. 끔찍한 제자 사랑에 감복하고는 걸음아 날 살려라 도망쳐서 정학을 면했단다. 또 한 친구 고백. 고3 때 중간고사를 치던 날이었다. 시험지를 받고 문제를 푸는 찰나, 선도부 선생님이 바리캉을 들고 교실에 들어오셨다. 머리가 길었던 그는 얼른 뒷문으로 도망쳐야 했다. 머리를 깎이는 것보다 시험을 포기한 거다. 잇기야(也) 선생님으로부터 '신체발부수지부모(身體髮膚受之父母)'라 배웠으니까.

우리의 옛이야기는 끝이 없다. 이미 저세상으로 가신 은사님들은 물론, 이 자리에 없는 친구들까지 소환한다. 건배, 또 건배를 하는 동안 막걸리와 맥주가 동이 났다. 교장 친구가 일과 종료를 선언하였고, 아쉽지만 숙소로 이동한다. 얼마 안 있어 소백산 자락에는 드르릉드르릉 코 고는 소리가 울려 퍼진다.

언젠가 BBC-TV에서 〈The Young Ones〉라는 제목의 다큐를 본 적이 있다. BBC는 하버드대학 랭거 교수의 자문을 받아 특별한 실험을 했다. 꼬부랑 노인이 된 20~30년 전 인기 스타들을 한곳에 모아놓은 뒤, 옛날처럼 행동하고 생각하고 말하도록 했다. 그들이 사용하는 모든 소품도 몽땅 옛날 것이었고. 그런 뒤 그들의 몸도 변하는가를 확인해 보는 프로그램이었다. 일주일간의 실험 기간이 끝난 뒤 시청자들은 깜짝 놀란다. 뇌졸중으로 쓰러져 휠체어를 타고 실험에 참여했던 팔순의 여배우는 휠체어를 버리고 걸어서 나왔다. 거동이 힘들었던 왕년의 인기 남자 연예인은 무대에 나와 탭댄스를 추었다. 지팡이에 의지해야 했던 옛 뉴스 앵커는 지팡이 없이 뚜벅뚜벅 무대 계단을 걸어서 올라갔다. 의사들이 출연자들의 몸을 검진해보니 실제로 젊어진 것으로 나타났다. 머릿속이 온통 젊은 시절의 이미지들로 꽉 차버리면 몸도 저절로 젊어지는 것이 증명된 순간이었다. 거짓말 같았다.

이구고교생들도 이번 학교생활에서 젊음을 되찾는 데 큰 도움이 되었을 것이다. 다음 학기를 기대하며 학교를 나서는 그들의 발걸음이 어제와는 분명 달라 보인다.

옥천사의 휴일

    〈로마의 휴일〉은 세월이 쌓일수록 사랑을 받는 영화다. 앤 공주 역의 오드리 헵번은 이 영화로 아카데미 여우주연상을 수상하였고, 세기의 연인이라는 여배우 최고의 찬사를 받았다. 영화는 왕실의 딱딱한 제약에 싫증 난 공주가 남몰래 숙소를 빠져나가는 '일탈'에서 시작된다.

    유럽을 지배하는 어느 왕가의 일원인 앤(오드리 헵번 분) 공주. 그녀는 공식행사로 유럽 각국을 순회하며 방문한다. 무겁고 거추장스러운 드레스와 불편한 하이힐 차림으로 하루 내내 분 단위의 빡빡한 일정을 소화해야 했고, 항상 바른 자세와 고상한 미소를 지어야만 했다. 그렇게 보낸 수십 일의 일정에 스트레스가 누적된 그녀는 로마를 방문한 어느 날 밤 숙소 탈출을 감행한다. 마음껏 시내를 활보하던 그녀는 주치의가 처방해 준 수면제 때문에 벤치에서 깜박 잠이 들어 버린다. 이때 그곳을 지나가던 기자 조 브래들리(그레고리 펙 분)는 잠든 앤을 그의 하숙집으로 옮겨 편히 자게 하면서 스토리는 전개된다. 사라진 앤 공주로 인해 왕실에서는 난리가 나고, 조는 그녀가 앤 공주라는 사실을 눈치채고 사진기자 친구에게 로마 시내 관광 모습을 사진 찍게 해 특종을 노린다. 영화에서 공주의 일탈 행동은 고3 학생이었던 내 일탈 그대로였다.

1969년이었다. 3학년이 되자 대학입시 때문에 긴장감은 더욱 높아만 갔다. 인문 고등학교는 오직 대학진학을 위해 존재하는 곳이었다. 게다가 우리 반은 일류대를 목표로 하는 이른바 '특별반'이었다. 학교 당국은 선배들의 전통을 앞세워 우리에게 거의 초인적인 노력을 요구했다. 담임선생님은 우리 반 모두를 당신의 모교인 S 대에 합격시킬 것처럼 의욕에 차 있었다. 선생님은 우리 반이 결석·지각·조퇴가 없어야 한다고 틈만 나면 강조하셨고, 우리는 오직 책과 씨름하면서 선생님의 가르침을 순순히 따랐다. '청춘! 이는 듣기만 해도 가슴이 설레는 말…'은 대학생이 될 때까지 미루어야 했으며, 한일회담 반대나 삼선개헌 반대 같은 데모에 나가는 것은 언감생심 꿈도 꿀 수 없었다. 그럭저럭 고교 삼 년의 끝자락인 가을은 왔고, 아쉬운 가운데 오늘 마지막 소풍을 나서게 된 것이었다.

선생님은 자연 속에서 심신을 가다듬어 얼마 안 남은 입시에 좋은 결과가 있도록 하라는 격려를 출발 전에 하셨지만, 우리에게는 긴장의 끈을 놓지 말라는 경고로 들릴 뿐이었다. 목적지는 학교에서 50킬로쯤 떨어진 옥천사(玉泉寺), 서기 670년

의상대사가 창건한 고찰이다. 버스 창밖으로 황금 물결 들판과 단풍을 내다보며 우리는 차츰 들뜨기 시작했다. 늦가을 날씨는 적당하게 따사로웠고, 하늘은 구름 한 점 없이 높았다. 교실에만 갇혀 지내던 우리는 어린애들처럼 웃고 떠들어댔다. 옥천사는 내 고향 가는 길목이었기에 그날 내가 더 들떴는지 모른다.

태풍에 파인 길을 지나 옥천사에 이르니 벌써 점심때가 되었다. 우리는 고찰에 대한 설명도 듣는 둥 마는 둥, 가을 햇볕이 따스한 잔디밭에 자리를 잡았다. 삼삼오오 둘러앉아 가져온 도시락을 꺼내 먹었고, 몇 친구들은 두꺼비(소주) 병을 따서 선생님 몰래 마셨다.

그때 누군가 내 옆구리를 쿡 찌르는 것이었다. 버스 옆자리에 앉아왔던 친구 박종철이였다. '한 바퀴 둘러보자'는 그의 말에 따라나서게 되었고, 둘은 무작정 걷기 시작했다. 버스로 올라왔던 길을 되짚어 면사무소가 있는 큰길까지 십 리쯤 갔다가 되돌아갈 궁리를 하는데 그가 말했다. "소풍날인데, 막걸리 한잔해야지!"라며 내 눈치를 보는 것이었다. 그는 머뭇거리는 나를 떠밀다시피 해서 차부 옆 가게로 들어가게 되었다.

"아주머니, 막걸리 한 주전자요!"라고 그가 말했다. 주인아주머니는 노란색 주전자와 도토리묵 한 접시를 갖다주었다. 친구는 익숙한 솜씨로 잔 두 개에 막걸리를 가득 따르더니 함께 마시자는 거였다. 잔을 살짝 입술에 대어 보니, 약간 텁텁하면서도 달착지근한 것이 먹음직했다. "괜찮아!"라는 그의 말에 용기를 얻어 한 잔을 거뜬하게 비웠다. 따가운 가을볕에 땀이 난 터라 시원한 맛에 더 당겼다. 곧 온몸이 노곤해지는 느낌이 왔지만 기분은 괜찮았다. 친구가 아주머니에게 "한 주전자 더요!"라고 하는데도 굳이 만류하지 않았다. 조금 후 친구가 화장실 다녀온다고 밖으로 나가는 것을 본 것 같은데, 나는 그길로 수면제 처방받은 앤 공주 신세가 되고 말았다.

눈을 뜨니 전혀 생소한 방이었다. 머리는 지끈지끈 아팠다. 밖은 이미 어둑어둑했다. 그때 어떤 남학생이 방문을 열고 들어왔다. 그는 교련복을 입고 있었고, 왼쪽 가슴엔 '김의환'이란 이름표가 선명했다. 그가 이 방 주인, 내 고향에 있는 ○○고등학교 3학년이라고 자기소개를 했다. 하굣길에 낙오한 고교생 한 명이 방에 있다는 이야기를 어머니한테서 들었다고 하였다. 가게주인인 그의 어머니가 나를 부축해서 방에 데려왔다는 말에 나는 창피하고 미안했다. 그가 "괜찮아"라며 나를 안심시켜 주었다. 입시 통을 앓는 고3의 동병상련이었을까.

그가 저녁 밥상을 들고 왔다. 콩나물국을 내 앞으로 내밀었으나, 밥맛이 있을 리 없었다. 담임선생님의 실망스런 얼굴과 박종철 친구의 모습이 번갈아 떠올랐다. 불안했지만 이미 엎질러진 물인 것을 어쩌랴. 잊어버리기로 맘먹었다. 우리는 입시 이야기를 나누었고, 그는 예비고사를 걱정하는 눈치였다. 동갑내

기라 서로 말도 낮추고 친구가 되기로 하였고…. "오늘은 나하고 같이 자고 내일 첫차로 가면 돼."라고 그가 말했다. 이미 버스는 끊겼으니 별도리가 없었다.

브래들리 역할 김의환과 하룻밤을 묵은 뒤 새벽녘에 그 집을 나섰다. 그는 차표까지 끊어서 내 상의 주머니에 찔러주었다. 앤 공주처럼 나도 24시간의 일탈을 마치고 하숙집이 있는 마산으로 향할 수 있었다. 복귀 후일담이지만, 그날 오후 옥천사 주변에는 비상(?)이 걸렸다고 한다. 선생님에게는 두 명의 일류대 예비 합격생이 사라졌으니…. 다행히 박종철 친구는 가게에서 가까운 개천 둑에서 발견되어 버스에 실려 갔단다. 나는? 수색을 계속하던 친구들 노력이 무위로 끝나자, 반장이 "고향 집에 갔습니다."라고 선생님께 둘러댔단다. 독일 병정 같았던 신상철 선생님도 별 뾰족한 방법이 없으니 '출발'을 허락했을 것이었다.

'옥천사의 휴일'을 보내고 귀환한 나는 아무 일 없었다는 듯 입시공부에 빠져들었다. 앤 공주가 공식행사를 다시 시작했던 것처럼.

Do it myself

벼르고 벼르던 일을 드디어 시작했다. 주중에는 출근 때문에 틈이 나지 않았고, 주말에는 다른 약속 때문에 그랬다. 한 번도 해본 적이 없었기로 엄두가 나지 않았다는 말이 맞을지도 모르겠다. 만반의 준비를 하고 배에 힘을 줘보면서도 걱정이 된다.

올 삼월 초쯤이었다. 아래층 사는 분이 관리실을 통해 연락을 해왔다. 천정에서 물이 샌다는 것이었다. 경비 아저씨와 함께 서둘러 찾아간 그 집은 천정에서 물이 뚝뚝 떨어지고 있었다. 방바닥에 받쳐진 물통에는 넘칠 듯 가득한 물이 찰랑거리고 있지 않은가. 예삿일이 아닌 것 같았다. 천정에는 둥그런 흔적의 원이 몇 겹으로 그려져 있는 걸로 봐서는 어제오늘 갑자기 생긴 사건이 아닐 것이었다. 방안에는 퀴퀴한 냄새마저 풍기고 있었다. 당황스럽고 미안한 마음에 얼른 수리를 해주겠다고 약속하고 돌아왔다.

그런데 그 수리라는 것이 간단하지 않았다. 몇 군데 업체가 달려들었지만, 물이 새는 곳을 찾아내지 못하는 것이었다. 문제는 우리 아파트가 지은 지 사십 년이나 되었으니, 방바닥 배관이 노후 때문에 어디쯤에서 새고 있지만, 그 지점을 포착하는 것은 쉽지 않았다. 제대로 누수를 찾아내는 기술자를 만나는 데까지 꽤 많은 시행착오를 거쳐야 했다. 그나마 몇 달 만에라도 명의(名醫)를 만나 누수 지점을 찾아냈으니, 다행인 셈이었다. 날씨가 추워지기 전에 마무리할 수 있었기에.

명의는 누수 지점을 찾아 배관공사는 마무리하였으나, 헤집은 방바닥은 그냥 두고 갔다. 그것은 그들 명의의 소관 사항은 아닌 듯이. 누수 지점을 찾아 준 것만도 어딘데 방바닥 마무리까지 기대하는 것은 언감생심이었다. 방바닥에 흉터처럼 드러난 시멘트 바닥을 덮고, 그곳에 강화마루를 끼워 넣는 작업이 남은 셈이다. 이 정도 일로 또 인부를 부르느니 차라리 내가 한번 해보겠노라고 아내에게 객기를 부려본 것이었다.

우선 유튜브를 참고하여 계획을 세우고, 자재 구입부터 시작했다. 우리 것과 같은 강화마루 재질이나 색깔로 구입하려 했으나, 같은 것을 수배하는 일은 쉽지 않았다. 건축 자재상마다 찾아 헤맸지만, 이미 단종 된 지 오래된 품목이라는 거였다. 새로 나온 제품을 골라도 되지만 방바닥 일부만 갈아 끼우는 것인 만큼 색상은 뒤로하고 우선 요즘 것과는 크기도 달랐다. 어렵사리 과천에 있는 점포에 재고가 있다는 것을 인터넷에서 확인하고 즉시 차를 몰고 갔다. 딱 한 박스가 있었다. 그것도 샘플용이라고 했지만 주인을 요리조리 꼬드겨서 웃돈을 주고 사 올 수 있었다. 우리 집 것과 똑같지는 않았지만 그냥 쓸만했다. 다이소에 들러 톱, 끌, 자, 나무망치와 접착제 등 장비나 소모품도 준비하였다.

이제 작업 개시 전, 허름한 작업복으로 갈아입고 마스크에 장갑을 끼고 거울을 보니 영락없는 작업 인부 티가 난다. 먼저 강화마루를 꺼내 뜯긴 부위에 맞추어 잘라냈다. 바닥의 면적보다 톱으로 자르는 부위를 조금은 여유를 두는 게 요령이다. 길이가 길면 조금씩 깎아서 맞출 수는 있지만, 짧으면 틈이 벌어지기 때문이다. 헤집어진 방바닥은 큰 방 가운데와 출입문 근처, 그리고 서재 출입문 근처다. 큰방 한가운데 부분은 강화마루 여덟 개가 소요될 정도라서 면적이 좀 넓은 편이다. 면적이 넓으면 강화마루 여러 장을 투입해야 하고, 그만큼 뜨고 일어날 가능성이 커서 염려되었다. 크기를 맞추어 자른 뒤 바닥에 펴서 크기와 틈새 유무를 체크한다. 크기를 맞추는 작업이 꽤 오래 걸린다. 서투른 목수가 연장 탓한다는 말 때문에 손에 맞는 장비가 없다는 푸념도 할 수 없고…

일단 구멍 난 부분에 부착할 마루판을 놓아보고 나서 그런대로 잘돼가고 있다고 판단하였다. 다음 순서는 본드를 칠하는 거다. 시멘트 바닥의 먼지와 이물질을 깨끗이 정리한 뒤 본드를 부어야 한다. 본드 비닐봉지를 가위로 작은 구멍을 낸 뒤, 빵 기술자들이 빵틀 위에 밀가루 뿌리듯이 시멘트 바닥 위에다 그림을 그려나간다. 앞뒤 옆 지그재그로. 가운데만 하면 양쪽 끝부분의 마루판이 뜰 수가 있으므로 구석구석 본드가 가도록 신경을 써야 했다. 그다음이 더 조심스럽다. 다듬어 둔 강화마루판을 본드 바닥 위에 갖다 붙이는 일이다. 바닥재도 암수가 있으므로 암수의 배열에 따라 순서대로 한 방향에서 붙여 나가야 한다. 사이가 뜨지 않도록 차곡차곡 조여서 붙여 나갔다. 본드가 뿌려져 있는 곳은 손이나 몸이 닿지 않도록 조심해 가면서. 중요한 것은 본드가 굳어버리기 전에 서둘러야 한다.

한 개, 두 개, 세 개… 조심조심 붙여 나갔다. 드디어 일곱 개가 끝나고 마지막 한 장이 남았다. 마지막 마무리가 정확해야 성공할 수 있다. 여기가 이 작업의 절정이다. 마지막 한 장을 덮고 네 귀를 맞추었는데, 기가 막히게 잘 맞았다. 야호! 하지만 안도의 한숨을 내쉴 틈도 없이 서둘러야 했다. 튀어 오른 부위를 찾아 나무망치로 살금살금 두드려야 했다. 본드가 굳어지기 전에. 드디어 오늘 작업의 첫 번째 시도가 성공적으로 끝났다.

내친김에 문 앞에 넉 장 넓이의 공간도 거뜬히 해치웠다. 문 앞이라 더 정교하게 마무리해야 한다. 방문을 드나들면서 발바닥에 걸리적거리지 않아야 하기에. 다음은 서재 차례다. 이제는 숙달된 전문가처럼 자신이 붙었으므로 훨씬 짧은 시간에 끝낼 수 있었다. 마지막 단계로 작업한 부위를 눌러준다. 남은 강화 마루판을 얹고 그 위에 쌀 포대—그게 우리 집에서 제일 무거운 것—를 올려놓았다. 오늘 밤 이런 상태로 눌러놓으면 내일 아침에는 완벽하게 붙어 있을 것이다.

아내로부터 칭찬 한마디도 들었다. "당신 훌륭해!"라고. 야호~, 이만하면 방바닥 수리 전문가로 사업자등록을 해도 손님이 줄을 설 것이다. 크든 작든, 복잡하든 간단하든 간에 스스로 하는 것, DIM(=Do It Myself)다. 오늘은 비용 절감에다 성취감 만점의 보람찬 하루였다.

그곳에 학(鶴)들이 모였네

"여보게, 친구! 이게 얼마만인가?"

2023년 4월 23일 오후 3시경에 우리 마산고등학교 29기 흰 명찰들은 통영 스탠포드호텔에서 해후했다. 졸업 50주년, 코로나를 피하느라 정확히는 졸업한 날로부터 53년의 세월이 지났다. 일흔을 넘긴 친구들은 너나없이 은발이 무성하다. 하지만 반가움에 포옹하는 은발들은 열아홉 살 청년들로 보인다. 성장이와 둘이서 같은 방 배정을 받고 곧장 음악당으로 향했다.

식전행사 순서로 호텔 옆 통영 국제음악당에서 20인조 오케스트라 연주와 인기가수 콘서트를 관람하면서, 뜨거운 우정의 한 마당을 만끽했다. 오늘의 공연은 경남재즈오케스트라가 맡았는데, 경찰공무원을 비롯한 다양한 직업을 가진 연주자들로 구성되어있는 단체다. '음악을 통한 사회봉사'라는 캐치프레이즈를 내걸고 다채로운 연주 활동을 해왔다고 사회자가 소개한다. 재즈, 팝, 가요, 클래식 등을 다양하게 공연하였고, 사회자의 능숙하고 세련된 진행으로 감칠맛을 더했다.

두 시간여에 걸친 연주회가 끝나고, 이어서 기념식이 진행되었다. 본부회장의 개회선언이 있었고, 국민의례, 애국가 제창, 회기입장 그리고 내빈소개와 모교발전기금 전달에 이어 감사패, 공로패 전달이 있었다. 총동문회장과 현 교장의 축사도 있었다. 다음이 교가 제창 순서. 마눌씨들을 앉혀놓고 백학(白鶴)들은 모두 일어섰다. "태백의 정기 서려 마재에 맺고 남해의 푸른 물결 합포에 치니…" 오랜만에 불러보는, 그리운 교가였다. "청년의 큰 뜻 이 가슴에" 대목에서 다들 잠깐 동안 울컥했다. 졸업 50년하고도 3년의 세월이 더 지나고 말았으니…

반가운 친구도 만났고 수준급 음악공연 덕택으로 귀를 즐겁게 하였으니, 다음 순서는 먹는 것 아니겠는가. 우리는 자리를 옮겨 만찬 장소로 들어갔다. 지역별로 테이블이 배치돼 있어, 추진위원회 친구들의 세심한 배려와 준비가 돋보였다. 식사와 곁들인 술은 은발 청춘들을 더욱 즐겁게 했다. 테이블을 오가며 서로의 근황을 묻고, 그동안 쌓였던 회포를 풀었다. 찐한 마산 사투리를 구사하는 자칭 '마산고행사 전용' 여성사회자의 등장으로 분위기는 점점 고조되어 갔다. 무대에 오른 늙수그레한 청춘들 목소리는 50년 전과 별반 차이가 없었다. 나이는 숫자에 불과한 것이라고 누가 말했던가. 그것은 지금 이 순간을 두고 한 말이리라. 몇몇 열성파들은 공식 여흥 시간이 끝나고도 자리를 옮겨 '한 잔 더!'로 밤을 새웠다는 소식이 새벽녘에 SNS로 전해졌다.

아침 일찍 일어나 호텔 앞 바닷가를 산책하는 것 또한 일품이었다. 바람 한 점 없어 호수같이 잔잔한 남해바다…. 모교에서 내려다보던 합포만의 이은상 바다와 다름없다. 산책길에 만난 동기 내외들과 사진을 찍으며 환담을 나누는데, 어떤 분이 "그때는 마산고가 남녀공학이었습니까?"라고 뜬금없이 묻는다. 마눌씨들과 동반한 걸 보고서…. "'마산고'가 명문이라는 것은 누구나 다 아는 사실"이라고 그분 일행 중 누가 말했다. 그 말이 우리를 우쭐하게 만든다. 우리 졸업50주년 행사 때문에 통영이라는 조그만 도시가 23, 24일 양 일간 좀 떠들썩하구나 싶었다.

우리는 일정에 따라 장사도 뱃길 관광에 올랐다. 통영항 여객선터미널에서 두 대의 유람선에 분승해서 장사도 섬을 향해 나아갔다. 30분을 다도해 바다 위를 달리니, 장사도의 수백 년생 동백꽃이 우리를 반겨준다. 한때 장사도 섬에는 14채나 되는 민가에 80여 명의 주민이 살았던 적도 있었다는데, 지금은 무인도가 되어 초등학교 건물만 쓸쓸하게 보존돼 있었다. 섬을 한 바퀴 돌면서 해상공원 곳곳에 즐비한 화초와 식물들을 구경했다. 청마의 시비가 있는 언덕에는 야외공연장이 있었는데, 젊은 음악가 두 명이 기타 연주로 우리의 발걸음을 붙잡는다. 심장병 어린이를 돕는 '사랑나눔' 공연이다. 우리는 누가 말하기도 전에 각자 지갑을 연다. 그들의 공연에 박수를 보내면서 돌아오는 배편에 몸을 실었다.

　호텔로 돌아와 점심 식사를 한 뒤 석별의 정을 나누었다. 이제는 헤어져야 할 시간, 1박 2일이 너무 짧았다. 우리는 잡은 손을 놓지 못하고 아쉬워했다. 버스를 향해 손을 흔들던 동기들의 모습이 잊어지지 않는다. 이번 행사는 정말 축제 그 자체였다. 전국 각지에서 모여든 배우자를 포함한 동기들의 숫자는 정확히 221명이었다. 세월이라는 불가피한 상수를 감안하면 결코 적다고 할 수 없을 것이다. 졸업50주년 기념축제 추진위원회 윤병고 대회장을 필두로 이병태 추진위원장의 진두지휘 아래 추진위는 똘똘 뭉쳤다. 각 지역별 추진위도 애를 많이 썼다. 그것도 코로나 때문에 3년 이상을 끌어오면서 말이다. 이렇게 살신성인 봉사하는 친구들이 있어 우리는 한없이 행복하다.

　졸업 50주년 축제는 끝났지만 그 여운은 오래 남는다. 폐막식에서 윤병고 대회장이 언급했듯이 이제 60주년을 준비해야 한다. 명문 마산고의 전통과 29기의 자존감을 위해서 그렇다. 이번 행사에서 우리가 얻은 것은 많다. 명문고 출신이란 자부심과 좋은 친구들이 함께 숨 쉬며 살아가고 있다는 것…. 통영의 4월 하늘 높이 마산고 교가는 크게 울려 퍼졌다. 그곳에 마고인의 기상이 살아 있었다! 벌써 60주년 행사가 기다려진다. 그때까지 다들 건강하게 잘 지내자.

[추신]

　통영행사 때 준비한 졸저『어느 행복한 날의 오후』『거기 행복이 있었네』『갈모봉 산들바람』에 보내준 성원에 감사합니다. 혹시 책을 받지 못한 친구는 개인적으로 연락 주면 추가로 보내 드리겠습니다.

독사 감독과 악바리 선수

한국 축구에 큰 족적을 남긴 박종환 감독이 엊그제 세상을 떠났다. 그는 1983년 멕시코 세계청소년선수권대회에서 4강 신화를 만들면서 국민 스타가 되었다. 한국은 지역 예선에서 탈락했으나, 북한이 심판 폭행으로 국제대회 출전 금지 징계를 받으면서 우리에게 기회가 돌아왔다. 당시 한국은 30년간 월드컵 본선 진출조차 못 했던 세계 축구의 변방이었다. 축구협회는 박종환 감독에게 티켓을 반납하고 출전하지 말라고 압박했다. 하지만 그는 기회를 차버리는 게 말이 되느냐며 맞섰고, 결국 엄청난 일을 내고 말았던 것이다.

4강의 비결은 강력한 스파르타식 훈련이었다. 박종환 감독의 별명은 '독사(毒蛇)'였다. 혹독하고 강압적인 훈련과 강한 카리스마로 선수들 사이에 악명이 높았다. 훈련 첫날부터 선수들에게 태릉선수촌 가파른 뒷산을 매일 아침 뛰게 했다. 그뿐만이 아니었다. 해발 2,000m 넘는 멕시코 고지에서 대회가 열린다는 점을 고려해 마스크를 쓴 채 400m 트랙을 20바퀴 이상

달리게도 했다. 장장 8km를 마스크를 쓰고 달리는 훈련, 생각만 해도 아찔할 정도이다. 처음 마스크를 착용하고선 선수들이 5분을 못 버텼다고 한다. 선수들은 박 감독의 눈빛만 마주쳐도 무서워할 정도였다. 독사의 눈빛은 매서운 것이니까 그랬을 것이다.

멕시코에서 대표팀은 주최국 멕시코를 비롯해서 호주, 우루과이를 차례로 꺾었다. 4강에서 세계 최강 브라질에는 졌지만, 기동력과 체력에 감탄한 해외 언론이 '붉은 악령'이란 찬사를 보냈을 정도이다. 귀국하자마자 언론 인터뷰에서 박 감독은 말했다. "워낙 선수들이 훈련을 많이 해서 그라운드에서 감독이 '몇 번 작전!' 하고 사인을 보내면 선수들은 척척 움직여 주었다"던 말이 지금 내 귀에도 남아 있다. 멕시코 4강 이후 한국에 축구 열풍이 불었고, 그는 폭발적 인기를 바탕으로 국가대표팀 사령탑을 다섯 번이나 역임하게 된다. 아마도 우리나라 사람 중에 박종환을 모르는 사람은 없었을 것이다. 절대 권위를 가진 카리스마 리더십의 산 증인이 우리 곁을 떠났다. 삼가 고인의 명복을 빈다.

어제는 항저우 아시안게임이 막을 내렸다. 우리나라는 금메달 42개로 중국·일본에 이어 종합 3위, 전체 메달 수는 190개로 2위인 일본(188개)을 앞질렀다. 축구 3연패, 야구 4연패를 비롯해서 수영과 펜싱 등 많은 종목에서 우리 선수들이 투혼을 불사르며 국민들에게 감동을 선사했다. 코로나 팬데믹으로 의기소침하던 국민들에게는 그들의 투혼을 보면서 큰 힘이 되고도 남았다.

그중에서도 단연 눈에 띄는 선수가 있었으니, 배드민턴 금메달을 획득한 안세영이다. 그녀는 인간의 한계 극복이 어떤 것인지를 보여줬다. 통증을 참기 위해 다리에 테이핑을 너무 세게 한 나머지 무릎은 피가 통하지 않아 시커멓게 변했다. 세트가 끝날 때마다 주저앉아 냉찜질을 해야 할 정도로 힘들었지만 그녀의 투지는 꺾이지 않았다.

안세영은 경기 종료 후 소감을 묻는 기자들에게 "무릎에서 '딱'소리가 나면서 무언가 어긋나는 느낌이었다."고 했다. 경기장까지 날아와 딸을 응원하던 어머니는 "그만해. 기권해도 괜찮아"라고 울먹이는 소리가 TV중계 화면에서도 들려왔다. 중계를 보던 시청자들도 어머니와 똑같은 마음이었다. "이제 그만 해도 돼, 할 수 있는 데까지 너는 최선을 다했어."라고 나도 맘속으로 말해 주었다.

하지만 안 선수는 끝까지 포기하지 않았다. "처음이자 마지막 기회라고 생각했다. 지금 이 시간은 다시 오지 않는다는 마음이었다."고 인터뷰 때 마이크 앞에서 말했다. 드디어 목에 건 금메달, 배드민턴 종목에서 29년 만에 찾아온 값진 선물이다.

안세영은 이제 겨우 21살이다. 이렇게 어린 선수가 가공할 정신력과 체력으로 큰일을 해내는 것을 보면, 그녀가 엄청난 연습벌레에다 독한 승부 근성을 키워왔음이 분명했다. 한마디로 악바리였다. 이 어린 선수의 투지를 보면서 나는 살아오는 동안 안 선수처럼 치열하게 승부를 걸어 본 적이 있었던가 하고 스스로 반성해 보았다. 부끄럽게도 별로 떠오르는 기억이 없다. 자랑스러운 안 선수에게 큰 박수를 보낸다. 그녀의 전성기는 이제 시작이다.

이번 아시안게임을 마무리하는 인터뷰에서 대한체육회장은 내년부터 국가대표 선수들을 대상으로 진천 선수촌에 입성하기 전에 해병대 훈련을 시키겠다고 말했다. 요즘 선수들은 체력운동을 기피 한다는 점을 지적하면서, 강인한 정신력을 길러야 한다는 뜻이리라. 하지만 누리꾼들은 이를 두고 구시대적 발상이라고 비난하는 댓글도 많이 달린다. 어느 의견이 옳은지는 두고 볼 일이지만, 악바리 근성은 운동선수들에게는 필수적인 것이 아닐까 싶다.

요즘은 복싱이나 레슬링 같은 투기 종목에 두각을 나타내는 선수가 드물다. 그 이유가 뭔지 생각해 볼 필요가 있지 않을까. 한때는 아시안게임에서 우리 선수들이 복싱 전 체급에서 금메달을 딴 적도 있었던 걸로 기억한다. 라면으로 버티며 악착같이 훈련해서 육상 100미터 경주에서 당당하게 금메달을 목에 걸었던 여자 선수도 기억난다. 헝그리(Hungry, 배고픔)정신 때문이라고들 하였다. 헝그리 정신과 악바리 근성은 똑같다고는 할 수 없을지 모르지만 서로 통하는 것일 게다. 어쨌거나 '독사 감독'의 카리스마든 신세대 '악바리 선수' 근성이든 상관하지 않는다. 태극기가 맨 꼭대기에서 펄럭이는 장면만 보면 나는 즐겁다.

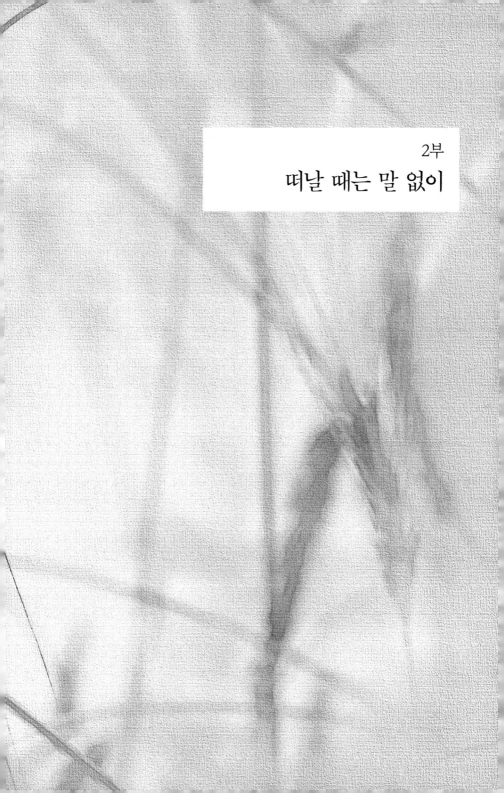

2부

떠날 때는 말 없이

'내 기억이 틀림없어'라며 득의양양했는데, 그것도 잠깐이었다. 같은 날짜에 출금이 됐는지 살폈더니, 돈이 송금된 기록이 없는 것 아닌가. 온라인으로 처리하면서 마지막 엔터키를 누르지 않았거나 뭔가 절차를 빠트렸던 것이 분명했다. H 후배에게는 정말 미안할 수밖에. 늦었지만 부의금을 보낸 것은 말할 것도 없고, 진심으로 변명 겸 사과를 하기는 했다.

―「고추농장 할머니」 중에서

설날 덕담

오늘이 음력 설날, 양력설과 음력 설을 쇠었으니 이제 명실 상부한 계묘년이 되었다. 토끼의 해다. 설 명절이라고 딸, 사위, 손녀로부터 세배를 받았다. 벌써 40대 중반인 딸아이들 나이가 수월찮다는 생각이 든다. 내가 살았던 그 나이 때를 회상하면서, 세뱃돈 봉투는 비록 얇지만, 덕담은 묵직하게 한마디 보태야 할 필요를 느꼈다.

세배를 받으면서 그동안 해오던 "새해 복 많이 받아라."는 너무 추상적 표현이라 현실감이 없다는 생각이 들었다. '복'은 줄 능력도 장담 못 하면서 말로만 받으라 하니 공수표로 들리기 십상이다. 오늘은 좀 다른 덕담을 해야 할 것 같았다. 사마천(司馬遷) 사기(史記)의 맹상군 열전에 나오는 "교토삼굴(狡兔三窟)"을 소환하기로 했다.

풍훤은 제(齊)나라 재상 맹상군의 식객이었다. 맹 재상은 설이라는 땅의 식읍에서 돈놀이를 했다. 백성들이 제때 빚을 갚지 않자 누구를 보내 독촉할까 궁리하다가 풍훤이 자청하자 탐탁지 않았지만 그를 보내기로 했다.

풍훤이 출발 전에 물었다. "돈을 받으면 무엇을 사 올까요?" 재상의 대답은 "여기 부족한 것을 사 오게"였다. 풍훤은 설읍에 도착한 후 백성들이 보는 앞에서 차용증 더미를 불구덩이에 던져 버렸다. '재상 어르신이 여러분들의 빚을 안 받기로 하셨소.' 설읍 사람들 모두 감격했다. 풍훤이 설읍에서 돌아오자 맹상군이 물었다. '무엇을 사 왔나?' 풍훤의 대답인즉 "은혜와 의리를 사 왔습니다." 맹상군의 얼굴이 잔뜩 일그러졌지만 어쩔 수 없었다.

그런데 1년 후 맹상군이 재상 자리에서 쫓겨났다. 풍훤이 설읍에 내려가 잠시 있으라고 조언했다. 맹상군이 설읍에 도착하자 백성들이 양손을 들어 환호했다. 맹상군은 그제야 고개를 끄덕였다. "의리와 은혜를 샀다는 말의 뜻을 알겠소." 그때 풍훤이 조용히 답했다. "꾀 많은 토끼는 굴을 세 개나 뚫지요. 나머지 두 개의 굴도 만들어 드리지요."

여기서 유래된 말이 교토삼굴의 지혜다. 정년퇴직이 대세이던 시대는 이제 사라진 지 오래됐다. 한 가지 분야에서 우대받는 것만으로는 불안하다. 21세기에 들어서면서 전문성과 다양성을 고루 갖춘 전문가가 각광받기 시작했다. 컴퓨터가 전공이지만 디자인 등에도 두루 전문성을 갖췄던 스티브 잡스나, 전기차가 전공이지만 우주항공 등에도 전문성을 갖춘 일론 머스크 등이 그들이다. 2010년 이후에는 기존의 전문분야 외에도 전문분야를 계속 확장해나가며 융복합 역량을 발휘하는 사람들이 각광받고 있다. 이제는 다 직종, 엔잡러(여러 수를 의미하는 알파벳 'n'과 일을 의미하는 'job' 하는 사람을 뜻하는 '~er'의 합성어로 두 개 이상의 직업과 소속을 지닌 사람이자 그런 형태를 일컫는다) 등으로 격변하는 상황에 대처할 수 있어야 한다.

내 덕담이 끝나자, 오늘 한 살 더 먹어 열 살이 된 손녀가 "할아버지도 토끼띠죠?"라고 묻는다. 토끼띠 할아버지의 토끼굴 덕담이라 재미나서 그랬을까. 아니면 혹시 할아버지도 굴 몇 개 정도는 준비해두고 이런 덕담을 하는지 궁금했을까. "그래"라고 대답은 하면서도, 굴 세 개는커녕 제대로 된 한 개도 파놓지 못한 자신을 돌아보며 찔끔했다. 역시 덕담은 말로 하는 것보다 실천으로 보여줄 때 효과가 있을 것이었다. 새해에는 늦었지만 '수필가'라는 굴 한 개라도 제대로 만들어야겠다는 각오를 해본다.

장수 기업

국세청 자료에 의하면 작년 말 현재 우리나라의 법인 수는 대략 100만 개로 집계되고 있습니다. 그 법인들이 내는 법인세는 우리나라 국세 수입의 26%에 이르고 있습니다. 작년 우리 국세청의 국세 수입 중에는 소득세, 법인세, 부가가치세 이 세 가지 세목이 대중을 이루고 있는데요. 그 가운데서 법인세가 랭킹 2위입니다. 물론 법인 스스로 내는 세금 외에 법인을 거쳐서 국고로 들어오는 세금(원천세 등)을 다 합친다면, 그 순위는 단연 1위로 올라갈 겁니다.

지금은 우리 법인들도 규모 면에서도 세계적인 기업들도 많지만, 언제부터 법인들이 이렇게 행세(?)를 했을까요? 우리나라 법인 기업의 역사는 그리 길지 않습니다. 우리나라에서 100년 이상 된 법인은 두 군데로 알려져 있습니다. 두산(1896년 설립), 동화약품공업(1897년 설립)이지요. 지금 우리나라 재정의 큰 축을 감당하는 법인 기업이 이 땅에 자리를 잡기 시작한 것이 고작 100년 전이란 얘기죠.

그러면 세계에서 가장 장수한 기업은 어느 나라에 있을까요? 한국은행의 자료에 따르면 세계에서 가장 장수한 기업은 일본에 있는 '곤고 구미(金剛組)'로 서기 578년에 설립한 건축회사라고 합니다. 지금부터 1400여 년 전에 창업했다니 감이 잘 안 올 겁니다. 일본에는 창업 이후 100년 이상 존속하고 있는 기업이 무려 5만여 개에 이르고 있으며, 200년 이상 기업도 3천 개가 넘는다고 합니다. 물론 기업이라는 표현이 꼭 지금의 주식회사와 같은 법인이라고는 할 수 없을지도 모릅니다만 어쨌든 영리를 목적으로 한 조합 같은 기업으로 볼 수 있겠지요.

　　일본 오사카에는 사천왕사(四天王寺·시텐노지)라는 절이 있습니다. 일본 최초이자 최대 규모의 왕실 사찰입니다. 서기 598년에 잠실야구장 4배 크기로 이 사찰은 지어졌습니다. 당시 일본에는 이런 절을 지을 만한 기술자가 없어 성덕태자(聖德太子·쇼토쿠 태자·서기 574~622)가 백제의 위덕왕에게 기술자를 초청했다고 합니다. 그때 백제에서 건너간 사람 중에 류중광이라는 장인(丈人)이 있었는데, 그 집안이 오늘날까지 사천왕사의 모든 건축물을 보수·관리하고 있다는군요.

　　곤고 구미는 백제인 류중광의 일본식 이름인 '곤고 시게마츠(金剛重光)'에서 따왔습니다. 곤고 구미를 풀이하면 백제인 류중광의 일본어 성씨인 곤고(金剛)와 조직명으로서 일부 건설 회사나 소방단, 폭력단 등을 일컫는 구미(組)가 합쳐진 말로 사찰 전문 장인집단이란 의미가 있습니다. 17세기 초에는 수공업 직인들의 동업자 조직을 나카마(仲間) 또는 구미(組)라고 불렀는데, 곤고 구미는 1955년 금강조(金剛組)로 이름을 바꾸기 전까지 '사천왕사공장 금강건축부'였다고 합니다. 하여튼 세상에서 가장 오래된 기업의 역사가 한반도 건축 기술의 역사이자, 일본 건축 역사의 뿌리라니 놀랍지 않습니까.

금강조(金剛組)의 건축물이 어느 정도인가를 대변하는 일화가 있습니다. 고베에 '계광원'이라는 금강조가 지은 사찰이 있는데, 1995년 고베 대지진이 났을 때 16만 채의 건물이 완파됐지만, 금강조가 지었다는 대웅전은 멀쩡했다고 합니다. 서까래 일부가 비틀렸는데 그나마 1년이 지나자 저절로 원상대로 돌아왔고요. 곤고 구미 대표 금강 리융에게 기자가 그 이유를 물었더니 '기본에 충실하면 된다'고 하였답니다.

곤고 구미에는 기업에 대한 책임에 대해서 아주 철저한 기업정신이 있었는데요. 첫째, 문을 활짝 열어 놓지 말라고 합니다. 이 말은 새로운 분야로의 확장을 아주 강하게 반대하는 경영철학이 있었습니다. 잘하는 것에 집중하고, 잘 알지 못하는 분야에 확장하면 잘하는 것도 흔들릴 수 있다는 이유로 새로운 확장을 강하게 반대했다고 합니다.

두 번째, 사장은 현장의 귀신이 되라고 합니다. 곤고 구미에서는 사장을 '메이쇼오'라고 부르는데요. 명장이라는 뜻입니다. 기술적으로 최고의 위치에 있어야 비로소 사장이 될 수 있다는 것을 말합니다.

세 번째, 보이지 않는 곳에 비싼 자재를 쓰라는 겁니다. 곤고 구미는 외형보다는 내실에 집중했습니다.

네 번째, 능력 이상의 일감을 받지 말라는군요. 곤고 구미는 언제나 현재에 최선을 다하는 것을 아주 중요하게 생각했습니다. 능력 이상의 일감을 받으면 돈을 더 많이 벌고, 회사를 크게 만들 수는 있겠지만, 기업 본연의 업무에 선택과 집중을 통한 경영을 더 중요시하게 생각한다는 것이지요.

이렇게 철저했던 곤고 구미도 2006년엔 결국 파산을 하게 됩니다. 파산했지만 '다카마스 건설'이라는 곳에서 인수를 하게 되었고, 브랜드는 다행히 남아있게 됐습니다. 지금도 다카마스 그룹의 '신 곤고 구미' 이름으로 그 명맥을 이어가고 있지요.

지금 우리나라는 어떻습니까? '순살 아파트'란 해괴망측한 단어 하나가 매스컴을 탄 것이 얼마 전입니다. 고층 아파트를 지으면서 무게를 지탱해줄 뼈대인 철근이 빠졌다고 비아냥대는 말이지요. 순살 닭고기는 먹을 만하지만, 순살 아파트는 시멘트만으로는 힘을 실을 수가 없는 것 아닙니까. 대통령까지 직접 나서 "부실공사에 대해 전수 조사하라"고 지시한 가운데 민간이 발주한 순살 아파트 찾아내기에 한동안 시끄럽기만 했지요. 한동안만…. 조금 지나면 흐지부지되고 마는 것은 안 봐도 비디오일 겁니다. 그리고 나서 돌아서기도 전에 또 대형사고가 나고, 또 책임자 문책 목소리만 높다가 또 흐지부지되고….

기술을 신뢰하고 기술자를 우대하는 이웃 나라가 부러울 뿐입니다. 류중광은 분명 백제 사람이었고 우리와 같은 유전인자를 가진 조상일 텐데, 그 후손들인 우리는 이렇게밖에 안 되는 이유가 도대체 뭘까요. 참 답답한 노릇입니다.

떠날 때는 말없이

    그날 밤 그 자리에 둘이서 만났을 때 똑같은 그 순간에 똑같은 마음이 달빛에 젖은 채 밤새도록 즐거웠죠. 아 그 밤이 꿈이었나 비 오는 데 두고두고 못다 한 말 가슴에 새기면서 떠날 때는 말없이 말없이 가오리다. 두고두고 못다 한 말 가슴에 새기면서 떠날 때는 말없이 말없이 가오리다.

    얼마 전에 저세상으로 떠난 가수 현미가 부른 노래다. 유호 작사, 이봉조 작곡의 〈떠날 때는 말없이〉는 김기덕 감독이 1964년 신성일, 엄앵란 두 청춘스타를 캐스팅한 동명의 영화 주제곡이기도 하였다. 오래된 영화라서 스토리는 잘 기억나지 않지만 청춘 남녀가 사랑에 빠졌다가 피치 못할 사정이 생겨 헤어져야 할 운명에 이르고, 마음의 상처를 달래며 말없이 떠난다는 통속적인 멜로영화였던 것으로 기억한다.

    직원 A가 갑자기 출근하지 않았다. 5월 말 종합소득세 신고는 끝냈고 정확하게 6월 말까지 출근했었다가 7월 3일부터 나타나지 않고 있다. 7월 1일 토요일부터 사실상 출근을 하지 않고 있는 셈이다. 아무런 연락이 없다. 핸드폰으로 문자도 보내고 통화를 시도하기를 수십 차례 해 봐도 깜깜무소식이다. 전화기는 꺼져있다는 답이 돌아올 뿐. 입사한 지 서너 달밖에 안 된 신참이었지만, 대학을 졸업하고 군대까지 다녀온 청년이라 다른 젊은이들에 비해 잘 적응할 것으로 믿었었다. 아니 그렇게 믿고 싶었던 것이 정확한 표현이다.

사무실 형편은 막막하다. 당장 이달에 해야 하는 부가가치세 신고업무가 걱정이다. 일 년에 두 번 정도 하는 부가가치세 신고업무는 고객에게는 매우 중요한 일이므로 꼼꼼하게 챙겨야 한다. 별 탈 없이 일이 진행돼야 하는데 대표 입장에서는 걱정이 태산이다. 종합소득세 신고를 겨우 끝냈는데 돌아서자마자 또 고민거리가 생기고 만 셈이다.

어쩌랴. 그것은 대표만이 고민해야 할 몫일 수밖에 없다. 하지만 직원이 출근하지 않으면 대표라고 해서 무슨 용빼는 재주가 있을 리 없다. 답답한 마음에 전화와 문자로 동시다발 연락을 취해 보지만 더는 진전이 없는 상황이다. 요즘 세태라고 대충 넘어가야 할 테지만, 입사할 때는 수십 년도 더 근무할 것 같았던 사람이 하루아침에 그만두는지, 더 안타까운 것은 그만두면서 온다간다 말 한마디 없이 사라지는지 알 수 없는 노릇이다.

몇 달 전 채용공고를 보고 찾아온 그를 상대로 면접시험을 보았다. 그의 이력서에 적힌 내용과 자격증 등을 훑어보고 몇 가지 질문을 했다. 공고를 내도 지원하는 사람이 흔치 않으니 지원하는 순서대로 면접시험을 치는 것이 일반화되었다. 면접시험이 아니라 우리 사무실에 근무할 수 있냐는 회유성 면접이 옳은 표현일 것이다. 그는 사는 곳이 경기도 초월면이라 내가 물었다. 출퇴근 거리가 너무 먼 것 같은데 괜찮겠냐고. 그는 추호의 망설임도 없이 걱정하지 말라고 했다. 지하철을 이용하면 한 번 갈아타는 데도 한 시간 남짓밖에 안 걸리노라고 하면서. 채용이 가능할 수도 있는 청년이라고 나는 일단 판단하였다.

　　다음 순서는 반대 질문이 나갔다. 우리 사무실의 담당업무는 간단하지 않다. 즉, 전문성이 어느 정도 있어야 하는 데 세무회계 자격 2급 정도로는 힘들지도 모른다는 식의 압박성(?) 질문이다. 그가 말했다. 자신 있노라고! 한 술 더 떠서 지금 세무회계 1급 자격을 따기 위해 시험원서를 이미 접수해 놓았고 했다.

　　다음은 보수 문제였다. 우리 사무실의 보수체계를 설명하고 수령할 금액까지 설명하면서 퇴직금은 매년 말 은행에 본인 계좌로 이체한다는 설명까지 듣고 그는 만족하는 표정이었다. 출근도 3일 후부터 가능하다고 말해서 내 딴에는 어렵사리 건진 보물을 놓치지 말아야겠다는 생각에 근로계약서까지 즉석에서 작성하고 날인까지 주고받은 것이다.

A의 후임 직원을 어렵사리 채용하게 되었다. 새 직원이 오기 전에 책상을 정리하던 직원이 서랍 속에서 발견한 사직서를 내게 갖고 왔다. 그것은 말없이 떠나간 그가 자필로 쓴 사직원이었다. 일신상의 사유로 사직한다는…. 일신상의 사유는 의례적으로 사직서에 쓰는 이유이다. 그 진정의 사직 이유는 알 수가 없다.

사랑에 빠졌던 청춘 남녀가 피치 못할 사정이 생겨 헤어져야 할 운명이라면 가사에 있는 대로 마음의 상처를 달래면서 떠나야 할 방법이 최선인지도 모른다. 사연을 만나서 일일이 얘기한다면 이것저것 말해야 할 것이고, 그러다 보면 붙잡을 수도 있고 뿌리치지 못하는 입장이 될 수도 있을 테니까. 얼굴을 마주하며 설명을 하는 것이 더 괴롭고 힘든 일이 될 수 있다는 말이다.

나는 곰곰이 생각해 본다. 과연 사직한 이유가 뭔가. 혹시 나 말고 다른 직원이 보이지 않게 갑질이나 괴로움을 끼쳤을 수도 있을 테다. 아니면 처음 나와 근로계약서를 작성할 때 제시했던 내용 중에서 두고 보니까 마음에 안 드는 것이 있었을까. 혹시 여기보다는 다른 곳이 훨씬 더 일은 쉽고 보수도 괜찮은 곳을 나중에 알게 되어서일까. 업무 인계도 하지 않고 말없이 떠난 그를 보면 알 수 없는 노릇이다.

하지만 사라지지 않는 의문은 여전하다. 떠날 때 왜 당당하게 가겠다는 말 한마디를 못 했을까 하는 점이다. 가겠다는 사람 억지로 잡지는 않을 텐데….

조문효도

　남편은 일찍 세상을 떴다. 그녀는 딸 하나만 데리고 분식점을 하면서 어렵게 살고 있다. 남편과의 약속대로 딸을 잘 키우기 위해 이를 악물고 살아간다. 지금 중학교 다니는 딸이 그림 소질이 있다고 해서 미술학원에 보내고 있다.

　어느 날 분식점에서 일하는 데 갑자기 비가 시작하더니 장대비로 변한다. 그녀는 깜짝 놀라 딸이 돌아올 때쯤, 우산 두 개를 들고 미술학원으로 달려갔다. 아무 생각 없이 갔다가 문 앞에 서 보니 아차, 일하던 모습 그대로 온 것이었다. '이를 어쩌나? 아이들이 보면 감수성 예민한 우리 딸이 부끄럽다고 생각할 텐데….' 그러나 할 수 없지, 여기까지 왔는데 되돌아갈 수도 없고. 우산 둘을 들고 처마 밑에서 종종걸음을 치고 있을 때, 이 층에서 딸이 내려다보는 것이었다. '엄마가 왔다'하고 손을 흔들었는데, 한참을 더 기다려도 딸은 나오지 않았다. 엄마 꼴이 말이 아니어서 역시 '창피하다고 안 나오는구나'라고 짐작했다. 한참을 더 기다리다 그냥 집으로 돌아오고 말았다. 딸과 한 달 동안 말을 안 했다. 괘씸하고 속상해서….

결혼을 앞둔 딸이 가족회의에서 말했다.

"아버지 딱 한 번만 부탁드릴게요. 결혼식장에서만큼은 큰아버지의 손을 잡고 들어갈 수 있게 해주세요."

딸은 시댁에 흉잡힐까 봐, 꼽추 등을 한 아버지의 손을 잡고 하객들 앞에 설 용기가 나지 않았던 것이다. 딸은 그날 소원대로 큰아버지의 손을 잡고 입장했지만, 아버지는 말없이 골방에서 혼자 누워있어야 했다.

결혼한 후에는 이런 일도 있었다. 시댁 어른과 나들이하려고 승용차에 몸을 싣고 골목을 빠져나갈 무렵 꼽추 등 노인이 얼굴을 잔뜩 숙인 채 골목 어귀를 서성거리는 것을 보았다. 그 노인은 분명 자신의 친정아버지, 하지만 차마 아는 체하지 못하고 그냥 나들이를 떠났다.

그날 저녁 남편이 동네 슈퍼에서 누가 맡긴 것이라며 보자기를 들고 왔다. 입덧이 심해 친정어머니가 무쳐주시던 겉절이와 청국장을 먹고 싶다는 소식을 듣고, 삼백 리 길을 올라왔지만, 친정아버지는 딸네 집에는 오지 못하고 이웃 슈퍼에 짐을 맡기고 간 것이었다.

어느 날씨 화창한 봄날 오후, 대청마루에 83세 아버지와 53세 아들이 마주 앉아 있었다. 그때 마침 창가에 까치 한 마리가 날아왔다. 83세인 치매 아버지가 물었다.

"얘야, 저게 뭐냐?"

아들이 답했다.

"아버지, 까치입니다."

아버지는 얼마 안 있어 또 물었고 아들은 좀 짜증스럽게 대답했다. "까치라 했잖아요!"

치매 아버지는 세 번째 똑같이 물었다. 아들은 버럭 화를 내며 답했다.

"금방 까치라 했잖아요! 그것도 못 알아먹어요?"

아들의 역정에 아버지는 너무 서러워 방으로 들어갔다. 그러고는 옛날 일기장을 꺼냈다. 그것은 아버지가 서른세 살 때 쓴 것이었다. 거기에는 이렇게 쓰여 있었다. "세 살짜리인 내 아들과 마루에 앉아 있는데, 마침 창가에 까치 한 마리가 날아왔다. 아들은 나에게 물었다. '아빠, 저게 뭐지?'라고. '얘야, 까치란다.' 아들은 연거푸 스물세 번을 똑같이 물었다. 나는 스물세 번 똑같은 답을 하면서도 내 마음이 왜 이리도 즐거운지 몰랐다. 내 아들이 너무너무 사랑스러웠다. 나는 아들을 품 안에 꼭 안아 주었다."

옛사람들의 도덕과 선행을 기록한 『명륜록(明倫錄)』에 등장하는 말 중에 '조문효도(蚤蚊孝道)'란 것이 있다. 부모님이 주무시는 자리 옆에서 자식이 맨몸으로 함께 자는 것이다. 조문이란 벼룩과 모기란 뜻인데, 밤에 설치는 물것들을 통칭하는 말이다. 여름날 밤 부모와 한 방에 더불어 잠으로써 모기·빈대·벼룩 같은 물것들을 자신의 몸으로 유인, 부모를 물지 않게끔 도모하는 효도다. 물것들은 보다 혈기가 왕성한 젊은 사람의 피를 선호하고, 또 일정량의 흡혈만 하면 달려들지 않는 속성이 있기에 물것효도가 성립될 수 있었다. 이와 같은 원리로 자신을 희생해서 부모님께 편안한 수면을 제공하는 것이다. 참으로 갸륵한 효성이 아닐 수 없다.

그런데 놀랍게도 옛사람들은 조문효도 외에도 더욱 극단적인 효도방법까지도 있었다고 전한다. 그중 하나라 할 수 있는 '상분(嘗糞)'은 부모님의 병세를 살피기 위해 변의 맛을 본다는 의미로, 인터넷 자료에 의하면 중국의 효자인 유검루의 이야기에서 유래되었다고 한다. 유검루의 부친이 병이 들자 의원은 병세를 알기 위해서는 변의 맛을 보아야 한다고 하면서, 대변 맛이 달면 병세가 심하고 맛이 쓰면 차도가 있는 것이라고 하였다.

얼마 후, 부친이 설사를 하자 유검루는 망설이지 않고 변의 맛을 보았는데 맛이 달았다. 그러자 걱정이 된 유검루는 북극성을 향해 빌었고, 하늘은 부친의 수명을 얼마간 연장해 주었다. 상분은 극단적인 효도방법에 비해 비교적 쉬운 편이어서 유학을 중시한 조선시대에 빈번하게 일어났다. 많은 사람은 효자임을 드러내기 위해 비록 부모가 큰 병에 걸리지 않아도 변을 자주 맛보곤 했다.

그 외에도 '할고(割股)'는 부모가 병들어 위독한 상황에 이르렀거나, 집안 형편이 가난해서 배고픈 부모를 위해 자신의 허벅지 살을 베어낸 뒤 구워드리거나 그것을 삶은 물을 올리는 것이다. 할고는 다른 효도방식에 비해 매우 극단적이고 위험한 행위였기 때문에 다른 효행에 비해 사례가 많지는 않았으나, 그런 만큼 지극한 효성으로 인식되었다. 나라에서 상을 내려주거나 그 동네에 문(門)을 세워주기도 했다.

시대상황에 따라 효도의 방식도 달라질 수밖에 없겠지만, 옛사람들의 효도방식은 지금의 부모 입장에서 생각해도 너무 극단적이다. "따라하지 마세요."라는 경구를 꼭 붙여야 할 정도로…. 하지만 자식들에 등 떠밀려 요양병원으로 가는 요즘의 세태를 감안한다면 한편으로 부럽다는 생각도 든다.

옛날 조조 지금 조조

동탁 암살에 실패한 조조는 그길로 줄행랑을 쳤다. 그가 중모현이란 곳에 이르렀을 때, 동탁의 영을 전하는 파발은 이미 당도해 있었다. 그것도 모르고 관문을 지나려던 조조는 군사들에게 사로잡히고 만다. 하지만 하늘이 도왔는지, 현령 진궁의 도움으로 풀려나게 된다. 진궁이 예를 갖춰 따르기를 자청까지 하니, 그를 거두어 함께 도주 행각을 계속한다.

사흘째 되던 날, 부친의 친구인 여백사의 집에 당도하여 하룻밤 묵게 된다. 그들을 반갑게 맞은 여백사는 그간의 사정을 듣다가 술을 사러 나간다. 한참을 기다려도 여백사가 돌아오지 않자 조조는 문득 의심이 났다. 바깥의 동정에 잔뜩 마음을 쓰고 있는데, 그때 후원에서 칼 가는 소리가 들렸다.

"묶어서 죽일까, 그냥 죽일까?"

"혹시라도 놓치면 큰일이지. 묶어서 죽이세."

조조와 진궁은 이런 대화를 엿듣자 하나같이 낯빛이 변했다. 그들은 칼을 빼 들고 후원으로 달려가 남녀 가리지 않고

닥치는 대로 죽여버렸다. 그래도 혹 남은 사람이 있을까 집을 뒤지다가 부엌 뒤에 돼지 한 마리가 묶인 채 몸을 버둥거리고 있는 것을 발견한다. 돼지 잡으려 칼을 갈고 있던 하인들을 다 죽여 버린 것이다. 하지만 이미 저질러진 일, 두 사람은 그길로 말을 몰아 도망치기 시작한다.

그들이 채 몇 리도 안 갔을 때, 나귀 안장에 술 두 병을 매달고 오는 여백사를 만난다. 왜 서둘러 떠나는지 묻는 여백사의 말에 찔끔한 조조…. 쫓기는 몸이라 한곳에 오래 머물 수 없노라고 얼버무린다. 그래도 한사코 만류하는 여백사를 향해 조조는 다짜고짜 칼을 뽑아 내리 찍었다. 비명소리 한마디 없이 여백사의 목은 땅에 떨어지고 만다.

옆에 있던 진궁이 화들짝 놀라 조조를 나무라는데, 이때 조조의 대답이 걸작이다. "차라리 내가 세상 사람들을 버릴지언정, 세상 사람들이 나를 저버리게 할 수는 없다."라고. 내 젊은 시절 『삼국지』를 탐독할 때, 무소불위 동탁에게 칼을 들이댄 조조의 용기에 한껏 고무됐다가, 이 장면에 이르러 크게 실망할 수밖에 없었다. 의(義)라고는 한 푼어치 없는 냉혈 인간보다 의리에 죽고 사는 도원결의 삼형제한테로 내 마음은 자연스럽게 옮겨갔었다.

조조의 악행은 한둘이 아니었다. 그는 자기 휘하에서 오래 함께하더라도 비위에 거슬리는 인물에게는 냉혹하기 이루 말할 수 없었다. 양수의 억울한 죽음이 그 예다. 조조가 한중(漢

中) 전투에서 유비에게 번번이 패하여 더 이상 전진이 불가능하던 어느 날, 저녁상에 오른 닭갈비 탕을 보며 야간 암호를 '계륵(鷄肋)'으로 정한다. 이에 양수가 대뜸 계륵은 버리기도 아깝지만 실속도 없는 것이니, 조조의 의중이 '철수'라고 짐작하고 짐을 싸기 시작한다. 이 일로 조조는 명석한 양수에게 속마음 들킨 것을 불쾌하게 여겨 그를 처형하고 만다. 조조는 구석(특별한 공로가 있는 신하에게 천자가 주는 아홉 가지 은전)을 받는 것을 반대한 측근 순욱에게 빈 도시락통을 보내 자살케 한다든지, 낮잠을 제때 깨우지 않았다고 첩을 몽둥이로 때려죽이기도 하였다. 무차별적 전쟁터 살육은 말할 것도 없고, 반대파는 자비 없이 목숨을 뺏는 냉혹한 면모는 그의 일관된 트레이드 마크였다.

이제 칠십을 넘긴 나이에 삼국지를 또 읽으면서 조조의 활약상을 곱씹어 보았다. 젊은 시절 한때 그를 냉혈한으로 외면한 내 처사는 과연 옳았을까. 나관중이 정사에도 없는 여백사 이야기를 끼워 넣었다고 하는데….

그는 제대로 된 정치가이면서 탁월한 행정가였을지도 모른다는 생각이 든다. 그는 조직을 이끄는 통솔력이 대단했다. 악행으로 보였던 냉혹함도 수하들을 장악하는 리더십의 기교가 아니었을까. 그는 감정에 치우치지 않고 철저하게 능력만을 가지고 인재를 선발하는 면도 있었다. 어떤 분야든 한 가지 분야에 뛰어나기만 하면 그 사람의 신분이 아무리 미천하거나 과거에 자신과 악연이 있다 해도 조조는 예우를 하였다. 심지어 최하급 신분인 기녀 변 씨도 능력을 인정받아 아내가 되었다는 평가도 그럴듯하다. 정치적 감각 역시 뛰어나 다양한 인재와 파벌들을 교묘하게 조종해내는 능력은 인정해야 할 것 같다. 그는 시대 흐름을 정확히 잡아내고 최적의 결단을 내리는 선구안을 겸비한 인물이었다.

조조는 여러 가지 새로운 제도개혁도 단행하였다. 우선 인재 선발방식으로서 구품중정제(九品中正制)를 도입하였는데, 각 군마다 인재를 아홉 등급으로 분류하여 천거하면 국가가 필요한 인재를 골라 뽑았다. 종전의 인척, 환관, 호족 정치의 폐단을 획기적으로 바꾼 것이다. 이로써 위나라는 다른 나라에 비해 훨씬 많은 인재를 발탁할 수 있었던 것은 사실이다.

둔전제(屯田制)라는 세금 제도의 도입은 기가 막힌다. 잦은 전쟁으로 인하여 주인 없는 땅이 늘어나게 되자 가난한 농민이나 유민들에게 경작하게 하고, 소작료에 해당하는 세금을 각 지방의 수령이 걷는 방식이다. 이 제도는 수확량에 따라 토지세인 전조(田租, 이랑 당 벼 4되)를 내되 정부의 소를 이용할 경우는 6:4로, 자신의 소로 경작할 경우는 5:5의 비율로 세금을 냈다. 둔전제는 강력한 대군 유지에 결정적인 기여를 한다. 또 현지에 곡식을 저장하게 함으로써 사방을 정벌하는데 양곡을 운반하는 수고로움을 덜게 하였으니, 그의 탁월한 행정 능력은 한층 더 돋보인다.

이처럼 조조는 행정개혁을 통해 제도를 바꿈으로써 다른 나라에 비해 일찍부터 유리한 입장을 차지하였고, 그 아들 조비때에 이르러 삼국을 거의 통일하게 된다. 유비의 촉나라가 제갈공명이라는 뛰어난 지략가를 가졌음에도 조조의 위나라에 패배할 수밖에 없었던 것은 조조가 제도에 의해 국가를 경영한반면, 유비는 개인의 역량에 의존하여 국가를 경영하려 했던 것에 연유하지 않았을까 싶다. 좋은 세금 제도의 도입으로 삼국통일의 기틀을 마련한 점을 알고부터, 젊은 시절 만났던 조조와 지금의 조조는 상반된 캐릭터로 나에게 다가온다.

고추농장 할머니

"왜 남의 고추를 땁니까?"

갑자기 등 뒤에서 들려오는 그 할머니의 말에 당황할 수밖에 없었다. 설마 내게 하는 말은 아니겠거니 하였지만, 주변에 나 말고 다른 사람은 없으니 그것도 아니었다. 혹시 농담으로 하는 말일 수도 있을 테다. 그래도 뭐라고 설명은 해야 할 것 같았다. 할머니를 향해 애써 웃는 표정으로 목소리를 가다듬고 대답했다.

"그럴 리가 있습니까?"

하지만 그 할머니의 분노(?)에 비하면 내 입에서 나온 대답은 스스로 생각해도 초라하기만 했다. 한 손에 따다 만 고추를, 한 손에는 가위를 들고 있는 내 앞으로 성큼 다가오면서 목에 핏대까지 세운다.

"지금 우리 고추를 땄잖아요!"

정색하며 목소리 톤까지 높이는 걸 보면서 어이가 없다는 말은 이럴 때 쓰는 표현일 것이었다. 팔순은 넘어 보이는 할머니의 황당한 어깃장에 맥이 탁 빠졌다. 뭐라고 설명해야 하나. 말도 안 되는 이런 일로 애를 태워야 한다니. 참으로 고약한 주말 아침이었다.

"할머니, 오해세요. 여기 우리 것에서 땄어요."

"내가 지금 봤는데도 거짓말할 거야?"

이제 아주 반말까지 막 쏟아내는 그 할머니에게 '아니, 이 할머니가 정말?'이란 막말이 점잖은 체면을 포기한 채 이내 목구멍에서 넘어오려는 찰나, 집으로 먼저 들어갔던 아내가 달려와서 사태를 서둘러 수습했다. 아내는 '나이 드신 할머니'라며 나더러 참으란다. 내가 뭐 딱히 잘못한 것도 없고, 그나마 점잖은 체면 훼손까지 하지도 않았는데 뭘 참으라는 것인지 억울하다. 아내는 나를 떼밀 듯 집으로 보낸다.

아파트 앞 화단 주변에는 두어 뼘 넓이의 화분이 줄지어 있다. 봄이 되면 입주민들이 재미 삼아 토마토, 부추, 상추, 고추 등을 심어서 키우는 것이다. 나도 상일동 꽃가게 갔다 오는 길에 고추 모종을 몇 포기 사서 심어놓았었다. 우리 가족은 '고추농장'이라 부르면서 거름도 주고 풀도 뽑아주곤 한다. 오늘 아침도 산책길에 고추농장을 둘러보았는데, 어제 내린 비에 제법 크게 자란 고추가 탐스럽게 달려 있었다. 아침 식탁에 맛을 볼 요량으로 가위로 조심조심 첫 수확을 하던 중에 생긴 일이었다.

우리 화분 곁에는 네모난 화분 몇 개에 고추가 심겨 있다. 그 화분 주인이 바로 이 할머니로 짐작되었다. 그 고추 화분은 우리 것에 비하면 거름을 많이 주었는지 고추나무가 키도 컸고, 달린 열매도 굵어 보였다. 하얀 비닐 끈으로 울타리를 만들어 놓은 모습이나 잡초 없이 깔끔하게 다진 흙으로 보아 그분의 농장 사랑이 대단한듯해 보였다. 하지만 다짜고짜 자기 화분의 고추를 땄다고 폭언을 하는 그 할머니, 같은 아파트에 살면서 물건을 훔쳐간다고 이웃을 의심하는 언행이 나에게 유쾌할 수는 없었다. 나이를 먹으면 그런가 하면서도 선뜻 이해할 수 없었다. 우리 고추나무에 가위로 딴 자국을 들이대면서 할머니의 코를 납작하게 해주고 싶은 마음이 굴뚝같았지만, 그래도 같은 아파트에 사는 이웃인데 싶어 차마 그럴 수는 없었다. 그 할머니의 무례함 때문에 그날 이후로는 고추농장에 가는 일도 뜸해지고 말았다.

올해도 다 갔다면서 코로나를 피해 삼 년 만에 만난 옛 직장 동료들의 송년회 모임에서였다. 오랜만에 모인 자리라 그동안 지냈던 일들과 지나간 현직 시절 얘기로 분위기가 무르익었을 때쯤, 후배 직원 H가 나에게 다가오더니 술잔을 권한다. 현직 시절 그는 술도 좋아하고 일도 열심히 하는 양반이라 항상 마음에 두고 아꼈던 후배였다.

나는 얼마 전 그가 모친상을 당한 것을 떠올리고 '상은 잘 마쳤냐'고 물어봤다. 코로나 때문에 직접 조문을 못 하는 세상이니 부의금을 온라인으로 송금한 일도 생각났기 때문이었다. 상례를 무사히 잘 마쳤노라고 전화는 아니더라도 의례적인 문자 정도는 올 줄로 여겼는데 아무런 소식이 없어 궁금하던 참이었다. 그런데 그의 대답이 의외였다. "국장님, 서운합니다."라는 말이 그의 입에서 나오는 것이었다. 코로나 탓으로 직접 조문은 기대하지 않았지만, 부의금이라도 보내올 줄 알았는데 섭섭했다는 것이 아닌가. 사실 이런 섭섭함은 맨정신으로는 말 꺼내기 힘들지만, 아마도 술기운이 그에게 용기를 내도록 한 것이리라.

하지만 나는 확신하고 있었다. 분명 부의금을 송금한 기억은 뚜렷하였다. 나는 H에게 그럴 리가 없다고 힘주어 말하고 있었다. 그와의 서먹해진 대화를 가까스로 마무리하고 헤어졌지만 찜찜한 마음은 머릿속에서 떠나지 않았다.

이튿날 출근하자마자 나는 송금내용을 확인해 보았다. 지출결의서에 H 씨 모친상 경조금으로 분명 지출 결의가 되어 있고 결재까지 되어 있었다. '그럼 그렇지, 내 기억이 틀림없어'라며 득의양양했는데, 그것도 잠깐이었다. 같은 날짜에 출금이 됐는지 혹시나 하고 살폈더니, 은행 계좌에는 돈이 송금된 기록이 없는 것 아닌가. 지출 결의한 날의 앞뒤로 다 훑어봐도 없었다. 온라인으로 처리하면서 마지막 엔터키를 누르지 않았거나 뭔가 절차를 빠트렸던 것이 분명했다.

H후배에게는 정말 미안할 수밖에. 늦었지만 부의금을 보낸 것은 말할 것도 없고, 지출결의서 사본을 카톡 사진으로 보내주면서 진심으로 변명 겸 사과를 하기는 했다. 그러면서 어젯밤 '상주가 큰일 치른 후 인사도 없나 하고 서운했어.'라는 말까지 그에게 할 뻔했던 것을 생각하면 등에서 식은땀이 났다.

자만심이 지나치면 이런 실수를 할 수 있다는 것을 크게 뉘우쳤다. 나이를 먹게 되면 나타나는 현상이라고 자신을 달래보았다. 최소한 어제 그 자리에서 후배에게 '그래? 내가 확인해볼게'라고 말했어야 옳았다. 내가 틀릴 수도 있다는 마음가짐이 필요하다는 것을 깨달았다.

때늦은 부의금을 받은 H에게서 고맙다는 전화가 왔다. "이러려고 말씀드린 건 아니었습니다."라는 그에게 나는 또다시 정중하게 사과를 했다. 그리고 난데없이 어깃장을 놓던 고추농장 할머니 생각이 떠올랐다. 그 할머니와 내가 크게 다르지 않다는 생각에 피식 웃음이 났다.

우천시가 어디요

　자신을 9년 차 어린이집 교사라고 밝힌 사람이 한 온라인 커뮤니티에 올린 사연이다. 그가 '우천 시' 장소를 변경한다고 공지했는데 우천시가 어디냐고 묻는 학부모가 있다며 답답했노라고. 해당 사연에는 '중식 제공'을 중국집 음식 제공으로, '금일'을 금요일로 이해하는 학부모도 있다는 등 비슷한 내용의 댓글도 여럿 달려 있는 걸 보면 비단 이 교사만이 접한 문제가 아닌 듯하다.

　우리말을 두고 굳이 한자어를 쓸 필요가 있을까 싶기는 하다. '우천 시'를 '비가 내리면'으로 바꿔 써도 이해하는 데 아무런 문제가 없지 않은가. 혹자는 '우천 시'라는 한자어가 압축 표현이어서 효율적이라고 주장할지도 모르겠다. 그렇다면 '비가 오면'으로 줄이면 된다. 조사를 빼서 '비 오면'으로 줄일 수도 있다. '중식 제공'은 '점심 제공', '금일'은 '오늘'로 바꿔 쓰면 글자 수도 같고 이해하기도 쉬워진다. 우리말로 대체하지 못할 이유가 없는데도 굳이 한자어를 고집하는 태도는 또 무어란 말인가.

몇 년 전에 모 정당 대표가 대선 출마를 선언한 다른 당 대표에게 '무운(武運)을 빈다'고 말했을 때, 한 방송사 기자가 이를 '무운(無運)을 빈다', 다시 말해 '운이 없기 바란다'고 해석하는 바람에 비난이 쇄도했던 적이 있었다. 포털에서도 '무운'의 검색량이 급증했다고 하니 기자만 모르는 말은 아니었던 모양이다. 실컷 욕을 먹었을 기자를 위해 한마디 보태자면 젊은 세대에게는 '무운을 빈다'는 말이 익숙하지 않을 수 있다. 일제강점기에 수입된 일본식 표현이기 때문이다.

"선생님, 문제 지문을 읽어도 무슨 말인지 모르겠어요."
초중고를 막론하고 요즘 교실에서 흔히 듣는 말이라고 한다. 이런 현상의 원인은 바로 '문해력 저하'이다. 문해력 저하의 주된 원인으로 꼽히는 건 독서량 저하다. 최근 문화체육관광부가 발표한 '2023 국민 독서실태조사'에 따르면 지난해 성인 종합 독서율은 43.0%다. 성인 10명 중 6명이 지난 1년 동안 단한 권의 책도 읽지 않은 셈이다. 책은 단순히 종이에 글자를 모아 놓은 물건이 아니라 하나의 논리 체계다. 책장을 넘기며 생각의 순서와 줄기, 흐름과 연결을 고민할 수밖에 없는 독서는 그 자체로 논리적 사고 훈련이다.

책 한 권 읽지 않아도 사는 데 별로 지장이 없는데, 왜 독서를 하고 문해력을 키워야 하느냐고? 똑바로 알기 위함이다. 사용 설명서를 숙지하지 않으면 물건의 기능을 온전히 사용할 수 없고, 계약서를 대강 보고 넘기면 결정적인 순간에 눈 뜨고 당한다. 책은 읽지 않고 유튜브 같은 영상자료에만 빠져있는 요즘 어린이들을 보면 걱정이 앞선다. 아이들에게 문해력을 상승시켜 주는 것은 부모가 할 일이다. 글과 책, 신문을 많이 읽고, 쓰는 과정에서 얻는 언어적 감각만이 제대로 된 해결책이 아닐까 싶다.

좌우명

영화 〈국제시장〉은 몇 번을 봐도 재미가 넘친다. 격변기의 세월을 굳세게 살아온 우리들의 이야기라 그럴 것이다. 한국전쟁 이후 오늘에 이르기까지 한 세대를 관통하며 살아온 가장 덕수(황정민 분), 그는 하고 싶은 것도 많았지만 평생 단 한 번도 자신을 위해 살아 본 적이 없는 사람이다.

흥남부두에서 잃어버린 여동생 막순이를 찾아 나서면서 아버지는 아들에게 이렇게 말한다.

"명심해 들어라! 내 없으면 장남인 니가 가장인 걸 알지야. 가장은 어떤 일이 있어도 가족이 제일 우선이다. 가족들 잘 지키라!"

이 말은 그의 머릿속에 못처럼 깊이 박혀서 평생 떠나지 않았다. 그는 동생을 잃어버린 죄책감과 책임감에 시달리며 평생 필사적으로 동생들과 자식들을 뒷바라지 한다. 세월이 흘러 환갑을 맞은 덕수는 가족들이 축하하며 화기애애하게 웃고 떠들고 있을 동안, 혼자 방에 들어간다. 그는 조용히 아버지에게 응석을 부려본다.

"아버지, 내 잘했지요?" 거울 속에는 아버지가 실루엣으로 나타나서 "그래(수고했어)…"라며 아들을 다독거려 준다. 덕수는 그제야 손수건으로 눈물을 훔친다.

그 장면에서다. 그 거울 옆에 이런 글귀가 붙어 있다. '인내는 쓰다. 그러나 그 열매는 달다'라고. 영화감독은 하찮아 보이는 소도구들이나 배경까지 놓치는 법이 없다. 그 섬세함이 극적 효과를 높인다. 아버지의 말씀을 상기하며 가장으로서의 역할을 다해야 하는 의무를 그는 한시도 잊지 않아야 했었다. 그는 붓으로 좌우명을 써서 벽에 붙여놓고 자신을 닦달하였을 것이다. 지금 이 순간은 힘들고 괴롭지만 언젠가 단 열매를 기대할 수 있을 것이라는 확신을 간직하고 힘들었던 세파를 헤쳐 온 그였다.

나도 유년 시절 스스로를 다그치는 각오, 좌우명 몇 개가 있었다. 그리고 그 좌우명들을 써서 책상 앞이나 눈에 잘 띄는 곳에 붙여두고 마음을 다잡았다. "성실" "내일은 울지 않으리" "열정 없이 위대한 것은 없다"라는 추상적인 글귀도 있었고, "서울대" "합격의 그날까지" 등 구체적인 목표도 있었다. 아마 "인내는 쓰다. 그러나 그 열매는 달다"도 있었던 것 같다.

좌우명(座右銘)을 글자 그대로 해석하면 '오른쪽 자리에 새겨놓은 명언'이라는 뜻이다. 이는 삶의 귀감이 되는 금언을 항상 옆에 두고 그 뜻을 새기며 살아간다는 말이다. 좌우명은 고

대 중국 후한(後漢)의 유학자이자 문장가인 최원(崔瑗, 77~142년)이 스스로 지켜야 할 금언 95자를 칼로 새겨 자신의 책상 오른쪽에 놓고 평생 동안 되새기며 살았다고 하는 데서 유래되었다고 한다.

세상을 살다간 동서고금의 현자들이 나름대로 좌우명을 간직하였겠지만, 나는 장자(莊子)의 좌우명에 관심이 많은 편이다. 내가 공직 시절, 오십 줄에 국장으로 승진하였을 때 H 선배님으로부터 『장자』를 선물 받고 거기서 발견한 좌우명이다. 먼저, '세상공명간목안(世上功名看木雁)'이다. 즉 산에 크고 굵은 나무는 재목으로 잘리고, 집에 있는 살찐 씨암탉(雁—기러기 '안'을 씨암탉으로 해석)은 귀한 손님이 왔을 때 잡아먹히는 것처럼, 세상에 성공하고 이름을 알리는 것은 주위의 시샘을 받아 꺾이기 쉽다. 그러니 잘난 체하지 말고 겸손하라는 뜻이다.

또 '좌중담소신상구(座中談笑愼桑龜)'는 서로 담소를 할 때는 뽕나무와 거북이를 조심하라는 뜻이다. 옛날 어느 효자가 몸져 누운 아버지의 병에 좋다는, 천년 묵은 거북 한 마리를 구하여 돌아오는 길에 뽕나무 그늘에서 잠시 쉬면서 잠이 들었다. 그때 거북이 "솥에 넣어 백 년을 고아본들 내가 죽나, 헛수고 하고 있네"라고 말했다. 이 말을 엿들은 뽕나무가 "나를 땔감으로 써서 고면, 별수 없을 텐데 큰소리치는군."하고 자랑삼아 지껄였다. 그 소리를 들은 효자는 그 자리에서 뽕나무를 베어 집으로 가져가서 거북을 고았다는 이야기이다.

만약 거북이가 자기 힘을 자랑하지 않았다면 뽕나무의 참견을 받아 죽지 않았을 것이고, 뽕나무도 괜한 자랑을 하지 않았다면 베임을 당하지 않았을 것이다. 어느 자리나 모임에서 말을 농담처럼 자주한다면, 그것이 화근이 되어 결국은 자신에게로 돌아온다는 것이다. 심중에 있는 말을 함부로 하지 마라는 준엄한 뜻이 담겨있다.

장자는 전국시대 송나라 몽(蒙) 출신으로, 제자백가 중 도가(道家)의 대표적 인물이다. 맹자와 동시대에 살았다고 전해지는데, 한때 칠원리(漆園吏)라는 말단 관직에 있었으나 평생을 가난하게 살았다. 장자는 만물을 끊임없이 유동 변화하는 것으로 보고, 그 유동 변화를 도(道)라고 하는 만물일원론(萬物一元論)을 주장하였다. 자연과 나는 하나라는 물아일체 사상을 주장하였으며 인생관을 사생(死生)을 초월하여 절대무한의 경지에 소요(逍遙)함을 목적으로 하였고, 또한 인생은 모두 천명(天命)이라는 숙명설(宿命說)을 취한 사람이다. 저서인《장자》33편은 장주학파의 논설집으로, 기발한 우언(寓言)과 비유로 문명을 날카롭게 비평하였는데, 인위(人爲)를 버리고, 무위자연(無爲自然)에 복귀할 것을 설파하였다.

장자의 좌우명 두 꼭지는 그날 이후 지금까지도 내 좌우명으로 자리를 차지하고 있다. 사무실 책상 유리판 밑에 깔아놓고 틈틈이 뜻을 새겼었다. 덕분에 큰 탈 없이 공직을 마감한 밑거름이 되었다고 믿는다. 〈국제시장〉의 주인공 덕수도 늘그막에 영도다리가 내려다보이는 집 옥상에 앉아 아내에게 말한다.

"내는 그래 생각한다. 힘든 세월에 태어나가 이 힘든 세상 풍파를 우리 자식이 아니라 우리가 겪은 기 참 다행이라꼬…."

질풍노도의 시대를 살았지만, 그는 가족을 잘 지켜냈다. 그 것은 아마도 '인내는 쓰다. 그러나 그 열매는 달다.'는 좌우명 때문이었을 것이다.

거짓말 랭킹

　퇴근길 과일가게에 진열된 빨간 딸기가 나를 붙잡았다. 오늘 장사가 괜찮았던지 딸기 한 바구니만 남아있다. 딸기를 바라보는 나를 향해 가게주인이 "마지막 남은 건데 싸게 줄 테니 가져가세요."라고 말했다. 가격이 별로 싼 것 같지 않아서 "좀 비싼 것 같은데요?"라고 하자, 가게주인이 "이거 떨이로 원가보다 싸게 드리는 거예요."라고 했다. 이른바 밑지고 판다는 것이었다. 그런 줄 알고 기분 좋게 샀다.

　딸기를 들고 집으로 오면서 보니, 동네 과일가게에 있는 딸기가 더 쌌다. 가게주인에게 속은 느낌이 들었다. 되돌아가서 물릴까 하다가 그냥 그러려니 하기로 했다. 문득 '장사꾼이 밑지고 판다.'는 것은 3대 거짓말 중 하나라는 우스개가 떠올라서다. 나도 일상에서 거짓말을 전혀 안 한다고 장담할 수 없지 않은가. 정도가 문제겠지만…. 장사꾼의 밑지고 판다는 말은, 노처녀가 시집가기 싫다는 말과 빨리 죽고 싶다는 노인의 말과 함께 랭킹 1, 2, 3위를 차지하고 있는 거짓말 고전이다. 물론 3대 거짓말 랭킹에 자리매김하는 과정에서 숱한 거짓말과 어깨를 겨루었을 것이다.

랭킹 순위를 다투었을 만한 거짓말로는 우선 정치인의 거짓말들이 아닐까 한다. 각종 공약은 임기가 끝날 때까지 지켜지지 않는 경우가 많다 보니 거짓말이 되고 만다. 또 권력형 이권을 부당하게 행사하고 수뢰까지 했으면서 포토라인 앞에서 '단 한 푼도 받지 않았다'라고 큰소리치는 정치인들은 아직도 낯설지 않다. 겨우 몇 시간이 지나기도 전에 하나같이 쇠고랑을 차는 모습을 보는 시청자들은 맥이 빠지고 만다.

선의로 하는 거짓말도 있다. 크리스마스에 찾아오는 산타 할아버지가 아이들에게 선물을 가져온다고 부모들은 거짓말을 한다. 영리한 아이들은 굴뚝도 없는데 어떻게 선물을 가지고 집 안으로 들어오는지 궁금해하지만, 부모들은 적당히 둘러댄다. 또 엄마는 세뱃돈 받은 아이에게 "엄마가 맡았다가 나중에 줄게."라고 말한다. 돈을 맡았다가 나중에 주는 부모도 있겠지만, 돈을 돌려주지 않는 엄마가 더 많지 않을까.

주문한 자장면이 왜 이리 더디냐고 따지는 손님에게 중국집 주인이 하는 말은 "방금 출발했어요."이지만, 이는 대부분 거짓말이다. 하도 속아 본 터라 손님들도 그러려니 하고 넘어간다. 이골이 난 손님은 '지금쯤 밀가루 반죽하고 있겠지'라며 받아들이기도 한다. 얼렁뚱땅 넘어가기는 중국집 주인만이 아니다.

"거의 다 왔어."라는 대답은 어디냐고 물었을 때, 모임에 늦는 사람이 하는 대답이다.

수능시험 수석합격자의 '학교 수업만 충실히 했을 뿐'이라는 말은 어떤가. 학원에 다녔다고 하면 수석합격이라는 영광이 희석된다고 여겨서일까. 시험에 실패한 수험생에게는 무척 약 오르는 일이 아닐 수 없다. "마지막으로 한마디만 더 하겠습니다…." 교장 선생님은 한마디가 아니라 몇 문단을 더하고 나서야 연설을 끝낸다. 수업이 어서 끝나기만을 기다리는 학생들에게 선생님은 "이것만 하고 수업 끝낼 거다."라고 해놓고, 이 말을 꺼내지 않았을 때보다 수업을 더 늦게 끝내는 경우가 많다. 이처럼 우리 생활에 아무렇지 않게 통용하고 있는 거짓말은 수없이 많다.

거짓말에도 색깔이 있다고 한다. '하얀 거짓말'은 남을 배려하기 위한 선의의 거짓말로 세계적으로 널리 쓰이는 말이다. '까만 거짓말'은 자신의 죄를 덜거나 은폐하기 위한 거짓말로 범죄자들의 위증이 이에 해당한다. 또 '빨간 거짓말'은 상대가 진실이 아니라는 것을 아는데도 하는 뻔한 거짓말이고, '새빨간 거짓말'은 진실이 전혀 없는 완벽한 거짓말을 뜻한다. 아이들이 하는 귀여운 거짓말은 '노란 거짓말'이고, 연인 사이에 하는 거짓말은 '분홍 거짓말'이다. '무지개 거짓말'은 이야기를 재밌게 꾸미기 위한 거짓말인데. 소설이나 영화 등을 만드는 작가들의 허구가 이에 해당할 것이다. '파란 거짓말'은 자신이 속한 집단의 이익을 위해 하는 거짓말을 의미한다. 거짓말은 색깔에 따라 선의의 것도 있지만, 사람에게 해악을 끼치는 거짓말도 많다.

거짓말은 선진국이라고 예외일 수는 없는 것 같다. 영국 정치가 벤저민 디즈레일리는 "세상에는 세 가지 거짓말이 있다. 그럴듯한 거짓말, 새빨간 거짓말, 그리고 통계."라고 하였다. 그는 영국의 전성기인 빅토리아여왕 시대에 재무장관과 총리를 지낸 인물이다. 통계를 왜 3대 거짓말에 포함했을까 다소 의아한 일이다. 그것도 그의 분류대로라면 새빨간 거짓말보다 더 정도가 심한 거짓말이 아닌가. 통계의 문제점이 거론될 때마다 곧잘 인용되는 사례가 있다. '해병대 사망률은 뉴욕 시민의 사망률보다 낮다'라고 했던 과거 미국 해병대 모집 광고가 그것이다. 마치 해병대의 군사작전 참여가 뉴욕에서 사는 것보다 안전하니 마음 놓고 지원하라는 식의 주장이다. 건강한 젊은이가 대부분인 해병대 지원자와 노약자, 노숙자가 모두 포함된 뉴욕 시민 사망률을 같은 비교 대상으로 올려놓은 부적절함 때문에 이 광고는 곧바로 사라졌다고 한다.

이런 이유로 전문가들은 세상에서 가장 쉬운 일 중의 하나가 데이터를 조작해 의도를 관철하는 것이라는 주장을 하기도 한다. 말만으로는 설득이 어려운 경우에도 그래프를 포함하면 알맹이가 그럴듯해 보이기 마련이다. 데이터를 다뤄 결론을 도출해 내는 사람의 의도에 따라 줄거리가 바뀔 수 있다는 것이다. 정보 과잉 시대에 누구나 데이터와 분석에 관한 상식을 갖춰야 하는 또 하나의 이유다.

최근 감사원이 과거 정부 당시 집값과 고용 등 주요 국가 통계에 조작이 있었다고 보고, 전직 관료에 대해 수사를 요청했다고 발표했다. 주택 통계의 작성·공표 과정에서 청와대와 국토부가 한국부동산원에 통계 자료를 사전 제공토록 하고, 대책 효과가 있는 것처럼 보이게 조작했다는 것이다. 사실이라면 잘못된 통계도 문제이지만, 이런 행위는 나라의 정책을 엉뚱한 방향으로 몰아가고 국가의 신뢰도를 떨어뜨리는 일이다. 이런 거짓말은 고전적 3대 거짓말과는 격이 다른 백해무익한 거짓말이다. 이런 거짓말들은 제발 거짓말 상위 랭킹에는 오르지 않기를 바랄 뿐이다.

3부

학처럼 살다간 친구

미망인 심 여사는 울먹였다. "서너 달 전부터, 아침저녁으로 부엌일을 도맡아 하는 거였어요. 밥하는 건 물론이고 반찬도 만들고 냉장고 청소도 해주는 것이 이상할 정도였어요. 새벽에 일어나면 내가 좋아하는 찬송가도 틀어주었답니다…" 노부모 봉양에 힘든 아내한테 진 무거운 빚을 두고 그냥 떠날 수는 없어서 그랬을지도 모를 일이었다.

—「학처럼 살다간 친구」 중에서

봄날은 가는데

삼월 들어 자주 야근을 하게 된다. 세무사 사무실이란 곳이 삼월부터는 바쁠 수밖에 없다. 삼월은 법인세 신고, 오월은 종합소득세 신고 때문에 그렇다. 특히 삼월은 거래처인 법인의 일 년간 사업실적을 결산하고 납부할 세금을 계산하는 일이 난이도가 있는 편에 속한다. 매출액 규모와 업종에 따라 차이는 있어도 한 업체당 꼬박 며칠씩 챙겨야 한다. 컴퓨터 화면을 계속 들여다보면 눈도 침침해지고 뒷골도 뻐근해진다. 코로나도 끝나 여행이라도 좀 떠나고 싶지만, 올 삼월에는 매일 야근은 물론이고 주말조차 출근할 수밖에 없는 신세가 되었다.

올해 삼월이 바쁘게 된 데에는 또 다른 사연이 있다. 몇 년 동안 열심히 일했던 실장이 건강이 안 좋은 관계로 한 달 전에 그만뒀기 때문이다. 경력이 많은 그녀가 있을 때는 내가 별로 챙기지 않아도 잘 굴러가던 일이었다. 새로 업무를 맡은 직원은 경험 부족이라 별도리없이 내가 직접 나설 수밖에 없다. 난들 실무를 놓은 지 오래되어 떠듬거릴 수밖에 없으나, 경험 부족 직원에게 맡기고 나 몰라라 할 수는 없어서다.

야근이라는 것을 실로 오랜만에 해본다. 옛날 현직에 근무할 때는 밥 먹듯이 하던 야근 아닌가. 그때는 낮에도 열심히 했지만 야근할 때도 엄청 열심히 했다. 오히려 야근할 때는 민원인 전화도 없으니 차분하게 일에 집중할 수 있어 훨씬 능률적이었다. 저녁 식사는 자장면 같은 것을 배달시켜 먹고 오로지 일만 했었다. 열한 시쯤 되면 책상을 덮고 퇴근하면서 함께 야근하던 동료와 생맥주 한 잔 부딪치고 집으로 향했었다.

친구 중에서 나처럼 일하는 친구들은 요즘 거의 없다. 친구들과 어울려 골프 치러 한 달에 한두 번 갈 때마다 그들은 대부분 여유롭게 하루해를 보내는 것 같다. 운동이 끝나면 사무실로 서둘러 돌아오는 나와는 다르다. 굳이 사무실에 와야 할 이유가 없을 때도 있지만, 하루 종일 자리를 비우고 나면 그다음 날 바빠지기 때문이다. 이런 나를 두고 친구들은 부러워하는 이도 있는 반면, 동정어린 눈초리를 보내는 이도 있는 것 같다. 아직도 일이 있다는 것에 대한 부러움일 테고, 이제 쉴 나이인데도 일에 묻혀 지내는 나를 두고 안타깝게 여길 수도 있을 것이다.

솔직히 내가 미안하게 생각하는 이는 따로 있다. 오늘도 늦은 시간까지 야근하고 오는 나를 보고 안쓰러워하는 아내다.

공직에 있을 때도 허구한 날 야근이었는데, 퇴직 후에도 일구
덩이에서 헤매고 있는 나를 어떻게 생각하고 있을까. 남들처럼
해외 골프여행은커녕 국내 여행도 함께 갈 기회가 그동안 흔치
않았다. 일 년에 한두 번씩 연휴가 있어도 나는 심신이 지쳐 쉬
고 싶다는 이유로 잘 움직이지 않고 지냈으니까.

　어제도 고등학교 후배가 전화 통화를 하면서 나더러 "매일
출근합니까?"라고 물었다. 내가 그렇다고 대답했더니 전화기
저쪽에서 그가 놀라는 것이었다. '일주일에 하루 이틀도 아니고
매일 출근'이라는 말 때문에…. 나는 내친김에 '아홉 시에 출근
해서 여섯 시에 퇴근한다'는 말까지 하고 싶었으나 꾹꾹 참았
다. 은퇴 후 적당히 소일하는 후배에게 괜히 약 올리는 것 같아
서였다. 야근까지 한다는 말까지 했더라면 어땠을까 하는 생각
을 하면서 혼자 웃는다. 하지만 망팔의 나이에 야근까지 하는
것이 과연 축복인지 불행인지 나도 분간이 잘 안된다. 봄날은
가는데 말이다.

보신탕 추억

"개, 혀?"

뜬금없이 친구가 문자를 보내왔다. 견(犬) 팔자가 상(上)팔자인 요즘 세상에 함부로 보신탕을 입에 오르내리다니…. 하지만 매몰차게 딱 자를 수는 없어 "정부시책 때문에…"라고 엉거주춤한 답신을 보냈다. 밥 모임 친구 넷 모두 비슷한 의견이었던지, 며칠 뒤 이번 달 점심 메뉴는 '황구'라고 알려왔다. 황구! 그 참 오랜만에 들어보는 단어였다. 옛날 추억을 떠올리며 '개 하는 친구' 넷이 복날 우면산 근처 보신탕집으로 발길을 옮기게 되었다.

개고기를 처음 맛본 것이 20대 중반, 부산에서 근무할 때였다. 선풍기조차 없는 사무실에서 땀을 줄줄 흘리던 어느 날, 점심 사준다는 직장 선배의 제의에 따라나섰다. 김이 모락모락 나는 수육을 부추나물에 돌돌 감아 먹고 나서 뜨끈한 탕을 한 그릇 비웠다. 선배의 시범대로 따라서. 하도 맛있어 식사가 끝나고 나오면서 무슨 고기냐고 물었는데, 선배 입에서 나온 한마디가 충격이었다. 개고기라는 것…. 그 순간 뱃속이 뒤집힐 것 같은 고통에 길옆 전봇대를 붙잡고 한참을 괴로워했었다.

유년 시절 시골집에서 함께 살았던 강아지(이름이 '워리'였음)가 갑자기 뱃속에서 꼬물거리는 것 같았다. 죄 없는 선배를 따질 듯이 노려보았으나, 이미 예상했다는 듯 선배의 표정은 능글맞기조차 하였다. 헛구역질을 몇 차례하고 난 뒤, '소고기보다 맛있지 않으냐'는 선배의 한마디에 그만 마음을 돌려먹고 말았었다. 이미 먹어버린 고기를 토해낼 수도 없었고….

그날 이후로 나도 보신탕 마니아로 변해갔다. 점심때마다 사무실 근처 수정동 시장 골목을 선배와 함께 거의 하루도 거르지 않고 누볐다. 여름에 보신탕을 먹어두면 겨울에 감기 않지 않는다는 선배의 검증도 안 된 학설을 믿고 '목표 그릇 수'를 정해 즐겼을 정도였다. 줄줄 흐르는 땀 때문에 우리는 웃옷을 벗고 먹었다. 웃통을 벗어젖히고 보신탕 먹었던 모습을 상상하면 지금도 실소를 금치 못한다. 우리만 그런 것이 아니었다. 방에 가득한 손님들 모두 그랬으니, 그것이 당시 보신탕집 식사 문화였다. 업무 관계로 만난 손님과도 보신탕 취향을 물어보거나 은근히 권하기도 하였다. 보신탕집 스타일의 식사 덕택에 어려운 문제도 의외로 잘 풀릴 때도 많았고….

직장 회식 때도 보신탕집으로 의견이 일치되면 땡큐였다. 유명 보신탕집은 소고깃집이나 일식집과 가격이 맞먹었기 때문이었다. 여름철 영양식으로 그 효능에 반론이 없을 정도인 데다, 수육과 탕 외에 다른 반찬이 별로 필요하지 않았다. 직장 상사 중에서도 보신탕을 즐기는 분이 많았는데, 땀을 뻘뻘 흘리며 마주 앉아 식사하는 기회는 서로의 마음을 보듬어주는 순간이기도 했다. 높은 양반 순시를 앞두고 식사메뉴를 고민하기 전에 어느 보신탕집으로 예약하라는 연락까지 해온다. 순시를 앞두고 의전 부담을 덜어주니 얼마나 편한가. 보신탕하면 지금도 생각나는 분이 있다. 돌아가신 김수학 국세청장님이다. 보신탕을 무척 좋아하셔서 그랬는지 성격 또한 무척 소탈하셨다. 참모들과 보신탕을 들면서 '보신탕집 깃발만 보여도 입에 군침이 돈다.'고 털어놓았을 정도였다.

그러다가 서울로 직장을 옮기고 나서는 사정이 변하고 말았다. 보신탕 사부 선배와 헤어지게 된 것이 큰 이유였다. 서울에서는 혼자서 보신탕집으로 갈 용기가 잘 나지 않았다. 사무실 근처 보신탕집을 몇 군데 가보았으나, 수육은 없고 전골만 있어 부산 스타일과는 달랐다. 그런저런 사연으로 보신탕집 출입은 어느새 뜸해지고 말았던 것이다.

얼마 전 국회에서 '개식용금지법'이 통과되었다. 지난해 실시한 국민인식조사에 따르면 응답자의 93~95%는 지난 1년간 개고기를 먹지 않았고, 앞으로도 먹을 의향이 없다고 답했다. 국민 절대 다수가 개식용에 혐오감을 느끼는 상황에서 이젠 거스를 수 없는 국제 표준으로 받아들이는 게 맞을 듯싶다. 이제 견공들의 불안은 줄어들었을까. 아니 이 시대를 사는 개들처럼 좋은 세상을 살았던 적이 있었을까. 1990년대 이전까지는 복날엔 누구나 할 것 없이 개고기를 많이 먹었던 것 같다. 일종의 세시(歲時) 음식 같은 존재였다. 미국에서 추수감사절에 칠면조 구이를 먹는 것과 같은 연례행사처럼. 한국 특유의 보신문화로 인해 정력에 좋다거나 영양분이 다른 고기에 비해 뛰어나다는 속설 영향도 컸으리라. 개고기를 평소에 먹지 않던 사람도 아프면 개고기가 스태미너 음식이라는 소문 때문에 몸보신을 이유로 먹기도 했다. 평소에는 개고기 생각도 안 하지만 복날이 가까워지면 일 년에 한두 번은 계절 풍습으로써 먹으러 가는 사람도 많았던 것 같다.

오늘, 삼십여 년 만에 가본 보신탕집은 옛날에 다녔던 그런 보신탕집이 아니었다. 우선 간판부터 달랐다. '○○염소탕'이란 글자 아래 조그만(아주 조그만) 글씨로 황구라고 쓰여 있었다. 얼른 봐서는 보신탕을 취급하는 집인 줄 알 수 없을 정도다. 식당 입구에서 안내하는 주인장의 태도도 달랐다. 그는 대머리에 개기름이 주르륵한 마음씨 고와 보이던 주인장이 아니었다. 씨익 웃으면서 "어서 옵쇼"라고 큰 소리로 손님을 맞던 옛날의 주인장도 아니었다. 보신탕이 최고의 인기를 누리던 시절에는 탁자와 의자에도 개기름이 흘러서 반질반질하였는데, 기름기

없는 깔끔한 집기들에도 정감이 가지 않았다. 보신탕집이 아니라 염소탕 집이 틀림없었다. 식당 안은 손님도 우리 일행이 전부였다. 메뉴판도 없어 종업원을 부르니 한참 만에 나타난 새침한 여자종업원이 사무적인 어조로 묻는 말에 겨우 답만하는 형편이다. 배받이 수육을 투박한 손으로 찍찍 찢어주면서 걸쭉한 목소리로 너스레를 떨던 아주머니는 더욱 기대난망이었다.

기대 반 걱정 반으로 나섰던 보신탕 추억 여행을 이쯤에서 접고 말았다. 개 하는 친구 넷은 별수 없이 염소탕으로 메뉴를 바꾸고 말았다. 그래도 추적추적 내리는 이슬비를 핑계 삼아 소주 한 병은 주문했다. 소주라도 곁들여야 허허한 세월의 흐름을 묻어버릴 수 있을 것 같아서였다. '염소하는 친구'가 된 넷은 요즘 견공들의 신분상승을 부러워하다가 그곳을 떠났다.

학처럼 살다간 친구

　그가 발령통지서를 한 손에 들고 손을 내밀었다. 훌쩍한 키에 몸은 호리호리하였는데, 목과 다리가 유달리 길어 보였다. 큰 키 때문이기도 하겠지만 살짝 구부정해 보이는 모습에서 겸손함이 묻어났다. 부끄럼을 잘 타는 듯 얼굴은 이따금 홍조를 띠면서도, 따스한 눈빛과 미소를 머금은 사람! 그는 어질고 착한 사람임이 분명했다. 동물원의 최고 신사 기린이 연상되기도 했으나, 한 마리 학(鶴)이 더 어울린다는 생각이 들었다. 나는 즉석에서 그에게 꽂히고 말았다. 운명적인 만남이었다.

　국세청 본청에서 1982년 여름, 그와 그렇게 첫 인연이 닿았다. 그의 이름은 박성기. 삼십 대 초반이었고, 우리는 한 살 차이의 동료였다. 내가 육 개월 전입고참(?)이기는 했어도, 부산에서 올라와 아무 연고도 없이 서울객지 생활을 하던 나에게는 좋은 친구 하나를 얻은 셈이었다. 그날 이후 우리는 잘한 일은 서로 칭찬해주고, 잘못한 일로 상사에게서 꾸지람을 들을 때는 서로 위로를 해주면서 점점 막역지우(莫逆之友)가 되어갔다.

　우리는 고된 업무에 시달리면서도 주말이 되면 같이 어울렸다. 낚싯대를 메고 강화도에 있는 대가저수지를 찾았다가 새벽 소나기를 만나 라면으로 허기를 때우기도 하였다. 동료 황성훈 씨와 셋이 강태공 행세를 하며 남이섬에 간 적도 있다. 그날 따라 세 사람이 나란히 던져놓은 낚싯대에 유독 내 것만 입질을 하지 않았다. 오기가 발동한 나는 그들을 먼저 숙소로 보내고 혼자서 기다리다 가두리 양식장에서 도망 나온 이스라엘 잉어를 낚아 올렸겠다. 숙소 앞으로 일행을 불러내 "내가 이래 봬도 낚시깨나 했던 사람"이라고 허풍을 늘어놓자 함께 박장대소를 했던 기억도 난다.

　가족들과 서로 왕래하면서 식사도 자주 하였고, 아이들끼리도 잘 어울렸다. 지금도 눈을 감으면 많은 추억이 활동사진 필름처럼 펼쳐진다. 설악산으로 갔던 그해 여름에는 길이 막혀 엄청 고생하였고, 흔들바위를 굴려버리자며 아이들과 함께 용을 쓰기도 했고…. 낙산사 가는 길목에서 기념 조약돌을 사서 아이들 이름을 새겨 주기도 하였다. 한라산 윗세오름과 영실 계곡을 함께 오르내렸고, 서귀포항에서 잠수함을 타고 바닷속을 휘젓고 달렸던 일은, 아이들은 물론 어른인 나에게도 잊지 못할 추억으로 남아있다. 이런 나들이 때는 언제나 그가 계획을 짜서 미리 보내오곤 했다. 그는 뭐든지 계획 세우기를 좋아하였고, 그 계획은 행사가 끝날 때까지 한 치 어긋남 없이 완벽하였다.

그는 전라남도 보성 시골에서 태어났다. 광주의 명문 고등학교에 유학하였으나, 대학진학을 하지 않고 공직에 들어왔다. 대학진학을 시도하였으나 여의치 못했을까. 그에게서 들은 이야기는 없다. 혹여 국립대학 입시에서 실패한 뒤 고민 끝에 공직으로 들어오게 된 것은 아니었을까. 궁금했지만 그동안 물어보지는 못했다. 아픈 곳을 건드리고 싶지는 않았기에…. 아마도 장남이라는 멍에도 그를 괴롭혔을 터이다. 그 당시 사립대학 등록금은 국립대학의 다섯 배였으니 함부로 사립대학 문을 넘볼 수는 없었으리라. 비록 대학은 안 나왔어도 그의 명석한 두뇌는 국세청 조직에서 충분히 인정되고도 남는다. 국세청 부기 1급에, 불과 스무 명 남짓 합격시켰던 세무사 시험에 당당히 이름을 올렸던 그는, 분명 준재(俊才)였다.

그의 공직생활 또한 성실 그 자체였다. 그가 오로지 정도(正道)만 걸었다고 나는 믿는다. 그는 친구이면서도 늘 한 걸음 앞서가는 등불 같은 존재였다. 그의 일거수일투족을 보며 나도 친구를 닮으려 노력하였으니까. 일을 처리하는 능력과 공직자의 자세가 특별하게 요구되는 국세청이다. 우리는 박호순이라는 또 한 사람의 '朴'가와 함께 한때 'Three 朴'으로 불리기도 했었다. 좋아하는 동료들이 장난삼아 붙여준 선물이었지만, 그만큼 조심스럽기도 했고 으쓱하기도 했던 것은 사실이다. 때로는 선의의 경쟁자로, 때로는 허물없는 친구로 모두 무탈하게 공직을 마감할 수 있었다고 생각한다.

또 우리는 골프 친구였다. 그는 체격조건을 앞세워 장타를 뽐냈고, 홀인원도 하면서 골프 늦게 배운 사람들의 기를 꺾기도 했다. 내가 퇴직하던 날, 김문환 선배님, 동료 황성훈 씨와 함께 수원의 골프장에서 기념 라운딩을 했었다. 한 해 먼저 퇴직했던 그가, 퇴직이란 "골프 가방에 본인 이름을 다는 것"이라고 풀이했다. 그럴듯한 말이었다. 오랜만에 나도 38년간의 긴장을 풀고 유쾌하게 하루를 보냈다.

그날 저녁 식사 자리에서 우리는 골프 월례모임을 만들고, 매월 네 번째 화요일에 만나서 운동을 하기로 뜻을 모았다. 이름도 '화사회(火四會)'로 정했고. 모임을 더도 말고 200회만 하자고 내가 제의했더니 "왜 200번이냐?"면서 그가 이의를 다는 것이었다. "일 년에 열 번씩 해도 겨우 이십 년밖에 안 되는데"라며 너무 짧지 않으냐고….

그러던 그가 오늘 세상을 하직하였단다. 경천동지할 연락이었다. 아내와 함께 서둘러 차를 몰고 병원으로 가면서도 도무지 믿어지지 않았다. 건강이 회복되어 지난주에 함께 골프를 치기로 약속까지 했었는데…. 다른 사정으로 한 달 뒤로 미룬 것이 너무 안타까웠다. '아니야 그럴 리가 없어.' 하면서도, '심 여사가 잘못 알려주었을 리가….' 별의별 생각에 머릿속은 여러 갈래로 헝클어진다. 화사회도 이제 겨우 100회를 넘겼을 뿐인데, 이럴 수는 없는 일이었다. 사람의 목숨이 이렇게 허무한 것인가.

그는 오늘의 이별을 미리 알았던 것일까. 미망인 심 여사는 울먹였다. "서너 달 전부터, 아침저녁으로 부엌일을 도맡아 하는 거였어요. 밥하는 건 물론이고 반찬도 만들고 냉장고 청소도 해주는 것이 이상할 정도였어요. 새벽에 일어나면 내가 좋아하는 찬송가도 틀어주었답니다…." 노부모 봉양에 힘든 아내한테 진 무거운 빚을 두고 그냥 떠날 수는 없어서 그랬을지도 모를 일이었다. 고매한 인품을 지녔던 친구, 한 마리 단정학(丹頂鶴)이었던 그가 하늘나라로 떠나고 만 것이다. 40년 친구에게는 한마디 작별인사도 없이 홀연히. 친구여! 이제 모든 것 잊고 그곳에서 편히 쉬시기를….

비밀번호

    친구가 비명(非命)에 갔다. 일흔셋, 아직은 팔팔한 나이인 줄 알았는데 서둘러 떠나고 말았다. 하늘나라로 떠날 행장(行裝)을 꾸릴 여유는 물론, 가족과 마지막 작별을 주고받을 겨를조차 없었다. 아침밥 잘 먹고 가슴이 답답하다고 119에 실려 갔는데, 응급실 침대에서 손으로 허공을 가리키다가 눈을 감고 말았다.

    응급실 밖에서 애태우던 아내에게 말 한마디 남기지 않았고, 같은 서울에 사는 자식들도 임종을 지키지 못하였다. 허망한 심정으로 장례를 치르고 난 유족들은 유품을 정리하면서 또 애를 먹었다. 재벌은 아니었지만, 망인의 재산이 어디에 얼마나 있는지 찾아내기가 쉽지 않아서였다. 그중에서도 은행예금은 망자만이 비밀번호를 알고 있는 터라 인출이 어려웠다. 친구는 뭐든 찬찬히 메모 잘하기로 소문난 모범생이었지만, 비밀번호를 알려주지 못하고 떠나버린 것이다.

바야흐로 비밀번호가 범람하는 세상에 우리는 살고 있다. 비밀번호를 이용하지 않으면 불편하다. 은행에서 돈을 찾아야 할 때도, 인터넷으로 음식점이나 호텔을 예약하려 해도 비밀번호를 걸어야 한다. 비밀, 비밀… 비밀로 처리해야 할 일이 많아지니 일일이 머릿속에 그 번호를 기억하는 것은 한계가 있다. 비밀번호 장부라도 만들어서 관리해야 할 판이다.

로마의 율리우스 카이사르는 흔히 비밀번호 사용의 원조(元祖)처럼 알려져 있다. 그는 편지를 주고받을 때 치환암호를 즐겨 사용했다. 알파벳을 순서대로 일정 자리씩 옮겨 암호화하는 방식이다. 예컨대 알파벳을 세 자리씩 옮겨 암호화한다면 A는 D로, B는 E로 바꾸면 된다. 이 방식으로 'THANK YOU'를 암호화하면 'VJDQN ARX'가 된다. '카이사르 암호'는 기록으로 남겨진 가장 오래된 암호라고 한다.

전문가의 주장에 의하면, 이런 암호학의 역사엔 두 차례 전환점이 있었다고 한다. 첫 번째 전환점은 1, 2차 세계대전이다. 영국의 천재 수학자 앨런 튜링 등 당대 최고의 학자들이 암호 설계와 해독에 참여하면서 암호학이 비약적으로 발전했다. 두 번째 전환점은 컴퓨터 시대의 도래다. 컴퓨터로 인해 전문가들의 전유물이던 암호가 대중화했다. 1961년 미국 MIT가 학내 컴퓨터 시스템을 구축하면서 비밀번호로 접속하는 '로그인'을 도입한 것이 시초였다.

금융기관에서 처음 비밀번호가 등장했던 시절 현금자동입출금기에 누르던 내 비밀번호는 '3333'이었다. 그때는 기술이참 편리하다고 생각했다. 어느 날 은행에서 비밀번호를 똑같은숫자 네 자리로 만들지 말라고 해서 '3456'으로 바꾸었다. 그러다 또 연속하는 숫자는 안 된다고 해서 '3457'로 살짝 바꾸었다. 또 어느 날 비밀번호를 6자리 이상으로 만들라고 해서'345789'를 쓰며 버텼다. 그랬더니 이젠 8자리 이상으로 하되영어와 특수기호를 반드시 섞으라고 한다. 이쯤 되니 비밀번호외우는 건 내 두뇌 한계를 벗어나고 말았다.

　비밀번호가 복잡해지는 이유는 물론 범죄 위협 때문이다.범죄자들이 사용하는 온라인 기술 수준이 고도화되면서 이를 막기 위한 보안 수준도 높아질 수밖에 없다. 인터넷이나 스마트폰이 등장한 이후 폭증하는 범죄가 사기와 마약 범죄라고 한다. 그중 사기 범죄는 2015년부터 절도를 밀어내고 우리나라에서 가장 많이 발생하는 범죄로 자리를 차지하였다고 한다. 인터넷이 없던 시절 범죄자는 직접 범죄 장소에 나타나 물리적 행위를 해야 했다. 살인을 하거나, 거짓말을 하거나, 남의집 담장을 넘어서 물건을 훔치는 식이다. 그 시절에는 이웃과도 서로 다 알고 지냈기 때문에 위험한 사람들과는 적당한 거리를 둠으로써 범죄를 회피할 수도 있었다. 지금은 비밀번호만알아내면 얼마든지 비노출 상태로 사기를 칠 수 있는 세상이되었다.

사기 범죄는 날로 진화하고 있어 보통 일이 아니다. 이에 맞서 구글을 비롯해 애플, 삼성전자 등이 잇따라 비밀번호 대신 패스키라는 새로운 기술을 도입하겠다고 선언했다. 패스키는 얼굴, 지문, 홍채 등 생체 인식과 화면잠금 개인식별 번호(PIN) 등 장치에 저장된 암호화키에 접속해 로그인하는 방식이다. 생체 정보는 세계 80억 인간이 모두 달라 보안성이 뛰어난 데다 복잡한 비밀번호를 기억할 필요가 없어 간편하다는 장점이 있다. 하지만 생체 정보도 해킹으로부터 100% 안전하다고는 볼 수 없다는 주장도 만만찮다. 생체 정보가 뚫리면 비밀번호처럼 정보를 변경하기 어렵기 때문에 더 치명적이란다. 창과 방패에 비유되는 해킹과 보안의 싸움은 끝이 없어 보인다.

내 것을 잘 숨겨두어야 하는 것은 인간의 속성이다. 그러니 남이 눈치채지 못하게 갈무리해두는 기술이야말로 필수적이다. 돈을 버는 것보다 잘 숨겨두는 것이 더 중요한 일이 되고 말았다. 오소리가 겨울 양식을 감쪽같이 굴속에 숨겨놓는 것처럼. 언젠가 고향 친구들과 중국 여행을 갔을 때였다. 나이 탓에 기억력도 희미해지고 낯선 곳이라 조심스럽기도 했다. 호텔에서 자고 다음날 공항으로 가는 버스에 오르려는 데, 유독 한 친구가 숙소에서 나오지 않았다. 나중에 안 일이지만 친구는 가지고 있던 귀중품을 찾느라고 늦어진 거였다. 쓰레기통은 물론이고 이불속과 침대 밑을 샅샅이 뒤졌으나 없었다. 베갯속에 깊이깊이 숨겼던 것을 찾아내는 데는 시간이 한참 걸렸던 것이다.

작은딸이 내 스마트폰에 적어놓은 비밀번호를 보더니 기겁을 한다. 비밀번호 계정을 따로 만들어야 한다면서 '오소리 계정'을 만들어 주었다. 옮겨 적고 보니 그 분량이 꽤 된다. 인증서까지 챙기니 비밀로 관리할 건수가 더 늘었다. 일 년에 한 번 정도는 이 비밀들의 번호를 변경해야 한다니 그 일도 쉽지는 않을 듯하다. 그건 그렇다 치고, 오소리 계정을 여는 비밀번호는 또 어디에다 숨겨두어야 안전할까.

끝내 못다 한 말

봄소식을 기다리던 삼월 어느 날이었다. 중학 동창생 단톡방에 황당한 메시지 하나가 올라왔다. "강○○ 씨 어제 14시 세브란스 병원에서 별세. 고인의 뜻에 따라 시신은 기증했습니다."

그게 전부였다. 장례 일정에 대한 안내도, 소식을 전하는 사람이 누구인지도 알 수 없는 글이었다. 유족 중에 누군가가 올렸겠지만, 글이 올라오고 얼마 안 있어 친구는 단톡방에서 나갔다. 본인이 스스로 죽었다고 알리고 단톡방에서 홀연히 사라진 셈이었다.

단톡방에는 난리가 났다. "정말입니까?"에서부터 "무슨 소리야? 얼마 전까지만 해도 카페에 열심히 글을 올리곤 했잖아…." 친구들은 정신적 공황 상태가 되고 말았다. 아닌 밤중에 홍두깨 같은 상황에 친구들 궁금증은 이어졌다. "도대체 어떻게 된 거냐?" "교통사고?" "건강이 갑자기 안 좋았나?" "코로나 때문인가?" 온갖 추측들이 설왕설래했지만 모두 억측에 불과했다. 공허한 메아리만 단톡방 가득 넘칠 뿐이었다. 평소에 건강하였고, 동창 모임에도 빠진 적이 없는 그였으니 착잡한 기분을 어쩔 수 없었다.

　그와 나는 먼 남쪽 끝을 고향으로 둔 시골 촌놈이다. 그와 중학교 일학년 때 같은 반이었다. 얼굴도 갸름하고 착해 보였던 그와 어떤 계기가 있었는지 모르지만, 짝도 아니면서 친하게 지냈다. 읍에 살았던 그가 학교가 파하면 십 리도 더 떨어진 우리 집까지 놀러 오기도 했다. 우리 동네 앞 개천에서 함께 가재를 잡았던 기억이 아직도 생생하다.
　중학교 졸업 이후에는 서로 연락도 없었다가 육십 고개를 넘은 나이에 서울 종로에서 우연히 그를 만났다. 사십 년이 지난 세월이었지만 길거리에서 첫눈에 알아보았었다. 여전히 깔끔한 외모에 점잖은 목소리는 그가 성공한 친구로 보였다. 내 마음속에는 우리 집에 놀러 왔던 옛 추억을 그도 기억하는지 궁금했고, 언젠가 기회가 있으면 지난 그 시절을 함께 되새김질도 해보고 싶은 생각을 하곤 했었다. 동창 모임에서 심중을 터놓고 둘만의 얘기를 나눌 기회는 없었던 터였다.
　그는 방배동에 있는 교회에 다니면서 신앙생활을 열심히 하는 것 같았다. 그가 믿음을 갖고 있다는 것에, 나 역시 부족하지만 같은 신앙인으로서 마음 든든하게 여겼던 것도 사실이다. 그는 언제인가부터 성경 말씀을 카톡으로 보내오기 시작했다. 맨 처음 그로부터 잠언 구절을 문자로 받고, 고맙다는 답신을 보낸 적이 있었다. 그것은 다가올 일을 예상치 못한 내 큰 실수(?)였다. 그는 하루도 거르지 않고 카톡에 성경 문자를 보내왔다. 카톡을 갑자기 중단할 수도 없는 노릇이었다. 한 번은 실수를 핑계로 카톡방을 슬며시 도망쳐 보았지만, 득달같은 그의 '초대하기' 그물이 용납하지 않았다.

친구는 동창 모임 카페에 글을 올리는 것도 즐겨 했다. 하루 한편씩 변함없이 글을 올렸다. 건강에 관한 이야기나 친구와의 우정, 때로는 정치판 이야기 등도 간간이 있었지만, 언제나 주된 메뉴는 성경 말씀이었다. 단톡방인데도 그 글들은 카페 식구가 아닌 바깥사람들까지 읽히면서 많은 사람이 공감하기도 했다. 필력도 대단하였다.

그가 올리는 글의 특징은 늘 목사님 설교를 듣는 것 같은 끝맺음이었다. 종교를 달리하는 카페 친구들의 입장도 염두에 둬야 할 것 같아, 내가 괜히 조마조마하였던 것도 사실이다. 출퇴근 시간에 지하철역 출구에서 '예수 믿읍시다'라고 쉰 목소리로 외치는 사람이 연상되어서였다. 친구는 카페에 올린 글을 단톡방에도 올렸고, 그것도 모자라 개인 카톡으로 내게 보내오곤 했던 것이다. 솔직히 나는 친구의 이런 메시지가 귀찮아서 읽지 않았다. 다른 친구들 역시 마찬가지였으리라.

그의 갑작스런 부음에 남달리 깜짝 놀란 이유는 정작 다른데 있었다. 동창 박 회장의 공장 개관식에 초대받아 경북 왜관으로 함께 간 적이 있었다. 불과 보름쯤 전이었다. 경향 각지에서 스무 명 남짓 친구들이 그날 모였는데, 서울에서는 그와 둘이서 가게 된 것이다. 나는 좋은 기회라고 생각하였다. '카페 글에 대해 한마디 해줘야지.'라고. 새벽 일찍 서울역에서 만난 그와 기차에서 커피를 마시면서 기회를 엿보았으나 자꾸 망설여졌다. 유쾌하지도 않은 이야기를 굳이 아침부터 하기가 그랬던 것이다. '그래, 서울로 올 때 얘기할 기회가 있겠지'라고 맘먹었다. 그런데 서울로 오는 차 안에서도 끝내 못하고 말았다. 점심때 마신 맥주 한잔 때문에 졸음을 이기지 못해서였다.

해 질 녘 강가에 서서 노을이 너무 고와 낙조인 줄 몰랐습니다. 이제 조금은 인생이 뭔지 알만하니 모든 것이 너무 빨리 지나가는 것 같아요. 그러니 사랑하세요. 많이많이 사랑하세요. 언젠가 우리는 보고 싶어도 못 보겠죠. 어느 날 모두가 후회한답니다.

친구가 마지막 남긴 카페 글이다. 언젠가 보고 싶어도 못볼 테니 많이많이 사랑하라고…. 그는 갈 길을 이미 알고나 있었던 사람처럼 신신당부한다. 먼 길 떠난 그는 빈소도 없었다. 영정사진이라도 붙잡고 작별의 인사를 나누고 싶지만 아쉽고 안타깝다. 끝내 하지 못했던 한마디는 가슴속에 묻어야겠다. 부디 하늘나라에서 영면하시기를 빈다.

여백이 필요한 시대

"할아버지, 시간 좀 재어주세요."

아홉 살짜리 손녀 서윤이가 내 방에 들어 와서 말했다.

"무슨 시간?"

서윤이는 대답 대신 종이에 '한 호흡 챌린지'라고 쓰더니 큼직큼직한 글씨로 원고를 만들어 빠르게 읽어 나간다. 원고는 단숨에 읽어내기에 쉽지 않을 분량인 것으로 보였다. 처음에는 빨리 읽으려다 더듬거리기도 하더니, 곧 단숨에 읽어낸다. 애미의 설명은 요즘 학원에서 아이들에게 이런 프로그램을 지도하는 곳이 많다고 한다. 주어진 문장을 정확하고 알아듣기 쉽게 말하는 요령을 익히는 거라면서. 이런 훈련을 받으면 말하기의 유연성을 길러 안정감 있고 자연스러운 발성을 할 수 있는 장점이 있단다. MZ세대들이 친숙한 숏폼 영상 콘텐츠에 걸맞게 메시지 전달 시간은 짧아야 하는가 보다.

새해를 맞아 빈 필하모닉오케스트라 음악회에 갔을 때가

떠오른다. 음악에는 문외한이지만 그날 음악회 행사의 분위기는 사뭇 인상적이었다. 클래식 연주가 짧으면 2분, 아무리 길어도 6분 정도의 춤곡 등으로 구성된 점이 그랬다. 교향곡의 아버지로 불리는 하이든의 교향곡은 곡의 길이가 대부분 30분 전후이고, 그 외에도 고전음악을 대표하는 모차르트, 베토벤 교향곡의 길이는 40분, 이후 슈베르트와 슈만을 거쳐 후반기 낭만파 음악을 대표하는 브람스와 차이코프스키, 말러 등의 교향곡은 60분을 넘기기도 한다던데…. 요즘 관객들은 청소년부터 노인까지 세대 구분 없이 교향곡처럼 길지 않은, 짧은 음악을 선곡하는 것이 대세라고 그날 사회자는 설명하였다.

우리 주변의 모든 일상이 점점 짧아지거나 빨라진다. 우리도 느끼지 못하는 사이, 뭐든지 '빨리, 빨리'로 세상은 변하고 있다. 온종일 걸리던 경부선 완행열차는 두 시간대로 빨라졌다. 괴나리봇짐 등에 메고 과거 보러 다녔던 선비의 상경 길에 비하면 상상조차 하기 어려운 시간이다. 파리 공항에서 수천 킬로미터 떨어진 뉴욕까지 3시간대에 사람을 실어 나르는 비행기가 나온 것도 십수 년 전의 일이다. 빨라지지 않고는 시대에 뒤처져 살아남지 못하기 십상이다. 길을 나설 때는 맨 먼저 목적지까지 교통수단을 정해야 한다. 승용차로 가기로 정했다면 몇 시간이 소요되는지 스마트폰에 물어야 한다. 어느 길로 몇 시간에 걸쳐서 갈 수 있겠느냐는 문제는 결국 시간 소비량을 예상하는 것이고, 그것은 시간을 아껴야 한다는 문제일 것이다.

　이런 시대 흐름에 나도 모르게 익숙해지고 있다는 것을 깨달았다. 오늘 낮에도 종로에 있는 약속 장소까지 가면서 그랬다. 집 근처 지하철역에서 종로에 있는 약속 장소까지 가려면 지하철 이용이 상대적으로 나은 선택이다. 버스나 택시보다는 막히지 않고 빨리 갈 수 있으므로. 지하철 앱을 열고 소요 시간을 알아보았다. 중간에 한 번 갈아타는 역에서 걸리는 시간까지도 앱은 정확하게 알려준다. 지하철 안에서는 스마트폰도 보고, 사무실 직원과 통화도 하거나 창밖을 보며 이것저것 생각에 잠기기도 하였지만, 약속 시각에는 1분도 틀리지 않고 정시에 도착했다. 물론 상대방도 거의 같은 시간에 도착하였다. 아마도 지하철이 없는 시대였다면 이동하는 데 시간이 훨씬 많이 걸렸을 테고, 상대방의 도착 시각도 들쑥날쑥했을 것이다. 조선시대였다면 그곳에서 두 사람이 만나는 데 하루 만에 가능했을까.

　요즘 책을 읽는 버릇도 달라졌다. 목차를 먼저 훑어보고 본문으로 들어가던 순서는 이미 옛이야기다. 책을 읽기 전에 출판사의 소개 글이나 전문가의 논평을 먼저 읽는 버릇이 생겼다. 논평에는 그 분야 전문가의 견해를 알 수 있어서 내가 읽어나가면서 머릿속에 담을 정보가 빠르게 다가온다. 결론을 먼저 알고 싶은 욕심도 마찬가지다. 유튜브에서도 쇼트 리츠를 먼저 읽으면 긴 시간을 유튜브와 씨름하지 않아도 된다.

뉴욕타임스 베스트셀러 작가인 요한 하리(Johann Hari)는 『도둑맞은 집중력』에서 전 세계 모든 곳에서 공통적으로 집중 능력은 붕괴하고 있다고 하였다. 미국의 10대들은 한 가지 일에 65초 이상 집중하지 못하고, 직장인들의 평균 집중 시간은 단 3분에 불과하다고 한다. 작가는 미국인들은 1950년대보다 훨씬 더 빠르게 말하고, 덜 자고, 심지어 도시인들은 20년 전보다 걸음을 10% 더 빠르게 걷게 됐다고 지적한다. 그러면서 작가는 이런 집중력 위기에 수면의 부족, 독서의 붕괴, 기술 기업들의 주의력 조종 등 12가지 원인이 작용한다고 주장한다.

『트랜드코리아 2024』(김난도 외)에서는 우리가 사는 시대를 '분초 사회'라 하면서 "돈보다 시간을 중시하고, 사용 시간 단위를 조각내며, 여러 일을 함께 처리하고, 일단 결론부터 확인한 후 일을 진행하며 극한의 시간 효율을 추구한다."라고 정의하고 있다. 그렇다. 분초 사회에서는 시간이 돈이나 자산이 되는 것은 당연하므로 시간 절약이 필수다. 집중력 문제도 있겠지만, 분초사회를 살다 보니 시간이 절대적으로 부족한 것일지도 모르겠다.

시간이 더욱 중요해진 것은 볼거리, 먹을거리, 읽을거리 등 등 '콘텐츠'가 많아졌기 때문이 아닐까. 세상은 수많은 양의 정보와 콘텐츠를 무한정으로 쏟아내고 있으니까. 끝이 없는 콘텐츠의 바다 안에서 허우적대면서, 사람들은 2배속 또는 3배속으로 떼밀려 다니는 것이다. 음악을 듣고 책을 읽고 영화를 감상하는 것이 아니라, 그저 콘텐츠를 소비만 하고 있는지도 모른다. 정해진 속도의 삶을 내팽개친 채.

'나물 먹고 물 마시고 팔을 베고 누웠으니 즐거움이 그 안에 있다…'며 유유자적하던 옛사람들이 지금의 우리 모습을 본다면 과연 뭐라고 할까. 분초를 다투며 허우적대는 것에 연민의 정을 느낄 게 분명하다. 여백(餘白)이 필요한 시대에 우리는 살고 있다.

Paris에 대한 환상

　프랑스의 수도인 파리는 낭만적인 분위기, 상징적인 랜드마크, 풍부한 문화유산으로 여행자를 매료시키는 환상적인 곳이다. 에펠탑과 센강의 그림 같은 모습, 오래되고 친근한 카페, 몽마르트 언덕의 낭만, 귀중한 예술작품의 보고 루브르 박물관, 노트르담 대성당의 위용…. 여행객에게는 꼭 한번 가보고 싶은 로망이었다.

　그런데 며칠 전 언론 보도에 따르면 "소매치기 들끓고, 여행사는 파리 기피"라는 기사가 떴다. 도대체 무슨 황당한 이야기일까 싶다. 기사 내용은 어느 여행 리서치 전문기관이 유럽을 다녀온 여행자 999명의 응답을 토대로 국가별 여행콘텐츠 매력도, 여행 인프라 쾌적도를 바탕으로 '해외 여행지 만족도'를 조사한 결과였다. 프랑스가 비용 대비 만족도가 가장 떨어지는 것으로 나타났다는 것. 실제로 국내 여행사의 서유럽 패키지 예약률은 지난해 같은 기간에 비해 30%에서 40%가량 줄어든 것으로 집계되었다고도 한다.

더 가관인 것은 파리 시민들까지 나서서 올림픽 개막을 앞두고 외국인에게 파리에 오지 말라며 '보이콧'을 유도하는 영상을 퍼트리고 있다는 것이었다. 틱톡에 동영상을 올린 24세 현지 대학생은 "올림픽을 보러 파리에 올 계획이라면 오지 말라"면서 이번 올림픽 기간 파리가 위험하고 '생지옥'을 방불케 하는 공간이 될 것이라고 주장했다. SNS에는 걸핏하면 파리에서 소매치기당했다는 경험담이 올라온다. 실제로 사람들이 소매치기범으로 보이는 이들을 줄곧 따라다니며 '픽 포켓'이라고 반복적으로 외치는 등 관광객의 주의를 환기시킨다는 것이다.

몇 년 전 이탈리아 여행을 갔을 때 가이드가 소매치기 조심하라고 신신당부하던 기억이 난다. 실제로 바티칸 궁에서 사진을 찍으려 두 손을 올리는 사이 소매치기는 잽싸게 호주머니를 털어가곤 했다. 그 민첩한 수완에 여행객들은 혀를 내두를 수밖에 없었다. 한때는 우리나라도 소매치기가 들끓었던 적이 있었다. 해방과 6·25를 겪고 일자리도 변변히 없었던 시절, 쓰리꾼(소매치기)들이 창궐했다. 그때는 촌사람이 서울 오면 가장 조심해야 할 것이 쓰리꾼이었다. 오죽하면 코까지 베어간다고 해서 서울역에 내리자마자 코를 손으로 움켜잡고 다녔다는 우스개까지 생겨날 정도였으니까.

오늘날, 이렇게 부를 누리면서 치안이 완벽한 나라에 살고 있는 것은 큰 복이다. 그런데 복에 겹다 보면 복인 줄을 모르는 이도 많은 것 같다.

고부

평화롭고 행복했던 가정이었다. 효성 지극하였던 장남 남편은 부모님을 모시고 살았다. 부모님은 모두 아흔이 넘었지만 아들 내외는 요양원 같은 곳은 꿈에도 생각하지 않았고⋯. 착한 아내는 아들 둘을 잘 키웠고, 남편을 도와 지극정성으로 부모님을 모셨다. 큰 며느리 된 죄로 두 시동생까지 키워서 장가까지 보냈다. 작년에는 아흔다섯 부친을 지구별에서 보내드렸다. 그런데⋯.

몇 달 전 갑자기 남편이 세상을 떠났다. 아침 식사 잘하고는 갑자기 배가 아프다고 병원으로 함께 갔었는데, 병원에서 하루 종일 검사만 하다가 어이없이 죽고 말았다. 하늘이 무너지고 땅이 꺼지고도 모자랐다. 남편 시신 앞에서 아내는 오열할 기력조차 없었다. 너무도 뜻밖에 당한 일이라서⋯. "어째 이런 일이⋯"라면서 "무정한 사람"이란 한숨밖에 안 나왔다. 빈소가 만원이라 첫날은 시신을 영안실에 안치만 해놓고 발길을 돌려야 했다.

집으로 가는 발길이 무겁기만 했다. 집에 계시는 시어머니께 이 사실을 어떻게 설명해야 할지 막막했다. 정신이 혼미해서 일의 앞뒤조차 떠오르지 않았다. 의지라도 해야 할 자식들은 그네들 집으로 갔다. "어머니, 괜찮겠어요?"라고 큰아들이 물었지만, "괜찮아."라고 말해버린 것이 후회되었다. 사실은 너무도 괜찮지 않은데….

차가운 땅속에 그녀가 남편을 묻고 하산하는 날이었다. 남편 친구에게 그녀는 걱정하지 마시라고 했다. 구순의 시어머니와 두 사람이 함께 살아야 하는 운명인데도 말이다. 갑자기 돌변해버린 상황에 내 마음이 짠했다. 어느 시인의 작품이 떠올랐다.

예순 살짝 넘긴 며느리가 여든 훌쩍 넘긴 시어매한테 어무이, 나, 오도바이 멘허시험 볼라요 허락해주소 하니 그 시어매, 거 무신 씨나락 까먹는 소리여, 얼릉 가서 밭일이나 혀!

요번만큼은 뜻대로 허것소 그리 아소, 방바닥에 구부리고 앉아 떠듬떠듬 연필에 침 발라 공부를 허는데, 멀찌감치 앉아 시래기 손질하며 며느리 꼬라지 쏘아보던 시어매 몸뻬 차림으로 버스에 올라 읍내 나가 물어물어 안경집 찾아 만 원짜리

만지작거리다 만오천 원짜리 돋보기 사 들고 며느리 앞에 툭 던지며 허는 말, 거 눈에 뵈도 못 따는 기 멘허라는디 뵈도 않으믄서 워찌 멘헐 딴다? 아나 멘허!

—김수열, 「고부」 전문

원동기 면허 시험 응시를 두고 벌어진 예순 며느리와 팔순 시어머니의 이야기다. 하지만 두 사람의 사이에 있어야 할 한 남자가 언급되지 않아 쓸쓸하다. 아마도 오래 전에 저 세상으로 갔나보다. 그런가 하면 "요번만큼은 뜻대로 허것소"라는 며느리의 말에서는 지난 세월의 인고가 후끈 묻어난다. 그 세월은 어떤 시간이었을까? 섣불리 짐작이 가지 않는다. 읍내 안경집에서 시어머니는 만 원짜리 대신 만 오천 원짜리 돋보기를 집어 드는데, 그 마음 씀씀이가 고맙다. 따지고 보면 고부는 본래 남남이었다. 남편과 아들 역할을 하는 한 남자가 있어 가족 구성원이 된 것이었다. 그런데 그 밧줄이 끊어진 셈이 아닌가.

그러나 이제 와서 어쩌랴. 서로를 의지하며 살고 있는 고부 간의 세월에 콧등이 시큰해진다. 친구의 아내도 시인이 노래한 '원동기 며느리'처럼 시어머니 잘 모시고 씩씩하게 살았으면 하는 바람이다.

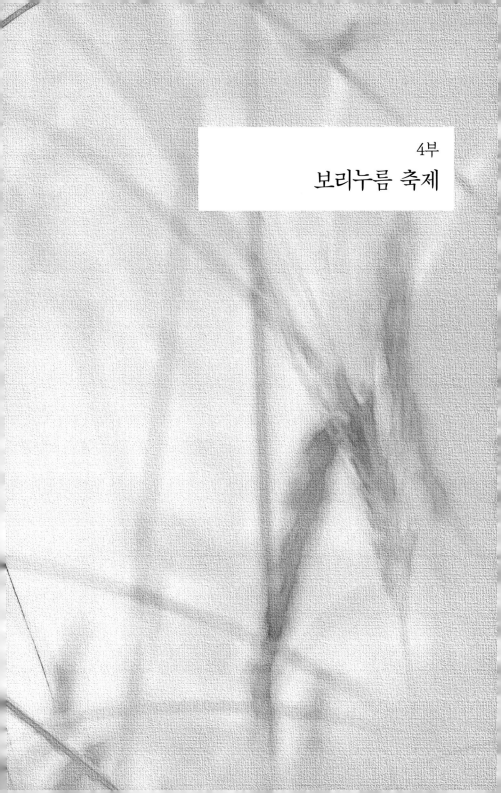

4부

보리누름 축제

나뭇가지로 햇볕을 가린 멸치상자에는 갓 잡은 멸치
가 펄떡거린다. 때맞추어 어머니는 참새미 물로 씻어 횟
감을 장만하시고, 광속에 아껴 두었던 농주를 꺼내 오신
다. 도리깨질 일꾼들이 입맛을 다시며 자리를 잡고 앉
는다. 치자나무 그늘 아래에는 멸치회 잔치가 펼쳐진다.
일꾼들에게 흐르던 땀도, 등에 붙었던 까락도 걸쭉한 막
걸리 한잔과 함께 온데간데없이 사라진다.

　　　　　　　　　　　　　　　　—「보리누름 축제」 중에서

내가 좋아하는 것들

　새벽부터 시작한 비 때문에 골프 나들이가 취소되었다. 덕분에 오늘 하루는 덤으로 얻은 보너스처럼 여겨진다. 오락가락하는 이슬비를 피해 아침 산책을 나섰다. 탄천 지류를 지나서 한강 변을 걷는 코스다. 물 한 병을 들고 걸음을 옮기며 이런저런 상념에 잠겨본다.

　나는 오늘처럼 비 오는 날이 좋았다. 그 이유는 있다. 시골에서 보낸 유년 시절 모심기하다 비가 내리면 하던 일을 중단하고 쉴 수 있어서였다. 그것도 웬만한 소낙비 정도로는 어림도 없었다. 앞산이 무너져 내릴 것처럼 요란한 천둥 번개와 폭탄처럼 비가 쏟아져야 가능했다. 그럴 때 우리 형제들은 창대같이 비가 계속 퍼붓기를 속으로 빌었었다. 이윽고 아버지의 '철수' 선언이 떨어지면 얼마나 반가웠는지 모른다. '야호'라고 소리라도 지르고 싶었다. 젖은 옷을 갈아입고 따스한 아랫목에서 호박 부침개를 먹는 재미도 이유 중 하나였다. 일하지 않아서 좋았고, 맛있는 것까지 먹을 수 있으니 비 오는 날이 좋을 수밖에.

유독 밀가루 음식을 나는 좋아했다. 그중에서도 국수나 수제비를 더 좋아했다. 농번기에는 논밭 일이 늦게 끝나기 마련이므로, 저녁 식사는 항상 늦은 시간이었다. 마당에 깔린 멍석에 앉아 어머니가 만드신 국수를 먹는다. 커다란 양푼에 넉넉하게 담긴 국수 맛이란 그저 그만이었다. 애호박 가늘게 채로 썬 나물 고명도 제격이었다. 매캐한 모깃불의 연기를 마셔가며, '호로록 호로록' 빨아대는 손자 곁에서 할머니는 "많이 묵어라" 하시며 부채로 달려드는 모기를 쫓아 주셨다.

혈기왕성했던 20대에는 테니스의 마력에 빠졌다. 모자부터 신발까지 하얀색 일색인 직장 선배 모습을 보고서… '신사 운동'이라는 선배의 한마디에 나도 신사가 되고 싶었던 것이다. 여섯 달로 예정된 레슨을 석 달 만에 서둘러 끝내고 하산(下山)(?)한 뒤, 속세의 신사들과 많이도 어울렸다. 동네 테니스 모임에 가입해서 일요일 동트기 전부터 해가 질 때까지 코트에서 살다시피 하였다. 그뿐이랴. 신사회원들과 뒤풀이까지 하고 나면 귀가 시간은 밤중이었다. 40대 초반 어느 날, 상대의 로빙볼을 받다가 담장에 무릎을 부딪쳐 6주 동안 깁스를 하기도 했다. 직장을 대표한 테니스시합에 출전한 적도 많았지만, 변변한 우승컵 하나 없는 것이 부끄럽기는 하다.

누군가 취미가 뭐냐고 물었다면, 젊은 시절의 나는 '일'이라고 답했을지도 모른다. 지금 돌이켜보면 아쉽지만 그 때는 당연하게 받아들였다. 월화수목금금금이라는 표현이 딱 맞을 것 같다. 용케도 집에서 쫓겨나지 않고 잘 버텨온 것이 대견하지만. 어쨌든 그놈의 '일'이란 틀 속에 꼼짝없이 갇혀 끙끙대야만 했다. 남들 눈에도 일이 취미인 사람으로 보이지 않았을까 싶다.

아무리 그랬어도 틈은 있었다. 연휴 시작 전날의 시간이 늘 그랬다. 연휴에 할 것들을 이것저것 궁리할 순간의 희열을 나는 즐겼다. 금요일에도 그랬다. 퇴근길에 동료들과 호프집에서 만난다. 한 주를 잘 보낸 뿌듯함에, 아쉬웠던 일은 풀면서 동료애를 나누는 시간이기도 했다. 상사의 흉을 안주 삼아 '한 잔 더!'를 외치던 호기는 잊지 못할 추억담이다. 주량을 주체못한 동료의 가벼운 실수도 있었지만, 그런 실수 덕분에 '한 잔 더!'의 기록은 오래도록 남는 역사다. 승용차 출퇴근이 대세가 된 뒤로는 음주운전 단속 때문에 옛날이야기가 되고 말았지만.

여름휴가 전날의 여유는 유별스러웠다. 휴가가 직장에서 주어진 은전(?)이었던 시절, 여름휴가의 출발은 언제나 예정에 없는 '갑자기'였다. 어느 여름에는 내일 출발할 휴가가 오늘 퇴근 때에야 허락된 적도 있었으니⋯. 호랑이 담배 먹던 시절이 아닌 이삼십 년 전 얘기다. 그래도 감읍했다. 그리고는 휴가 동안 무엇을 할까 계획 세우는 것이 즐거웠다. 이문열의 『삼국지』 열권을 챙겨서 고향 집에 가는 것이 고작이었지만, 어쨌든 휴가를 앞두고는 흥분과 기대로 들떠 있었다.

　60대가 되었다. 가족들과 여행계획을 세우는 것이 좋아졌다. 퇴직하였으니 훨씬 더 자유로워졌다. 올여름에는 제주도 여행을 가기로 하였다. 우리 식구와 큰딸네 식구들이 안덕에 있는 지인의 별장으로 갈 것이다. 그곳에 가서 하고 싶은 일들을 하루에도 몇 번씩 상상해보는 여유가 나는 좋다. 손녀 서윤이가 큰 소리로 마음껏 떠들고 노는 모습이 상상만 해도 즐겁다. 사위와 한라산 정상에 함께 오르면서 땀을 흘려보고도 싶고, 식구들과 웃으며 올레길도 걸어보고 싶다. 산방산 아래에 있는 횟집에 들러 아내가 좋아하는 생선회도 실컷 즐기고 싶다. 바뀔 수도 있는 계획이지만 혼자 세워보는 것만으로 즐겁고 유쾌하다.

　요즘은 집을 나서는 일이 줄어든 대신, 거실에서 보내는 시간이 늘었다. 클래식 음악에 빠지고 있어서다. 왈츠의 왕 요한 스트라우스2세의 〈아름답고 푸른 다뉴브〉가 와 닿는다. 잔잔히 흐르다가 찰랑대는 물결처럼 느껴지는 음률이 감동을 준다. 유럽여행 때 헝가리 대통령궁에서 내려다보던 부다페스트 시가지 사이로 흐르는 다뉴브강이 눈에 선하다. 사무실 바쁜 일이 마무리되는 대로 아내를 꼬드겨 유럽여행을 다녀올까도 싶다. 이번에는 해가 지지 않는 나라 영국을 가볼까, 아니면 알프스 산록으로 떠나볼까. 머릿속은 이미 유럽행 비행기에 탄 것 같은 기분이다.

디토 소비

"왜 앞차만 따라가요?"

운전대를 잡을 때마다 아내에게서 듣는 잔소리다. 아내는 내 운전 습관이 점잖은 줄 알면서도 앞지를 기회를 두서너 번 놓치고 나면 가만있지 않는다. 하지만 나는 그냥 똑바로 한 차선으로 차를 모는 것이 늘 편하다. 원래부터 매사에 한눈파는 것을 싫어하는 성격이니, 사람에 따라서는 앞차를 따라가는 것으로 보일 것이다. 앞에 큰 트럭이 길을 막고 있는데도 눈치 없이 졸졸 따라가는 정도는 아닌데도, 답답한가 보다. 바쁘니까 그러겠지만.

일행들과 여럿이 식당에 갔을 때, 나는 가급적 주문을 맨 먼저 하지 않는 편이다. 음식 메뉴판을 들고 오는 종업원을 슬쩍 피하면, 그는 다른 사람에게 메뉴판을 내밀게 돼있다. 대여섯 명이 갔을 때도 나는 눈치껏 마지막에 한다. 일행 중에 누군가 메뉴를 정하면 나는 그 일행의 주문이 끝나자마자 "나도!"라고 하면 되기 때문이다. 타고난 게으름 탓이다. 식사메뉴는 내가 싫어하는 것은 굳이 없을 터. 다른 사람에게 선택을 맡기고 사소한 일일지언정 자유를 만끽하고 싶은 것이 두 번째 이유다.

코로나 팬데믹의 광풍이 지구촌을 휩쓸고 난 뒤 새롭게 주목받는 트렌드 중에 단연 눈에 띄는 것이 있다. SNS를 통해 패션 브랜드 게시물을 접하고 게시물 속 모델과 유사한 스타일의 옷을 구매하거나, 특정한 누군가를 모방해 물건을 사는 소비 형태다. 이런 행동 양상의 소비 추세를 '디토 소비'라고 한단다. '디토(Ditto)'는 라틴어에서 유래한 단어로 '나도'를 의미하며, 소비라는 단어와 결합돼 다양한 분야에서 '나도 하고 싶다'라는 욕망을 따라가며 소비하는 모습을 묘사한다. 처음 '디토'를 접했을 때는, 나처럼 식사 메뉴를 앞장서 정하지 않는 게으른 사람들의 성향 정도로 받아들였었다.

그런데 디토 소비가 주목받게 된 이유를 추적한 결과는 다른 곳에 있었다. 현재를 살아가는 사람들은 다양한 소비 환경과 무수히 많은 상품 선택지로 인해서 늘 복잡한 결정 과정을 고민해야 한다. 소비자로서의 역할에 충실하기가 매우 어렵다는 말이리라. 소비자들은 단순한 물건 하나를 구매할 때에도 다양한 소비환경에 직면하게 된다. 최적의 선택을 위해 상품을 비교하고 복잡한 의사결정 과정을 거쳐야 하는 현실은 많은 시간과 노력을 요구하기 때문이다.

이런 환경에서 디토 소비는 소비자들이 복잡한 결정 과정을 효과적으로 생략하고 편리하게 제품을 선택할 수 있도록 해 준다. 디토 소비 방식은 수많은 상품을 비교하는 시간과 노력을 줄여주고 소비자들이 주체적으로 선택을 하면서도 편리성을 추구하는 현대 사회의 특징을 잘 반영하고 있기에 현대인들에게 적합한 소비 방식이 되고 있는 것 같다. 아내와 함께 백화점에 갔을 때 층층이 다니면서 발품을 팔아야 하던, 최적의 선택을 위한 눈물겨운 과정을 경험하지 않았던가. 그런 과정을 생략할 수 있다니 그야말로 기막히게 유익한 트렌드가 아닌가 싶다.

복잡한 소비환경에 익숙하지 못한 소비자나 같은 사람일수록 자신의 선택 외에 더 좋은 옵션이 있을 것을 우려해 선뜻 결정을 못 한다. 이런 소비자에게는 '디토 소비'가 반가울 수밖에 없다. 이런 분위기를 잘 이용하는 상혼(商魂)들에게는 얼씨구나 기회가 온 것 아니겠는가. 시간도 절약하면서 다른 사람이 경험한 확실한 선택의 결과를 고스란히 가져오는 이 완벽함이 얼마나 현명한 선택인가. 자칫 비합리적인 소비를 할 우려나, 필요 이상의 과소비를 할 수도 있지만 이런 부작용보다는 긍정적인 면이 훨씬 많다고 여겨진다.

시간이 무엇보다 소중한 자원이라고 한다면 가장 아까운 시간은 '실패한 시간', 즉 잘못 선택한 것에 쓴 시간일 것이다. 쇼핑에서도 마찬가지로 실패한 쇼핑은 시간과 돈을 낭비하기 때문에 '실패 소비'를 줄이기 위한 다양한 노하우가 등장하게 되었다. 구매후기 검색에도 '낮은 평점' 순으로 읽는다든지 심하게 저렴한 제품은 구매하지 말 것, 착용샷보다 동료 구매자들의 실제 리뷰 사진을 참고하기 등이다. 선물을 할 경우에도 카카오톡에 자기가 받고 싶은 선물 리스트를 업로드해서 친구들에게 알리는 '위시리스트'를 사용하는 얌체(?)들이 무지 늘고 있기도 하다.

디토 소비는 단순히 제품을 필요로 해서가 아니라, 다른 사람들이 사용하는 것을 보고 구매하게 되는 것이 특징이다. 이미 검증된 제품을 선택할 수 있다는 점과 그 선택이 나쁘지 않을 것이라는 믿음 때문에 이런 디토 소비 현상은 더욱 확산될 것으로 보인다. 특히 기업들이 이 디토 소비 트렌드를 적극 활용할 것은 분명해 보이므로 앞으로 더 활발하고 적극적으로 마케팅을 강화할 것으로 예상되는 것이다. 이와 같이 디토 소비는 우리 생활 깊숙하게 자리 잡은 소비 트렌드가 돼 버렸다.

하지만 매사 양지가 있으면 음지가 있는 법이다. 디토 소비에도 문제는 없지 않아 보인다. 불필요한 물건마저 충동적으로 소비하게 될 수 있다는 비판이 그것이다. 과소비, 맹소비. 상업적인 유혹을 잘 피해야 할 일이다. 또한 자신만의 개성을 잃고 유행을 따르기만 하는, 수동적 소비를 부추긴다고 우려하는 이들도 있을 것이다. 지나치게 특정 연예인이나 정치인을 맹목적으로 따르는 현상도 어쩌면 디토 소비의 일환으로 봐야 할지도 모르겠다. 자신의 정체성이나 개성을 망각하고 맹목적인 추종을 일삼는 행위는 결코 바람직하지 않다. 도전정신을 키워야 할 젊은이들이여, 분초의 시간을 절약은 하되, 맹목적인 추종 행동에는 빠지지 말았으면 한다.

쌀보고감차

요즘 지하철을 자주 이용하고 있다. 아침저녁으로 차가 막혀 짜증스러웠던 것을 생각하면서 왜 이런 교통편을 진작 몰랐을까 싶다. 러시아워를 조금씩 피해 다녀서 그런지 전혀 불편하지 않다. 오히려 '일일 만보 걷기' 건강 목표를 채우는 데 도움도 되고, 노약자석에 떡하니 앉아서 핸드폰까지 마음 놓고 볼 수 있으니 일석이조가 따로 없다.

지하철을 타면 느끼는 점 한 가지가 있다. 모두들 공부를 엄청 열심히 한다는 점이다. 남녀노소 불문이다. 지하철 안에서는 물론이고 역 구내에서도, 심지어는 역을 벗어나도 공부 삼매경이다. 무슨 공부를 그렇게도 열심히 하는지 궁금할 정도다. 젊은 친구들이 뚫어져라 들여다보는 핸드폰 화면을 곁눈으로 슬쩍 보았더니 만화를 열심히 보고 있었다. 어떤 젊은 아가씨는 의상 광고 화면을 들여다보기도 하고…. 지하철 안에서는 시선을 마땅히 둘 곳이 없어서 그렇다 치더라도 바깥으로

나가서도 핸드폰에 시선을 꽂고 다니는 것을 보면서 대한민국 국민이 세계에서 가장 공부를 열심히 하는 학구파들이 아닌가 생각된다.

하기야 어디 지하철에서만일까. 젊은 직원들과 점심 때 같이 가보면 식사를 하면서도 핸드폰을 들여다보기를 중단하지 않는다. 밥을 먹으면서도 핸드폰을 눈앞에 두고 들여다본다. 잠자는 시간을 빼고 거의 하루 종일 들여다보는 셈이다. 이것은 심한 말로 식음을 전폐한 수준이니 학구열이라기보다 일상의 정보에 목말라하는 자연 현상인가 싶기도 하다.

한때는 나도 열심히 공부하는 학구파였었다. 중학교 다닐 때다. 통학 거리가 멀었지만 걸어 다녀야 했었다. 학교까지는 왕복으로 치면 삼십 리 길, 비포장 신작로였다. 그 시절 모두가 그랬지만 농사일을 거드는 것이 먼저였기 때문에 공부시간이 부족할 수밖에 없었다. 궁여지책으로 등하굣길에 길을 가면서 공부를 할 수밖에 없었다. 한적한 한길이라 차들이 별로 다니지는 않았지만, 자갈길을 걸으면서 책을 보는 것이 쉬운 일은 아니었다.

하지만 부족한 공부시간을 벌충하기에 그만이었다. 책상에 앉아서 하는 것보다 걸으면서 외우면 훨씬 능률적이었다. 1학년 때 영어 책(Gateway to English)은 첫 페이지부터 끝까지 외웠고, 국어 교과서에 나온 시도 곧잘 외웠다. 그때 등하굣길에 외윘던 것들이 지금도 기억에 남아 있다. 청마의 「춘신」은 지금도 눈감고 암송하기를 즐겨하는 시다. 사회시간에 배운 '신탁통치'라는 단어도 아직 내 머릿속에 저장돼 있다. "유엔 총회 및 신탁통치이사회의 감독을 받아 자체 통치 능력을 갖출 때까지 대신 통치해 주는 굴욕적인 제도"라고. '신탁'이라는 단어가 생경하였고, '굴욕적인 제도'라고 한 것이 어린 나의 목구멍에 가시처럼 걸렸었다. 지금 이 순간에도 떠오르는 기억 또 하나. '쌀보고감차'—2학년 때 세계 지리 시간에 외웠던 세일론(지금의 스리랑카?)이라는 나라의 특산물— '쌀, 보리, 고추(고구마인지도 모르겠다), 감자, 차'를 그렇게 외웠었다. 가까운 이웃 나라의 특산물도 잘 모르면서 지구 반대편쯤에 있는 조그만 나라의 특산물까지 내 머릿속에 남아있다니, 웃음이 나올 수밖에 없다.

요즘 학생들은 외우는 공부를 하는지 모른다. 아마도 외울 필요가 없을 것이다. 모든 정보는 인터넷으로 언제 어디서나 쉽게 찾아볼 수 있는 세상이니까. 모자라는 공부시간 때문에 책을 펴들고 걸어 다녔던 그 시절이 문득 그리워진다.

고자미동국 언어

삼한시대 변한 12국 중에 고자미동국(古資彌凍國)*이라는 나라가 있었다. 그 나라는 소가야국으로 성장, 발전하면서 남해안 일대에서 큰 세력으로 존속하였다고 전해 온다. 그 나라 후손들은 지금까지도 2200여 년 전의 고자미동국 언어로 소통하기를 즐긴다.

고자미동국 아가씨가 서울에서 버스를 탔다. 빈자리가 없어서 할머니 앞에 섰는데,

—할머니: 아가씨 그 가방 무거워 보이네. 나 줘요. 받아 줄게.

—아가씨: 오데예. 해꼽아요.

'해꼽다'는 말은 가볍다는 뜻인데, 과연 서울 할머니가 무슨 말인지 알아 묵었을까?

설 명절을 앞두고 어무이와 아부지가 주고받던 말씀을 잠결에 들었다.

"아~들 설치리(설빔)로 고무신 한 커리(켤레)썩 사야겠고, 게기(고기)도 좀 사믹이야 데겠다."

"돈이 오데 있소?"

"장에 가서 쌀로 돈 사몬 되지…. 우리 아~들이 고기 보태기(좋아하는 사람) 아이요."

"해나(혹시나) 배가 나왔으모 좀 사 오이소."

"알겠소."

오늘은 고자미동국 장날, 아부지는 "내 장에 헤네끼(횡하니) 댕기 올끄마"하고 출발하신다. 아부지는 고방 문에 달려 있던 자물통 열쇠를 잃어버려서 철물점에도 들렸겠다. 그 철물점 주인이 "이 쎗때(열쇠)로 꼽으모 그 자물통이 께라질(열어질) 깁니더."라고 겔차(가르쳐) 주더라고 말씀하셨다.

농사일 거드는 거 참 하기 싫었다. 가실이면 나락을 비 갖고 깻단을 묶운 담에 쫄로리 시아(세워) 놓아야 한다. 보리타작은 또 어떤가. 어른들이 도리깨로 휘둘러 보릿단을 턴다. 내 몫은 거부지기(검부저기) 겉은 거를 까꾸리(갈퀴)로 거머 내 삐리고 알매이만 씰어 담는 일이다. 보리 껍데기가 땀이 쩌린 옷 안으로 들어 가모 딱 질색이다. 그래도 소 미이는(먹이는) 일은 쉽다. 아부지는 "소 몰고 다닐 때 소가 안 도망가게 할라 카모 고삐기(고삐)를 잘 잡아야 덴다."고 신신 당부다. 재 너머 소 미이로 가다 먼대이 서서 알로 내리 보고 있으모 쏙이 썬하다. 그러다 소가 말 안 들을 때는 약이 오른다. 고삐기로 소 등더리를 후

려갈긴다. 갑자기 소 등더리에 까분다리(진드기)가 마이 붙어있는 것을 본다. 까분다리를 돌로 긁어서 떼어내 주면 소는 순해지고 말도 잘 듣는다. 나만의 노하우다.

이우지 사는 점세 아재가 독사한테 물려서 병원에 입원을 했다. 어무이가 그 집 아지매한테 물었다. "안주꺼지(아직까지) 벵운에서는 아무 기불(기별)도 엄십니꺼?" 아지매 왈, "주사를 잘못 맞아가 쏜디이(손등)까지 퉁퉁 붓답니다." 큰일이다. 나도 밤새 머구가 물뗀 자리가 뻘겋기 붓었다. 메칠 잠을 잘 몬 자서 그런지 얼굴이 꺼치리하다고 할무이가 말씀하신다. 할무이는 날 꼬아내 제우 벵원에 델꼬 갔다. 의사 선생님이 주사를 한 대 놓았다. 주사 놓기 전에는 하나도 안 아플 것처럼 의사가 말했는데 무지 아팠다. 우찌 사람을 그리 감쪽같이 쎅있으꼬?(속였을까) 의사가 무섭어졌다. 의사는 집에 쑥쑥한 것들 좀 다 치아라고 했다. 위생상 안 좋다면서.

농촌은 일하는 것, 밥때에 밥 먹는 일이 제일 기억에 남는다. "일하다 보이 밥 물 때가 다 됐네."라며 "아적을 대충 뭈더마는 배 고푸다."라고 한다. 맛있는 점심시간, 논두렁에서다. 어무이는 내게 "저 있는 밥그릭 좀 앗아 조."라고 하시고, 아부지는 "자리가 너무 배잡아서 쪼껜썩 들시 앉아야 데겄다."라고 하셨다. 누나는 내게 "얼굴에 밥떠꺼리는 와 붙이고 있노?"라거나 "와 니는 복 나가거로 음석을 그리 깨작거리멘서 묵노?"라고 나무란다. 짠 반찬을 꾸역꾸역 입에 넣는 나를 보고 할무이는 "짭은 걸 묵으모 밤에 자다가도 물이 자꾸 써인다."라는 갱고도 하신다. 혹 게기를 굽어 먹은 날에 할무이는 "못대에 미검 묻응께네 한데 노낳지 마라."고 신신당부하셨다.

이우지 잔칫집에 댕겨 오신 할무이는 "물 걸 짜다락 맨들어 낳더마 짭아서 세사 몬 묵겄더라."고 하시면서, "국은 끓이면서 간을 제대로 안했는지 맛은 닝닝하고."라거나 "진차이(공연히) 갔던기라. 내가 앞으로 다~시는 그 집 잔치에는 안 갈끼라."고 불만을 털어놓으셨다. 그러면서 "얘야 소풀 좀 비 오이라, 찌짐 꾸어먹그로…."라고 하신다.

어느 날 할무이가 어무이에게 말씀하셨다. "그 집 솔녀가 성이 나 가 우리 아로 꼴시 보더만 고마 달구똥(닭똥) 겉은 눈물을 뚝뚝 흘리는 기라." 말 안 듣는 그 집 애를 내 동생이 한 대 때렸던 날이었다. 어무이는 동생을 불러 야단을 치면서 "탁 차서 뽊아 노 뺄라 마"라고 하셨다. '탁 하고 발로 차서 밟아 놓아 버릴까보다'라는 뜻인데, 강조를 위해 '마'까지 붙이셨다. 이 말을 할 때 어무이는 마루에 걸린 빗자루도 같이 드신다. 씀(성)이 머리끝까지 나신 것, 이때는 동생이 빨리 도망치는 게 상책이다.

섣달 그믐날에는 설 모욕을 했다. 모욕하기 싫다고 뺑소니 치면 어무이는 "니 눌웅 때 보고 까마구가 친구라 쿠겄다."라고 놀리셨다. 손등도 발등도 터서 피가 삐끔삐끔 나오는 것은 자주 있는 일이었다. 할무이는 손자에게 "기 히지개로 기창 파

줄 깅께 꼼재이지(움직이지) 말고 가마이 있거라."고 하시면서 귀 청소까지 해주셨다. 나는 할무이한테 "점두룩(종일토록) 엎어져서 먹는 것만 먹고 있으면 좋겠심더."라고 어린양을 부렸다. 할무이는 "씨사이(실없쟁이) 맨치로 데잖은 소리하지 마라."고 타이르셨다.

고자미동국을 떠난 지 수십 년 세월이 흘렀다. 오랜만에 고향 문디들이 골프장에서 만났다. 나는 새복 시간이라 늦잠 잘까싶어 집 식구한테 깨배(깨워) 달라캤다. 클럽하우스 식당에서 만나 아적밥을 먹고 차 한 잔씩 마신다. 문디 중에 하네이(하나)가 또 다른 문디 얼굴에 바른 선크림을 보며 한마디 했다. "니는 무신 화장을 백새(고니) 겉이 해 가 있노?" 백새 문디가 배시시 웃음시로 대꾸한다. "날씨가 좋은 께네 오늘은 배껕에서 사진도 쫌 백기고(찍고) 하지."라고. 티업이 되고 긴장된 상태로 골프를 시작한다. 다른 문디 하네이는 얼마 안 있어 돈 다 꼴아서(잃어서) 집에도 못 드간다고 엄살을 부린다. 하는 짓이 흐들시럽고 꼴짭하다(치사하다). 할 수 없이 전반 끝나고 타협을 한다. "인자 꺼정은 물세 하고 새로 시작"하기로. 라운딩이 끝나고 욕탕에 들어선다. 종일 걸었으니 땀 냄새와 발꾸룽내(발냄새)가 엄청시리 마이 난다.

오늘, 고자미동국 표준말로 하루를 보내니 기분은 댓길이었다.

*고자미동국(古資彌凍國): 삼한시대 변한의 소국.『삼국지』위서(魏書) 동이전에는 고자미동국으로,『삼국사기』에는 고자군 또는 고사포국으로 기록되어 있다. 경상남도 고성군에 있었던 것으로 추측한다. 미동(彌凍)은 '벌' '부리' 등과 같이 '나라'라는 뜻이고 '고자'는 '곶[串]'을 의미한다.

보리누름 축제

 망종을 앞둔 어느 날 고향 마을의 보리논길을 걸었다. 보리
누름 무렵, 살이 오른 통통한 보리 열매는 보기에도 넉넉하다.
낱알마다 하늘로 쭈뼛쭈뼛 세운 수염의 기세가 여간 아니다.
미풍에 물결치듯 남실거리는 보리논의 모습은 집단 마스게임
을 보는 것처럼 현란하다. 삼라만상이 생육의 여정을 향해 몸
부림을 치는 계절, 겨울 추위를 견뎌내고 맨 먼저 결실을 준비
하는 것이 보리 아닌가. 이제 곧 모를 심을 수 있도록 자리를
내주어야 할 때다. 예로부터 보리베기와 모내기가 시작되는 보
리누름 무렵은 부지깽이라도 가만히 서 있지 못할 정도로 바쁠
때였었다.

 학교 오가는 길에 통통하게 물오른 보리 대궁이를 슬쩍 뽑
아 피리를 만들었다. 책보를 등에 둘러메고 동무와 논둑에 나
란히 앉아 입에 대고 불기 시작한다. "삐리릭 삐리릭~" 들판으
로 울려 퍼지는 보리피리 소리는 어느 앙상블에 뒤지지 않았

다. 바람이 쏴— 하고 불면 푸른 물결이 이리저리 굽실거리면서 청보리가 지나온 소릿길을 가렸다. 그 사이를 헤치고 울리는 우리들의 보리피리가 늦은 봄날 들판 저 멀리 아스라이 퍼져 갔다.

보리밭을 끼고 도는 야트막한 언덕배기에는 소먹이는 아이들이 둘러앉았다. 꺾어온 풋보리 대가리를 불에 그슬리며 연기를 피운다. 유년 시절의 유일한 군것질거리였다. 아직은 푸른 알곡이라 노릇하게 익으면 조심스럽게 비벼서 까만 재를 털어야 했다. 쭉정이를 골라낸 뒤 마른침을 삼키던 입 안에 냉큼 털어 넣었다. 뜨뜻한 열기가 아직 식지 않은 알갱이를 입 안에서 몇 번씩 굴려야 했다. 잘근잘근 씹으면 곧 찰진 맛이 우러났다. 그을린 검정이 입술 주위를 시커멓게 물들여 깜둥이가 된 모습에, 우리는 서로를 쳐다보고 손가락질하며 웃어댔다.

드디어 우리 집 담장 옆에 있던 치자나무에서 하얀 꽃이 필 때가 되면, 보리를 베고 타작하는 고통이 다가왔다. 보리 베기를 하는 날만큼 더운 날도 없었고, 보리타작하는 날만큼 눈을 뜨지 못할 정도로 땀을 흘렸던 날도 없었다. 이런 날에는 학교라도 가면 이 고통을 피할 수 있으련만, 가정실습이란 이름으로 학교는 휴업하였으니 농사일을 거들 수밖에 없었다. 내키지도 않게.

농사일 중에서 보리타작만큼 힘든 일은 숫제 없었다. 마당에 보릿단을 펼쳐놓고 한나절 도리깨질을 하고 나면 어깻죽지가 오뉴월 햇살에 벌겋게 익었다. 온몸은 보리까락으로 까끌 까끌했다. 몸에 붙은 보리까락은 물로 씻어내도 쉬 사라지지 않았고…. 타작은 도리깨질이 몸에 밴 프로급 장골(壯骨)이 측면에 서고, 나머지 초짜 일군들이 일렬로 서서 프로급이 바닥에 깔린 보릿단을 도리깨로 쳐서 메기면 초짜들이 두드려서 마무리한다. 장골과 초짜들이 협동작업을 하는 셈이다. 도리깨는 긴 작대기 끝에 길이가 사람 키만 한 휘추리 두서너 개를 달아 휘두르며 치도록 만들어진 기구이다. 요즘은 농가에서 탈곡기나 콤바인을 사용하므로 도리깨는 전설이 된 지 오래지만….

프로급으로 도리깨질을 한 것은 아니었지만, 유년의 나도 초짜 일군들 틈에서 도리깨질을 하곤 했다. 프로급은 도리깨질을 할 때 돌려치기를 능수능란하게 하는 어른을 두고 하는 말이다. 돌려치기란 도리깨를 울러 멜 때 공중에서 한 바퀴 휘돌려서 내려치는 것을 말한다. 그렇게 하면 도리깨질에 가속이 붙어 더 세게 보릿단을 내려칠 수 있기 때문이다. 상당히 숙달된 장골, 말 그대로 프로급만이 구사할 수 있는 고난도 실력이다. 간간이 욕심을 내어 키보다 더 길었던 도리깨로 돌려치기를 해보기는 하였다. 하지만 내 서툰 솜씨 때문에 도리깨 열로부터 뒤통수를 얼마나 얻어맞았는지 모른다.

도리깨질을 시작하면 서로 마주 보고 서서 장단을 맞추어 보릿단을 두들긴다. '헤이야 헤이야' 주거니 받거니 도리깨꾼들의 박자감은 중요하다. 도리깨질과 장단이 잘 맞지 않으면 일이 개운하게 진행되지 않기 때문이다. 옛 조선의 수재 다산 정약용도 보리타작 풍경을 두고 이렇게 시 한 수를 읊었다고 전한다.

새로 거른 막걸리는 젖빛처럼 뿌옇고
큰 사발에 보리밥 많이도 퍼 한 자라
밥 다 먹고 도리깨 들고 마당에 서니
검붉은 두 어깨가 햇볕 아래 번들번들
허이야 한소리에 발 구르며 내리치니
잠깐 사이 보리 이삭 수북하니 널리네
주고받는 잡가소리 점점 더 높아가고
보이느니 지붕까지 튀어 오르는 보리
그 모습 보노라니 즐겁기들 그지없어
물질에 부림 받는 마음들이 아니로다
낙원 낙교 멀리에 있는 것이 아니거늘
어찌 괴로워하며 풍진 속을 헤매이랴

—정약용, 「타맥행(打麥行)」

다산의 시 한 수를 읽으니 보리타작 하는 날의 잊지 못할 추억 하나가 또 떠오른다. 아침 일찍 시작한 타작이 중참 때에 이르면 어김없이 멸치 소달구지가 한길에 나타나곤 하였다. 철뚝 앞바다에서 잡아 올린 멸치를 잔뜩 싣고 온 소달구지다.

"멸치요! 싱싱한 멸치!"

집집마다 보리타작에 여념 없던 사람들이 하나둘 소달구지 께로 몰려든다. 얼마 안 있어 멸치는 동이 나고 말 기세다. 아버지는 상이아재에게 서둘러 한 상자를 사 오도록 하신다. 나뭇가지로 햇볕을 가린 멸치상자에는 갓 잡은 멸치가 펄떡거린다. 때맞추어 어머니는 참새미 물로 씻어 횟감을 장만하시고, 광속에 아껴 두었던 농주를 꺼내 오신다. 도리깨질에 지쳤던 일꾼들이 입맛을 다시며 자리를 잡고 앉는다. 치자나무 그늘 아래에는 멸치회 잔치가 펼쳐진다. 일꾼들에게 흐르던 땀도, 등에 붙었던 까락도 걸쭉한 막걸리 한잔과 함께 온데간데없이 사라진다. 배를 채운 일꾼들의 도리깨질은 더욱 신이 날 수밖에 없다.

그때 치자나무 아래 멸치회 잔치는 내 기억의 창고 깊숙한 곳에 지금도 남아있다. 그것은 마음 넉넉한 오뉴월 축제였다. 오늘, 고향의 보리 논둑을 걸으니 보리누름 무렵의 추억들이 아련하게 떠오른다.

해프닝

　나이 먹으니 예고 없이 찾아온다는 치매 증상이 제일 무서운 것 같다. 어제 출근 시간 지하철역에서였다. 분명 지하철을 내려서 한 층을 걸어 올라와 오른쪽으로 꺾으면 곧 개찰구가 있고, 거기를 통과해서 왼쪽으로 90도 꺾으면 곧장 내 사무실 방향인 7번 출구가 있다. 마침 개찰구를 통과할 즈음, 반가운 친구 목소리가 스마트폰에서 들린다. 오랜만이라 이런저런 사연들을 주고받으며 출구를 나온 것까지는 좋았다. 그런데 바깥으로 나오니 전혀 생소한 주변 모습이었다.

　아무리 주위를 둘러보아도 생소한 간판들만 눈에 들어온다. 분명 제대로 나온 것 같은데… 혹시 한 정거장 먼저 내렸나? 교차로엔 버스들이 질주하고 있고, 느낌상으로 잘못 내리지는 않은 것 같았다. 몇 번 주변을 왔다 갔다 하다가 나왔던 출구를 되짚어 내려가 보았다. 이상했다. 있어야 할 구두점도, 스마트폰 판매업소의 총각도 보이지 않는다. 아니, 이 사람들이 밤새 나 몰래 이사라도 갔단 말인가? 개찰구 근처까지 가서 다시 되돌아와 보기로 했다. 아니나 다를까, 내가 나온 출구는 정반대 방향이었던 것이다. 왜 헛갈렸을까. 아침부터 귀신이라도 씌었는지 알다가도 모를 일이었다.

'까짓것 대수롭지 않게 여겨야지' 맘먹고 사무실로 들어섰다. 컴퓨터를 켜고 일을 시작하려 하였으나, 곰곰 생각할수록 궁금하다. 이건 보통 일이 아닐지도 모른다는 걱정(?)에 머릿속은 안개가 모락모락 피어올랐다. 나만은 예외일 거라고 여겼던 치매가 드디어 찾아 왔구나 하는 두려움까지 왈칵 일었다. 늘 집 근처 역에서 네 정거장 오면 7번 출구를 나와서 사무실이 있는 건물까지는 채 오십 미터도 안 되기 때문에 눈을 감아도 다 외울 정도인데… 치매 증상이 모르는 사이 중증에 이르렀는지 겁도 났다.

미국 UCLA 장수 센터의 그레이 스몰 박사는 "우리의 두뇌도 몸의 다른 부분들처럼 늙는다."라면서 "두뇌가 늙었다는 증거 중의 하나가 건망증"이라고 하지 않았는가. 그렇다면 내 두뇌도 이제 건망증이란 말이렷다. 요즘 자주 스마트폰에 실려 오는 안내문자가 갑자기 생각났다. 얼마 안 있어 사람들이 이런 문자를 받게 될지도 모를 일이다. "○○구에 사는 74세 남자를 찾습니다. 키 175센티이고 검은 바지에 회색 상의를 입고 있는, 이 치매 어르신을 보시는 분은 ○○경찰서로 연락 바랍니다." 내가 이렇게 변한다고? 안 될 일이지….

직원들에게 아무 말도 하지 않은 채 사무실을 나섰다. 궁금 증을 꼭 풀어야 했다. 내가 치매 초기의 건망증인지, 아니면 다른 문제인지 현장에서 확인할 필요가 있었다. 나는 정확한 실상을 확인하기 위해 지하철을 타고 거꾸로 한 구간을 갔다가 반대편에서 오는 차로 갈아탔다. 아까처럼 나는 내렸고, 평소처럼 한 층을 걸어서 올라온다. 그리고 개찰구를 통해서 일단 왼쪽으로 꺾었다. 그런데 별일은 없었다. 평소와 그대로 7번 창구로 나오게 되었으므로. 그렇다면 아까는 왜 반대편으로 나왔을까. 참 이상한 일이었다.

잠시 역 구내를 오가면서 무슨 큰 사건 해결을 담당한 탐정이라도 되는 듯 갸우뚱하다가 저쪽 개찰구에서도 사람들이 나오는 것을 보는 순간 머릿속에 형광등이 반짝였다. 아침에 내렸던 지점은 훨씬 앞쪽이라는 사실을 알아챈 것이다. 앞쪽에서 내렸으니 개찰구를 통과해서 7번 출구로 가려면 오른쪽으로 나가야 당연한 일이었다. 집 앞에서 차를 타는 지점이 늘 정해져 있지만, 그날은 훨씬 앞쪽에서 탔던 것이 원인이었다. 그러니 내리는 지점도 당연히 앞쪽일 수밖에. 일단 중증 치매는 아니고, '착각'일 뿐이라고 스스로 유리하게 결론을 내렸다. 쓸데없는 일에 허비한 한나절이 억울했지만 그래도 다행이라 여겼다.

지하철에서의 해프닝은 오늘도 연속이었다. 어르신 카드를 집에 놓고 왔다. 지하철역에 도착하고 나서야 알았다. 다시 집으로 가야 하나 망설이다가 일단 현금으로 승차해 보기로 했다. 운전면허증을 신분증 조회 박스에 올렸더니 '신분증을 인식하였습니다.'라는 문구가 화면에 떴다. 나도 할 수 있겠구나. 그럼 별것 아니겠지…. 내친김에 오백 원 동전이 없어, 만 원짜리 지폐를 화폐 투입기에 넣어 보았다. 그런데 그것이 자꾸만 되돌아 나온다. 몇 번을 되풀이해봐도 마찬가지다.

여기까지로구나…. 별수 없이 카드를 가지러 집으로 가야 할 것 같았다. "한 번만 더!" 하며 용기를 내보았지만, 의욕만으로는 안 되는 거였다. 기계 앞에서 쩔쩔매고 있는 나를 사람들이 힐끗힐끗 쳐다보며 지나간다. 괜히 얼굴이 화끈거리는 기분이다. 할 수 없이 직원 호출 버튼을 눌렀다. 곧바로 예쁜 여직원이 달려왔다. 그녀는 식은 죽 먹듯 간단하게 해결해 준다. 지폐를 잘못 넣어서 그런 것이었다. 직원에게 고맙다는 말을 몇 번씩 하고 차를 탔다.

군 고위 장성으로 복무하다가 퇴역한 친구 이야기가 떠올랐다. 퇴역 후 몇 달 동안은 사회생활에 적응이 잘 안돼 고생했다는 이야기. 시내버스나 지하철 타는 법도 몰라서 쩔쩔맸다고 했다. 사회적응을 도와주는 참모의 도움을 상당 기간 받았다는 말에, '뭘 그렇게까지'라는 생각까지 했었다. 그런데 평소에 별일 아닌 것에도 막상 해보면 잘 안되는 것이 사람 일인 것을 이제야 알았다. 나이도 한몫했겠지만.

나이 먹을수록 겁먹지 말고 뭐든지 도전해 봐야겠다. 젊은 사람들에게 물어보는 것도 방법이지만, 늘 그리할 수도 없는 노릇 아닌가. 이것저것 해보면서 배우는 것이 치매를 예방하는 데도 도움이 될 것 같아서다. 퇴근 시간에는 아침에 겪은 시행착오 덕분에 능수능란하게 게이트를 통과하였고, 보증금 오백 원도 잘 챙겼다. 나는 무슨 큰일이라도 해결한 사람처럼 의기양양해졌고, 저녁 식탁에서 아내한테 자랑하였다. 아내는 짐짓 놀라는 기색이 역력하다. 얏호~ 이틀에 걸쳐 지하철에서 있었던 치매 해프닝을 해결한 나는 이제 무서울 게 없어졌다.

북해도 피서여행

　열흘 동안 북해도로 피서(避暑)를 다녀왔다. 인천 공항을 출발해서 기내식 한 번 얻어먹고 나니 북해도 신치토세〔新千歲〕 공항이다. 버스를 갈아타고 1시간 반을 달려서 목적지 루쓰츠 호텔에 도착하였다. 먼저 와 있던 친구 C회장 내외가 호텔 입구에 나와 반갑게 마중을 한다. 여장을 풀고 나니 그럭저럭 저녁때가 되어 있었다.

　기상관측 이후 최고로 덥다는 올 여름, 마침 코로나도 사라지고 엔화도 받쳐주니 용기를 낸 것이었다. 북해도는 남한 면적의 84%(78,417㎢)의 크기로 580만 명 정도가 살고 있다. 일본 국토면적의 20%를 차지하고 있지만, 인구는 5% 정도밖에 되지 않는 셈이다. 농수산물과 지하자원이 풍부한데다 아름다운 풍광과 더불어 수질이 좋기로 이름난 온천지가 많고(245개소) 골프장(168개소) 스키장(144개소)시설이 잘 갖추어진 관광·휴양·레저의 천국이다.

북해도는 불과 170여 년 전만 하더라도 일본 땅이 아닌 아이누모리시 또는 에죠지라는 아이누족들 삶의 터전이었다. 일본은 선주민이었던 아이누족을 무력으로 제압하였고, 메이지 유신 이후에 공식적으로 일본에 병합하여 홋카이도로 이름을 바꿨다. 이후 일본은 당시 전쟁에서 발생한 정치범들을 북해도 개척에 대거 투입한다. 아이누족들은 일본의 탄압에 수차례 반항을 하였지만, 일본 정부는 그들을 위무하고 겁을 주기도 해서 섬을 그들의 영토로 복속하는 데 심혈을 기울였던 것이다. 지하자원과 농산물, 수산물 등 자원이 풍부하다고 하니 일본인들의 앞을 내다보는 혜안이 부러웠다.

우리가 묵은 호텔은 규모가 꽤 큰 곳이다. 산골짜기에 지은 호텔인데, 여름엔 골프 손님을 맞고 겨울에는 스키 관광객들이 붐비는 곳이었다. 관광객들은 거의 우리나라 사람들 일색이었다. 식당에서 밥 먹을 때도 온천욕을 하러 갈 때도 대화를 들어보면 우리나라 사람들이었다. 그중에는 전 직장에서 함께 근무했던 L 씨도 있었다. 그는 우리가 묵었던 방 맞은편 방에 묵고 있었던 것이다. 같은 서울에 살면서 퇴직 후 10여 년이 흘렀어도 한 번도 만나지 못했는데 여기서 그것도 같은 호텔 같은 층에서 만났으니 반갑기도 하면서 감회가 이상했다.

딸 아이 혼자 남은 서울 집은 펄펄 끓는다고 난리였지만, 산 속에 위치한 이곳 숙소는 선선해서 좋았다. 아침 기온은 16도 정도, 낮 최고기온이 27도 정도였다. 밤에는 에어컨 필요 없이 간단한 이불을 덮어야 할 정도였으니까. 낮에는 친구 내외와 넷이서 골프를 즐겼는데, 흐린 날이 많아 딱 좋았다. 운동이 끝나면 간단한 점심을 먹고 온천욕을 한 뒤 호텔에서 그냥 쉬었다.

골프장은 우리나라와 큰 차이는 없었으나, 캐디가 없으므로 직접 카트를 몰아야 했다. C회장과 교대로 카트를 운전하면서 네 군데 코스를 각각 두 번씩 돈 셈이다. 비가 오는 날은 페어웨이로 카트를 진입하지 못하게 하니 좀 불편했지만, 그런대로 큰 불편 없이 재미있게 즐길 수 있었다. 아내가 마지막 날 7번 아이언을 페어웨이에 놓고 온 것을 나중에 알게 되었는데, 진행요원들이 찾아서 숙소까지 갖다준다. 나는 그들이 네 번 코스를 두 번씩 돌 때 첫날은 인코스였으면, 다음번 차례에는 아웃코스로 예외 없이 배려하는 치밀함에 놀랐다. 우리나라 골프장 같으면 그 정도까지 챙기지는 못할 것 같은데 말이다.

숙소에서는 주로 파리올림픽 중계를 보며 지냈다. 우리나라 선수단의 성적이 궁금했으나, TV 화면으로 볼 기회가 없어 아쉬웠다. 인터넷을 보니 우리나라 선수들이 예상을 뒤엎고 선전해서 기대 이상의 성적을 내고 있다. 일본보다는 금메달 수가 더 많아서 우리가 앞서고 있어 기뻤다. 일본 방송들은 자국 선수들이 시합을 마치고 나면 꼭 인터뷰를 하는 것을 본다. 꼴찌를 하거나 예선 탈락한 선수라도 예외 없이 마이크를 들이대고 소감을 묻고 격려해주는 모습을. 그러면 그 선수는 '최선을 다했고, 다음번에는 더 좋은 성적을 꼭 기대해 달라'고 하면서 각오를 다지는 것 같았고…. 금메달 선수만 유달리 집중 조명하는 우리 언론들이 배워야 할 점이 아닐까 싶었다.

사흘째 되는 날, 올림픽 중계 화면에 갑자기 큼직한 자막이 떴다. 미야자키현 근처에서 규모 7 이상의 지진이 발생하였다는 긴급뉴스다. 방송사들은 앞다투어 정규방송을 중단하고 지진 소식을 전한다. 기상청 담당 과장이 출연해서 현황을 설명하고, 얼마 안 있어 관방장관(우리의 행안부장관 격)이 정식 브리핑을 한다. 지진 발생 사실과 앞으로 일주일 안에 '거대지진'이 올 수 있다는 발표까지 하였다. 마치 기다리고 있었다는 듯이 이처럼 기민하게 사건을 처리해 나가는지 놀랄 정도였다. NHK는 지진 발생 대피요령을 그림으로 보여주는 것도 인상적이었다. 나 같은 일본말 깜깜이도 얼른 알아먹을 수 있었다. 잦은 지진 때문이겠지만, 그들의 잽싸고 체계적인 재난 대응은 매우 인상적이었다.

며칠 뒤, 도쿄 인근에서도 강진이 발생하였기에 예고대로 거대지진이 발생할까 우리는 속으로 겁을 먹고 있었다. 한편으로는 설마 하면서 배짱으로 개기기만 했다. 달리 뾰족한 방법도 없으니까. 인천행 비행기를 타던 날 오전에는 우리가 묵었던 북해도의 북쪽 400킬로 지점에도 강진이 발생했다고 뉴스는 전했다. 우리는 결국 도망치듯 관광 휴양레저의 천국을 빠져나온 셈이 되었다. 이륙 후 옆에 앉은 아내가 소곤거렸다. "휴우~, 우리나라 정말 살기 좋은 나라네요."라고. 나도 가슴을 쓸어내렸다.

도시의 유목민

　올여름은 유난스럽게도 덥다. 기상청 예보에 의하면 오늘
도 섭씨 38도를 넘을 것이라고 한다. 노약자들은 외출을 자제
하라는 문자 메시지가 아침부터 날아든다. 며칠간 휴가를 하
겠노라고 사무실에 일러두기는 하였지만, 선뜻 집 밖으로 나
설 엄두가 나지 않는다. 아무래도 집안에 그냥 있는 것이 상책
일 것 같다. 에어컨과 가까운 곳을 찾아 이리저리 서성이다가
식탁 둘레에서 더위를 피하기로 작정하였다. 땀 흘리며 나다니
는 것보다는 움직이지 않고 가만히 지내는 것이 훨씬 더 현명
한 것이리라.

　에어컨에다 선풍기까지 대령하고 나서 어제 문우가 보내온
수필집을 펴들었지만, 아침나절부터 눈꺼풀이 내리누른다. 잠
시 책을 밀쳐놓고, 창밖으로 시선을 돌려 보았다. 아파트단지
앞마당에 서 있는 회화나무들이 시야에 들어온다. 오늘따라 나
무들도 더위를 먹은 듯하다. 나무 이파리들이 미동도 하지 않
는다. 나이 사십 고개를 넘긴 나무들이니, 이렇게 더운 날씨에

는 그들도 힘들겠지. 회나무 그늘 아래에 물이 그득한 하얀 세숫대야 하나가 반듯하게 놓여 있다. 누군가 무슨 이유로 저것을 갖다 놓았을까. 내 시선은 거기에 머문다.

바로 그때, 그곳에 참새 한 마리가 나타났다. 그는 세숫대야 둘레에 발을 걸치고 물을 마신다. 서울 도심에서는 좀처럼 구경하기 어려운 참새 아닌가. 갑자기 내 호기심이 발동한다. 녀석은 주변을 경계하면서도 연신 목을 뒤로 젖히며 물맛을 보기에 바쁘다. 대야 언저리에 두 발을 요리조리 옮기더니 가끔 물속으로 발을 담가 보기도 한다. 나무 아래 긴 의자에 아무도 없는 것을 알아챈 녀석은 이제 아주 물속으로 몸통을 넣었다가 빠져나오기를 되풀이한다. 녀석에게 세숫대야는 훌륭한 수영장인 셈이다. 녀석은 이 층에서 지켜보고 있는 나를 알 리가 없다. 아주 마음 턱 놓고 녀석은 물놀이를 즐기고 있다. 그러다가 눈 깜짝할 사이에 사라져 버렸다.

녀석이 떠나자 나도 시선을 책으로 옮겨왔다. 하지만 녀석의 물놀이 잔상이 뇌리에서 떠나지 않는다. 책 한 장을 넘기기도 전에 내 시선은 마당으로 옮겨간다. 그 새 녀석이 다시 와 있었다. 이번에는 두 놈이 같이 왔다. "여보, 아주 좋은 데가 있어." "그래, 함께 가볼까?"라면서 둘은 죽이 맞았나 보다. 이 꿀맛 같은 물놀이를 녀석 혼자 즐기기가 아까웠을 터이다. 녀석들은 대야 언저리에 서서 마주 보며 먹이를 집듯 물을 부리로 쫑쫑 집어 먹는 시늉을 하다가 아까처럼 목욕하기 시작한다. 번갈아 물에 들어갔다 나오기를 계속하면서 녀석들은 시간 가는 줄을 모른다. 나도 아예 책을 덮고 대단한 구경거리처럼 그들의 물놀이에 빠져들고 만다. 녀석들과 함께 여름휴가를 나선 것처럼.

그네들의 부모세대는 자연환경에서 살았었다. 맑은 물과 시원한 바람, 그리고 먹을거리가 온 들판에 널브러져 있었으며, 양지바른 곳에 둥지를 틀고 새끼들을 키우면서 행복한 삶을 누리던 그들이었다. 인간을 포함한 동물들이 자연과 어울려 살았던 시절이 있었다. 그러던 것이 어느 날부터 인간들은 개발이라며 자연을 훼손하기 시작했다. 농약 살포 때문에 그들의 먹을거리는 점점 사라져갔다. 그들도 고향을 떠나야 했고, 인간들이 모여 사는 서울 도심으로까지 옮겨오게 된 것이다. 그들은 옛날과 사뭇 달라진 자연환경이 아쉽기만 하다. 마음 놓고 마실 물조차 없을 정도로 열악한 환경에서 그들은 살고 있다. 도심에는 물이 흐르는 도랑도 없으니 목욕은커녕 목을 축이기도 쉽지 않다. 인간들은 위생을 핑계로 먹을 물은 수도관을 만들어 땅속으로 공급하니, 빗물 말고는 그들이 물 구경하기가 여간 어렵지 않게 되었다. 맑은 시냇물이 언제나 졸졸 흐르는 옛날이 그리울 뿐이다.

아침 산책길에서였다. 아파트 뒤란 길을 걷는데 까마귀 한

마리가 풀밭 위를 엉금엉금 기고 있었다. 날지 않고 땅 위를 걷기만 하는 까마귀는 처음 보는 거였다. 의아한 생각에 스마트폰을 들이대었다. 순간, 그는 나를 향해 빠른 속도로 다가왔다. 뾰족하고 긴 부리를 보고, 나는 반사적으로 뒷걸음질을 치고 말았다. 까마귀가 겁나서 도망은 친 셈이지만 녀석의 행동이 궁금하였다. 배가 고팠을까 아니면 더위를 먹어서 제정신이 아니었을까.

어떤 작가가 까치를 집에서 키운 적이 있다는 글을 읽은 적이 있다. 공원에서 어미를 잃고 이리저리 돌아다니던 어린 새끼 까치였다. 혹시나 부모 까치가 찾으러 올까 싶어 어두워질 때까지 지켜봤지만, 아무도 오지 않았다. 혹시 길고양이에게 물려 갈까 걱정되어 집으로 데리고 왔다고 했다. 날지도 못하던 까치는 베란다에서 지내는 동안 점점 날기 시작하였고, 마침내는 가장 높은 책장 꼭대기에 앉을 정도가 되었다. 3주가 지났을 때 작가는 고민에 빠진다. 날려 보내지 않으면 영영 야생성을 잃고 제 무리로 돌아가지 못한다는 말을 들었기 때문에…. 드디어 까치를 놔주러 공원으로 갔던 날, 녀석은 나뭇가지에 앉아 꼼짝도 안 하더라고 했다. 그런데 저녁을 먹고 다시 오니 사라졌더라고 했다. 작가는 까치가 어딘가 안전한 곳에서 건강한 삶을 시작하길 기원했지만 마음 편하지 않다고 심경을 털어놓고 있었다. 내가 산책길에서 만났던 까마귀도 누군가 키우다가 제 무리로 돌려보낸 것일지도 모르겠다.

한낮이 가까워지니 더위는 절정이다. 앞마당 세숫대야에는 이제 대여섯으로 손님이 늘어났다. 아주 지네들 세상이다. 갑자기 에어컨 바람을 쐬며 더위를 피하고 있는 나도 참새들과 똑같은 신세 아닐까 싶은 생각이 든다. 맑은 시냇물과 시원한 바람이 넉넉한 전원을 떠나 낯선 도시 이곳저곳으로 떼밀리어 다니는 유목민처럼…. 우리는 공생공조하며 살아야 할 떠돌이들이다. 그래도 까치를 살려 보낸 작가나, 한 대야의 물을 가져다 놓은 누군가가 있어 도심은 황량하지 않다. 나도 아파트 뒤란 까마귀에게 줄 과자 부스러기를 챙겨 들고 펄펄 끓는 바깥으로 나섰다.

정곡(正鵠)

2024년 파리올림픽 양궁 남자 개인전 결승전은 역대 최고 명승부였다. 한국 남자팀 맏형격인 김우진 선수와 미국의 양궁 간판 브래디 앨리슨이 치른 결승전은 마지막 5세트에서 두 선수 모두 30점 만점을 쏘고 5대5로 비겨 마지막 딱 한발 슛오프(shoot off)를 남기고 있었다. 슛오프는 선수들한테는 잔인한 게임이다. 같은 10점을 쏘더라도 과녁 정중앙에 더 가깝게 쏜 선수가 이기는 단발 승부다.

경기장에서 응원하던 사람들은 물론 TV 앞에서 지켜보던 국민도 침이 마를 지경이었다. 김우진 선수가 먼저 사대에 나섰다. 지켜보는 나도 이렇게 떨리는데 정작 선수는 얼마나 떨릴까. 그는 평소와 다르지 않게 시위를 당긴다. 화살은 70m를 날아 8시 방향으로 9, 10점 사이에 꽂혔다. 10점이었다. 앨리슨도 주저하는 기색 없이 시위를 당겼고, 화살은 12시 방향 9, 10점 사이 경계선에 꽂혔다. 역시 10점이었다.

TV로 지켜보던 사람들이 숨을 죽인 찰나, 한국선수단에서 환성이 터져 나왔다. 화면에서 금세 알아볼 수 있을 만큼 김우진의 화살이 중앙에 가까웠다. 4.9mm, 약 0.5cm 차로 승리한 김우진은 상대 선수 앨리슨과 뜨겁게 포옹하고, 서로 손을 들어주면서 환호하는 관중에게 인사하는 장면은 파리올림픽 최고의 하이라이트였다.

남자 양궁경기는 70m 떨어진 곳에서 직경 1.22m 표적을 쏴서 표적의 중심에 최대한 가깝게 화살을 쏘아야 한다. 1점 차이로 승부가 가려지는 경우도 비일비재하여 집중력은 물론 배짱도 두둑해야 한다. 바람이 불면 화살이 날리기도 할 텐데 그 좁은 과녁 안에 어떻게 정확하게 꽂을 수 있을까. 전율을 느낄 정도이다. 훈련의 결과라고만 할 수는 없을 것 같고, 타고난 소질이 있어야 가능한 일이리라.

이번 대회에서 여자 양궁 국가대표도 올림픽 10연패의 위업을 달성했다. 1988년 서울 올림픽부터 시작된 여자 양궁의 10연패, 햇수로 따지면 40년 동안 세계무대를 제패한 셈이다. 아마 누구라도 앞으로 이 기록을 깨기는 어려울 것이다.

이들은 어떻게 10연패의 기록을 세울 수 있었을까. 진천 선수촌에는 파리올림픽 양궁장을 그대로 재현해 낸 특별 세트장이 있다고 한다. 실제 조감도를 100% 재현하고 간판, 대형 LED와 같은 파리올림픽 디자인을 적용한 구조물을 세워 생생한 현장 분위기를 설치했다고 한다. 우리 선수들은 이러한 환경 속에서 모의고사를 치르며 실전 적응 훈련을 하고 금메달에 한 발씩 다가갔다. 그뿐만이 아니었다. 현지 기후에 적응하는 훈련과 함께 혹시 모를 날씨 변수들에 대비해 태풍, 폭우, 강풍과 같은 악천후를 사전 경험도 했다. 또 사전에 녹음된 관중들의 함성과 야유, 박수소리를 활용해 선수들의 집중력을 높이는 훈련도 하였단다.

우리 대표선수들을 선발하는 시스템도 놀랍다. 올림픽에서 금메달 따는 것보다 국가대표 선발전이 더 어렵다는 이야기가 나올 정도이다. 아무리 뛰어난 훈련방법들이 있다 해도 선발 시스템이 공정하지 못하다면 아무 소용이 없을 거다. 양궁협회는 공정성과 투명성을 원칙 삼아 과거 올림픽과 같은 국제대회 성적은 물론 외부의 주관적인 판단을 배제하고, 매년 국가대표 선발전을 통해 최고의 선수들을 선발한다.

활쏘기의 목표물이 되는 그 과녁의 어원은 '관혁(貫革)'에서 왔다고 한다. 옛날에 활쏘기를 할 때 두꺼운 베로 만든 과녁판 가운데에 가죽[革]을 붙여서 표적으로 삼고, 이 표적을 꿰뚫는 [貫] 것을 '관혁(貫革)'이라고 부르던 것이 음운변화를 거쳐 오늘날의 과녁으로 정착하게 되었다고 한다. 이를테면 '백일홍나무'가 '배롱나무'로 음운이 바뀐 것과 비슷하다고나 할까.

사격이나 양궁은 과녁을 얼마나 정확히 맞히는 가로 점수를 내는 시합이다. 과녁은 네모난 바탕에 동심원이 여러 개 그려져 있는데 가운데 쪽을 맞출수록 점수가 높다. 그중 가장 좋은 건 과녁 한가운데 공간, 이른바 '정곡(正鵠)'을 맞추는 거다. 우리나라 양궁선수들이 시합 때마다 화살을 꽂아 넣는 곳, 10점 만점이 주어지는 공간이다. 과녁 한가운데를 뜻하는 정곡이라는 말은 '정'과 '곡'이라는 두 말이 합쳐진 것이다.

정곡이란 말에도 숨은 뜻이 있다. 정(正)은 몸집이 아주 작은 새인데, 매우 빠르고 영리해서 활을 쏘아도 좀처럼 맞추기 힘들다고 한다. 곡(鵠)은 고니를 뜻하는데, 고니는 아주 높고 멀리 날기 때문에 이 역시 화살을 쏘아 맞히기가 참 어렵다. 그만큼 과녁의 한복판은 맞히기가 어려우므로 맞히기 힘든 두 새의 이름을 따서 정곡(正鵠)이란 말이 만들어진 것이다.

정곡은 과녁의 중심이고 가장 중요한 부분이기 때문에 핵심이라는 뜻도 된다. 그래서 어떤 일의 중요한 내용을 콕 집어내는 것을 '정곡을 찌른다'라고 말한다. 정곡을 잘 찌르는 사람은 최고의 전문가다. 하지만 세상에는 매사에 정곡을 찌르지 못하고, 언제나 주변을 어슬렁거리는 이들도 많다. 나 또한 그런 사람 중에 하나다.

5부
싱가포르의 코엘 칼링

출국 수속을 마치고, 탑승구 앞에서 뒤돌아보니 그
때까지 두 모녀는 우리를 향해 손을 흔들고 있다. 우리
내외도 손을 크게 흔들어 주었다. 그 순간 코엘 칼링처
럼 예쁜 서윤이의 목소리가 우리 내외의 가슴으로 날아
와 꽂혔다. "안녕!" 아내의 눈에는 아까부터 이슬이 맺혔
고, 나도 코가 찡했다.

—「싱가포르의 코엘 칼링」 중에서

청마가 사랑한 여인

어느 여성문학회에서 보내온 잡지에 실린 이영도의 수필 「비둘기」를 읽었다. 잡지에는 간단한 작가 소개와 사진도 함께 실려 있었다. 젊었을 때 찍은 사진인 듯 앳된 모습이지만 흑백 사진이라 그런지 사진 속의 작가는 약간 근엄해 보였다. 그래도 한복을 단정하게 차려입은 작가의 얼굴은 고왔다. 정운 이영도, 그녀는 청마의 연심을 사로잡았던 여류작가가 아닌가. 문득 그녀의 어떤 매력이 청마를 그토록 끌리게 하였는지 궁금해지기 시작했다. 수십 년 전에 있었던 두 사람의 플라토닉 platonic 사랑을 떠올리며 「비둘기」를 읽어 나갔다.

내 마음이 정결히 비어 있을 때, 거기엔 신의 뜻이 채워질 수 있고, 내 마음이 다사로울 때, 거기 영혼의 비둘기가 깃들 수 있을 것이다. 온갖 불행과 불만과 애증의 짜증으로 때가 묻을 대로 묻은 마음자리를, 오만과 분노에 구겨진 심경으로 송곳 끝처럼 날이 서고 모가 난 인간임을 스스로 인정하면서, 조석으로 신 앞에 무릎을 꿇어 뉘우쳐야 하고, 시와 더불어 서정을 기르며 살아오는 것이다….

—이영도, 「비둘기」 일부

시인이 쓴 산문이라 간결하면서도 산뜻함이 와 닿았다. 겸손과 배려, 신에 대한 외경심이 진하게 묻어나 아무나 쉽게 흉내 낼 수 없는 묵직함이 실려 있다고나 할까. 작가의 마음을 스스로 다스리는 내공을, 나 같은 범인은 어찌 짐작이나 할 수 있을 것인가. 조탁한 단어와 이를 뒷받침하는 운율이 세련되면서도 즐거움을 더해준다. 성인군자인들 이보다 더 깊은 내공을 쌓는 것이 쉽지 않을 것 같다. 이렇게 마음자리를 다스리는 작가이기에 청마가 눈독을 들였을 테다. 그래서 청마는 '사랑했으므로 행복하였네라'고 고백하였으리라. 청마, 그는 사람 보는 눈마저 남다른 것 같다.

청마의 「깃발」을 만난 것은 고등학교 국어 교과서에서였다. 「깃발」은 감수성 넘치던 내 청춘의 혼을 깡그리 빼앗아가고도 남았다. 고성古城의 꼭대기에 나부끼는 깃발이 소리 없는 아우성이라는 표현은 아련한 흥분을 자아냈고, 노스탤지어라는 생경한 단어가 타향살이에 고달픈 유학생에게는 안식처와 같았다. 그뿐 아니었다. 청마는 '그리운 이여, 그러면 안녕! 설령 이

것이 이 세상 마지막 인사가 될지라도 사랑하였으므로 나는 진정 행복하였네라'던 '행복'은 내가 갈구했던 이성의 창가에 보낼 연서의 교과서가 되곤 하였다. 그것은 처음 한두 행을 읽는 것만으로도 가슴이 벅차올랐던, 심장이 널뛰는 경험을 듬뿍 느꼈던 사랑의 세레나데 같은 거였다.

청마는 통영여중에서 국어교사를 하면서 운명처럼 시조 시인 정운을 만난다. 그녀는 남편을 잃고 딸 하나를 의지해 살아가던 스물아홉 과부였다. 미모와 문인으로서의 기품을 두루 갖춘 요조숙녀, 청마의 마음속에는 연모의 불길이 솟았고, 이후 20여 년 동안 그녀에게 연서를 보내기 시작한다. 청마는 연심을 담은 시와 산문을 써서 '에메랄드빛 하늘이 환히 내다뵈는 우체국 창문 앞'에 와서 편지로 부친다. 청마가 편지를 보내기 시작한 것이 39세이니, 중년에 접어들어 시작된 사랑이 60세 노년에 이르기까지 열정적으로 지속한 데는 세속의 어떤 잣대로도 재단할 수 없는 영혼의 희열을 갈구할 지혜라도 품었지 않았을까 싶다.

청마는 유부남이었으니 이루어질 수 없는 사랑이었다. 그들의 애틋한 마음을 주고받은 수백 통의 연서는 청마가 1967년 교통사고로 유명을 달리한 뒤에 정운이 『사랑하였으므로 진정 행복하였네라』라는 책으로 출간하여 세상에 알려진다. 이들의 이야기를 담은 책은 단연 베스트셀러가 되었다. 내가 풍문으로 주워들었던 두 사람의 사랑 이야기는 여기가 끝이다. 그런데 좀 더 궁금한 것은 따로 있었다. 청마가 죽고 난 이후 정운이 어떻게 살아왔을까. 또 다른 청마를 만나기라도 하지 않았을까 등등. 「비둘기」를 읽어 보니 세파에 흔들리지 않고 올곧게 살아온 그녀인 것 같다. 하지만 의심 많은 나에겐 그래도 궁금증은 남는다. 플라토닉 사랑이 과연 현실적으로 가능하였을까. 청마의 가족, 본인의 가족들에게는 어떻게 비쳤을까. 그러다가 오늘 그 궁금증을 말끔히 씻어버릴 증거를 만나게 되었다. 박완서 작가의 글 한 편에서다.

박완서 작가의 『나의 만년필』은 이렇게 시작된다. 우연한 기회에 받은 선물(만년필)을 그동안 서랍 속에 보관했다가 잉크를 처음 넣고 여행길에 올랐다. 여행지에서 그 선물을 준 사람이 세상을 떠났다는 연락을 받는다. 좋은 작품 많이 쓰라며 그 선물을 주고 세상을 하직한 이가 정운이었다. 작품에서 박 작가는 정운에 대해 첫 만남의 표현을 이렇게 적고 있었다.

곱게 땋아서 특이하게 쪽찐머리가 인상적이었고, 한복이 단정한 아름다운 분이었다.… 그분의 손이 얼마나 험한가를 처음 보고 놀랐다. 더욱 놀란 것은 그분의 전체적인 인상은 지극히 식물적이었는데도 여성스러움—따스함, 부드러움, 사랑스러움—을 20대 여성처럼 고스란히 갖고 있는 것이었다. 이분이야말로 곱게 늙은 분이로구나, 나도 이분처럼 늙을 수 있었으면 하고 바랐다. 식사를 함께하면서 많은 이야기를 나눈 뒤에는 '곱게 늙은 분' 외에 '머리부터 발끝까지 버릴 데가 없는 분'을 하나 더 추가시켰다.

—박완서, 「나의 만년필」 일부

　박 작가는 정운이 후배 문인들에게 자상하고 따뜻하면서 엄격한 분으로 알려져 있다는 평도 덧붙이고 있었다. 작가는 작품으로 말할 뿐, 그의 사생활이 반드시 작품 수준과 일치해야 하는 것은 아닐 것이다. 불후의 명작을 남긴 세계적인 작가라도 사생활이 작품 수준에 못 미치는 예는 수없이 많으니까…. 하지만 욕심쟁이 독자인 나는 그녀가 청마와의 지고지순한 사랑을 눈곱만큼도 훼손하지 않았기를 기대했던 것이다. 다행스럽게도 이영도 작가는 그런 기대를 조금도 저버리지 않았기에 나는 마음을 놓기로 했다.

얼굴 좀 보세나

"경남 유수(有數)의 인문 고등학교로서 역사와 전통을 자랑하는 우리학교에 입학한 여러분을 환영합니다!" 1967년 3월 5일, 이준영 교장선생님의 환영사를 들으며, 우리 29회의 역사는 시작된 셈이다.

馬高! 교훈은 '자율'과 '협동'이었다. 스스로 공부 열심히 하고, 동문끼리 똘똘 뭉쳐 돕자는 뜻이라고 했다. 봄이면 온 교정에 벚꽃이 흐드러졌고, 교정에서 내려다보던 '내 고향 남쪽바다'는 56년 지난 지금도 변함없이 눈에 선하다. 교문을 들어서면 양 옆으로 울창하게 군락을 이룬 히말라야시다 숲이 있었다. 널찍한 교정과 빽빽한 나무들은 대학 캠퍼스 못지않았다.

전기수 선생님 국어시간, "청춘! 이는 듣기만 하여도 가슴이 설레는 말이다…." 지금도 '청춘'하면 설렌다. 태평양을 건너온 윌리엄 K 코클랜 선생님의 꽁무니를 졸졸 따라다니면서 영어 한마디 해보려고 애쓰던 일. 황소 선생님의 카리스마, 조는 사람에게 사정없이 분필을 던지던 물리 선생님, "목련꽃 그늘 아래서 베르테르의 편질 읽노라~"의 신동영 음악 선생님, "Ich libe die einsamkeit"의 김길용 독어 선생님. '잇기야' 이병혁 선생님. 정정채 영어, 정재관 국어, 표동종 수학, 배도중 사회 선생님 등등 기라성 같은 선생님들이 차고 넘쳤으니, 그 선생님들이 주신 양식으로 우리는 아직도 배부르게 살고 있는 거다.

마고 교칙에 머리를 기를 수 있도록 허용한 것은 우리에게 대단한 자부심을 갖게 했다. 그 당시 고등학교에서 머리를 기를 수 있는 곳은 우리 학교가 전국에서 거의 유일했다. 비록 3cm까지 허용된 것이었지만, '스포츠컬러 마고'를 보는 이웃 학교 학생들은 머리를 기르게 해달라고 데모를 할 정도였다. 검정색 교복에 흰 명찰, 반짝이는 배지를 달고 앞머리를 기른 모습은 요샛말로 '짱'이었기에 여학생들에게 인기 만점이었다.

그 자부심 대단했던 머리 때문에 추억들도 많다. 3학년 때 중간고사가 있던 어느 날, 앞머리가 좀 긴 것 같아 걱정하며 등교했는데, 아니나 다를까 교문에서 선생님들이 바리캉을 들고 단속을 하고 있었다. 정문을 피해 학교 뒤쪽 철조망 틈으로 통과하기로 하였다. '군자 대로행'이라지만 군자보다 머리가 훨씬 더 중요하였던 셈이다. 평소 봐두었던 뒷문 쪽 철조망을 비집고 머리를 들이미는 순간, 내 앞머리를 꽉 틀어쥐는 그분, 표동종 선생님이었다. 내 머리에는 슬프게도 4차선 고속도로가 뚫리고 말았다. 하지만 이건 약과다. 시험지 받아들고 알쏭달쏭한 문제에 혼이 빠져있다가 단속 선생님들 급습(?)이 있으면,

시험도 포기한 채 뒷문으로 튀는 친구들마저 있었으니…. 단속을 피하는 이유로는 '신체발부(身體髮膚) 수지부모(受之父母) 불감훼상(不敢毁傷) 효지시야(孝之始也)'라던 잇기야 선생님의 가르침을 갖다 붙였다.

명문 마산고등학교로 진학한 것은 우리 인생에서 탁월한 선택이었다고 믿는다. 훌륭한 선생님들로부터 많은 것을 배우게 되었고, 무엇보다 480마리 학(鶴)을 만나 함께 여물었으니 얼마나 복 받은 일인가. 이젠 세월은 흘러 이 세상 사람이 아닌 친구들도 많아졌다. 수업시간에 "선생님, 화장실 좀 다녀오겠습니다."라며 연기 한 모금하러 가곤 하던 K, 졸업 후 국가와 사회를 위해 봉사를 아끼지 않던 J와 C, 그리고 기대주 L도 유명을 달리하고 말았다.

뭐가 그리 급해서 서둘러 떠났을까. 이제 인생의 말년을 편안하게 즐길 나이였는데…. 공부 잘한다고 오래 사는 것도 아니고, 쌈 잘한다고 저승사자 잘 피하는 것도 아닌듯 싶다. 돈 많다고 피할 수도 없고, 안 간다고 발버둥 쳐도 소용없는 일이다. 그러니 남아있는 우린들 무슨 용빼는 재주 있으랴. 오라 하면 가야 할 운명인 것을…. 학(鶴) 친구들이여! 세상 소풍이 끝나기 전에 얼굴 좀 보세나. 다가오는 4월 23일 통영에서 말일세.

차장(車掌)과 자취생

　버스 차장이란 직업이 있었다. 60년대의 시외버스에는 운전기사와 차장이라는 여자 승무원이 함께 일했다. 차장은 한참 후에 안내양이라고 불렀지만, 차장이란 말이 나에게는 더 와닿는다. 차장은 '운전' 빼고 차 안에서 일어나는 모든 일을 도맡아서 했다. 그녀들은 주로 열대여섯의 나이로, 집안 살림에 보탬이 되고자 직업전선에 뛰어든 것이었다.

　고등학생이 된 해 3월의 어느 월요일이었다. 백 리나 떨어진 객지에서 자취를 시작한 나는 새벽부터 일주일 치 쌀자루, 김칫독 그리고 책가방을 주렁주렁 달고 버스를 타기 위해 달려야 했다. 집에서 주막이 있는 한길까지는 삼사백 미터는 족히 넘어 만만찮은 거리다. S시에서 출발한 버스('첫차'라 불렀다)가 감티고개를 넘어서면서 쏘는 불빛을 보고 나의 장애물 경주는 시작된다. 첫차를 놓치면 지각이었으니 죽을힘으로 달려야 했다. 고갯길을 굽이굽이 돌아야 하는 버스와 큰 배미 둥천길을 뛰는 내 장애물 달리기 실력은 비등비등 맞먹어서 승부가 잘 나지 않았다.

그날 가까스로 버스에 올라 가쁜 숨을 몰아쉬고 있을 때였다. 하얀 깃을 세운 검정색 근무복을 입은 차장이 다가오더니 차비를 내라고 한다. 나는 반사적으로 교복 윗주머니에 손을 넣었으나… 그곳에 있어야 할 차비가 손에 잡히지 않는 것이었다. 짐을 챙겨 나오면서 깜박 놓고 왔는지, 조금 전 장애물 경주 때 흘렸는지 모를 일이었다. 코앞에서 손 내밀고 서 있는 그녀에게 뭐라고 말을 하기는 해야 하겠는데…. 아마도 내 얼굴은 홍당무로 변해 있었으리라. 난감했다.

엉겁결에 학생증을 내밀며 사정을 해보았다. "다음에 주면 안 되겠습니까?"라며…. '다음'이란 언제란 말인가. 일주일 후? 아니면 먼 훗날? 날 어떻게 믿고 차비를 안 받겠는가. 내가 생각해도 말이 안 되는 거였다. 어쨌든 남 앞에 서면 말 한마디 제대로 못 하던 내가 어디서 그런 용기라도 나왔는지 모를 일이었다. 어젯밤 어머니께서 "숫기가 없어서 걱정"이라고 하셨던 말씀 때문이었을까. 어린 자식의 객지 생활이 안쓰러워서 그러시는 줄은 알았지만. 차장은 내 교복 왼쪽 가슴에 달린 '○○ 고등학교 박인목'이란 이름표를 흘끔 보더니 말없이 자리로 되돌아가는 것이었다.

우리 동네는 산촌이기는 해도 33번 국도가 지나가니 깡촌은 면한 터였다. 하루에 시외버스 석 대는 다녔기 때문에 그랬다. S시에서 부산으로 가는 첫차, 오전 10시와 오후 4시쯤 C시에서 J시를 오가는 버스가 있었으므로. 사람들은 버스가 지나가는 것을 보며 몇 시쯤이라는 것을 짐작하곤 했다. 아침 밥때가 되었다든지, 점심이나 참 때가 되었다든지…. 그중에도 첫차는 하루의 시작을 알리는 동네 사람들 자명종이나 다름없었다. 그 첫차를 내가 타게 된 것이었고, 차장도 처음으로 만나게 된 것이었는데 첫 대면부터 묘한 인연이 시작된 셈이었다.

그 시절 시외버스는 손님이 손을 들면 아무 데서나 탈 수 있었고, 승객이 내린다고 하면 언제 어디서든 차를 세우고 내려주던, 이른바 완행이었다. 차비도 차장이 "어디까지 가느냐?"를 물어서 요금을 현금으로 받았다. 버스는 정원이란 것이 있기는 했지만 언제나 정원을 초과할 정도로 꽉 찼다. 자리에 앉아서 가는 사람보다 통로에 서서 가는 사람이 많을 때가 대부분이었다. 차를 타고나서 조금 있으면 차장이 비좁은 승객들 틈을 비집고 다가와서 차비를 달라고 말한다. 아무리 붐벼도 차장은 차비 받을 사람을 놓치는 법이 없다. 한꺼번에 몇 사람이 타도 차비 받을 승객을 놓치는 일은 결코 없는, 그 총기는 신통할 정도였다.

첫차는 '대한금속회사' 소속이었고, 항상 똑같은 운전사, 차장이었다. 일주일 후 나는 외상 차비를 갚았다. 차장은 고맙다는 말과 함께 다소 의외였던지— 웃으며 내가 내미는 돈을 받았다. 그 일이 있은 뒤부터 그녀는 나를 살갑게 챙겨주었다. 버스에 오르면 내 반찬 독이나 쌀자루 싣는 것을 거들어주기도 하면서…. 요즘은 얼마나 포장 용기도 좋은가. 그때는 투박한 뚜껑이 덮인 거무튀튀한 반찬 독과 간장병이었다. 거기다가 차비까지 깎아주었다. 학생에게 할인해 주는 규정보다 훨씬 더 깎아주는 그녀의 배려에 늘 감사했음은 물론이다. 돈 십 원이 궁한 자취생이었으니까.

언젠가 내 자리 곁에 다가온 그녀와 얘기를 나눌 기회가 생겼다. 남동생은 J시에 있는 고등학교에 다니고 있다면서, 그녀는 남동생이 고등학교 졸업할 때까지의 학비를 자신이 책임지고 있노라고 했다. 부모님과 그렇게 약속하고 씩씩하게 집을 떠나 '대한금속회사'에 취직을 했다는 것이었다. 그녀에게는 내가 친동생으로 보였던 것이었을까. 그녀는 호주머니에서 검을 꺼내 권하기도 했다. 일주일 만에 버스에서 만나면 "학생, 잘 지냈어?"라며 반갑게 말을 걸어오곤 했다. 딸이라는 이유만으로 남동생의 학비 뒷바라지를 감당하다니…. 고향에서 농사일에 힘든 내 누나 얼굴이 그녀의 얼굴과 오버랩되곤 하였다.

누군가 기차의 차장은 '긴 장(長)'자를 쓰지만 버스 차장은 '손바닥 장(掌)'자를 쓰는 이유를 아느냐고 우스개 삼아 말한다. 만원 버스에서는 육성으로 운전사에게 알리기가 쉽지 않은데, 손바닥으로 두드리는 것이 훨씬 전달력이 있었다고. 버스 차장이 출입문 위쪽 벽을 손바닥으로 '탕!' 한 번 치면 서라는 신호요, '탕탕!' 두 번 치면 출발하라는 신호였단다. 손바닥은 차장에게 매우 중요한 노동수단인 셈이었고, 그래서 '손바닥 장' 자를 쓴다…. 그렇다면 직업병으로 퉁퉁 부었던 그녀들의 손바닥을 이제라도 보상해 줘야 할 것 아닌가. 차장(車長)으로라도.

이제 곧 설 명절이다. 명절이 오면 불현듯 떠오르는 고향! 고향 가는 길을 생각하면 버스를 탔던 일이 먼저 떠오르고 미소를 머금은 그 차장(車長) 누나를 떠올린다. 지금은 할머니가 되어 어디서 행복하게 살고 있을까. 아니면 이미 이 세상 사람이 아닌지도 모르겠다.

해꼽다

얼마 전, 중학 동창 단톡방에 글을 하나 올린 적이 있다. 사람 몸무게가 성장 과정에서는 늘어났다가 나이 먹으니 줄어든다는 푸념성 글이었다. 동갑내기 친구들 단톡방이니 공통된 넋두리 아닌가. 글 속에는 자연히 '무겁다 또는 가볍다'는 표현이 있었는데, 어떤 친구가 자신의 몸도 많이 '해꼽다'라고 댓글을 달았다. '해꼽다'는 '가볍다'는 뜻의 고향 말이다.

정말 오랜만에 들어보는 말이었다. '해꼽다'는 말은 유년 시절 잘 쓰던 말인데, 그동안 까맣게 잊고 있었다. 아마도 오륙십 년 만에 처음 들어보는 셈일 터다. 불알친구를 만난 것처럼 그 말이 반가웠다. '해꼽다'와 비슷한 말로 '개굽다', '개겁다'라는 말도 떠올랐다. 모두 가볍다는 뜻의 고향 말이다. 고향 말 중에는 표준어가 변형된 것이거나, 발음을 축약해서 쓰는 경우가 많지만 '해꼽다'는 말은 전혀 연관성을 유추할 수 없는, 돌연변이성 고향 말인 셈이다. '개겁다'나 '개굽다'는 '가볍다'라는 말이 변형된 것이 맞을 것이지만.

심심풀이로 내 고향 말을 인터넷에서 찾아보았다. 고향 말을 체계적으로 정리해서 해설과 함께 올려놓은 것도 많이 있었다. 고향 말을 사랑하는 분들의 부지런함 덕분이다. 그중에서도 재미있거나 옛 추억을 떠올리게 하는 말들이 눈에 띄었다.

"모티(모퉁이), 주디(주둥이), 문디(문둥이), 단디(단단히), 여개(틈), 개줌치(호주머니), 비인다(보인다), 전준다(겨눈다), 요독(정신을 쏟음), 숭내(흉내), 택도 없다(어림도 없다), 디비진다(뒤집어진다), 하모(그럼), 이적지(여태껏), 실삼시리(여러 번), 가씬하다(아슬하다), 가이방상하다(비슷하다), 아적절(아침 절), 해따내(저물기 전에), 찌이다(끼이다), 껠뱅이(개으름뱅이), 딲아시아다(닦아세우다), 몇간(몇 사람), 짜다리(그다지), 갋다(겨루다), 꾫다(잃다), 끯이다(끓이다), 볿다(밟다), 볶히다(밝히다), 붋다(부럽다), 쎗대(열쇠), 쎗바알(혓바늘), 홀칭이(극젱이), 야사다(야수다), 쫚아내다(쫓아내다), ㄹ깝새(ㄹ망정), 너얼찌다(떨어지다), 몯다(마디다)……."

이 외에도 수없이 많을 테다. 고향에서는 사투리 경연대회도 열리는 모양이다.

고교진학과 함께 고향을 떠났으니 60여 년이란 세월이 흘렀다. 그동안 낯선 타관(他官)에서 모르는 사람들과 어울려 살았으니, 내 말도 많이 바뀔 수밖에 없었다. 젊었을 때는 타관 말씨를 흉내 내는 것을 당연시하였지만, 고향 말도 은연중에 사용하곤 했다. 서울 생활이 시작된 후로는 서울 말씨도 아니고 고향 말도 아닌 잡탕식 말씨의 주인공으로 변하고 말았다. 그래도 어쩌다 사람 많이 모인 곳에서 고향 말 악센트가 들릴 때는 무척 반갑기만 했다. 물론 고향 까마구 친구들과는 축약된 고향 말 중에 '문디' 한마디만으로 의사소통은 끝난다.

서울 말씨는 허우대 멀쩡한 신사 숙녀들이 쓰는 말이지만, 고향 말은 햇볕에 새까맣게 그을린 고자미동국 사람들이 쓰는 말이다. 고향 말은 악기로 치면 감미로운 현악기보다는 둔탁하나 울림이 큰 타악기에 가깝다. 서울말은 우레탄처럼 보들보들한 길이지만, 고향 말은 자갈길처럼 우둘투둘하기 그지없다. 그래도 그 우둘투둘한 고향 말을 듣노라면 온몸에 생기가 확 돌고 편안해지는 것을 어쩌랴. 참 알다가도 모를 일이다.

우리 가족 켄야

요즘 들어 새벽잠이 잘 없다. 간밤에도 새벽녘쯤 어정쩡하게 잠을 깨고 말았다. 다시 잠을 청해 보았으나 여의치 못해 거실로 나왔다. 소파에 비스듬히 앉아 이런저런 상념에 빠져든다. 무심코 내다본 창밖에는 상현달이 서쪽 하늘에서 우리 집 거실로 달빛을 쏟아붓고 있었다. 그 달빛을 온몸으로 감당하면서 창가에 서서 거실을 지키는 육척의 장신이 눈에 들어온다. 그의 이파리들이 달빛에 반사되어 반짝거리면서 마치 집단군무(群舞)라도 추는 듯하다. 우리 거실의 변함없는 지킴이, 켄차야자 한 그루다.

그가 우리 가족이 된 것은 자그마치 40여 년 전 일이다. 신혼살림을 시작하였던 부산에서 갑자기 발령통지를 받고 서울 생활을 시작한 후, 내 이름으로 된 아파트를 마련하게 되었다. 콧구멍만 한 아파트였지만, 수도 서울(한복판은 아니었지만)에 처음 마련한 내 집이었으니 우리 식구들의 기쁨은 컸다. 기쁨은 그것만이 아니었다. 새집으로 이사하고 얼마 안 있어 둘째까지 얻은 것이다. 잇따른 겹경사에 우리 내외는 세상 모든 것을 다 얻은 듯했다. 늦게 퇴근한 어느 날, 아기가 새록새록 숨 쉬며 잠들어 있는 거실 한쪽에 처음 보는 화분 하나가 수줍은 듯 서 있었다. "웬 화분?"이란 물음에 아내는, 시장 갔다 오는 길에 봉고차에서 사 왔노라고 했다. 빚내서 집도 샀으니 빠듯한 살림살이는 더 힘들었을 테지만, 아내도 겹경사를 그냥 지나칠 수는 없었을 터…. '봉고차 표 화분'은 그날로부터 우리 가족이 되었다. 우리는 대문에는 아크릴판에 내 이름 석 자를 달았고, 둘째에게도 '경사의 원천'이라는 의미로 이름을 지었다. 켄차야 자에게도 '켄야'라는 근사한 이름을 선사했다. 그를 볼 때마다 겹경사를 오래도록 기억할 수 있기를 소망하면서….

그때 켄야의 키는 식탁 의자 높이보다 작아 거실 구석이 그의 자리로도 충분했다. 주말에 한 번씩 베란다로 나가서 샤워를 하는 것이 그의 유일한 외출이었다. 베란다에서 물세례를 받고 바람도 쐬고 오는 날 켄야는 생기가 넘쳤고, 이파리에서는 윤이 번들번들 났다. 켄야도 밥 안 먹고 물만 먹는다며, 큰아이가 밥투정했을 때, 우리는 실소를 했고…. 방 두 칸에 거실이 전부였던 '우리 집'이었지만, 고대광실보다 훨씬 넓은 듯했고, 늘 행복이 그득했던 때였다. 서울 생활에 대한 고달픔도 켄야와 함께 지내면서 차츰 고향처럼 정이 들기 시작하였고, 서서히 익숙해져 갔다. 큰아이가 여섯 살 되던 해 어쩔 수 없이

'우리 집'을 팔아야 했다. 그 뒤로 몇 번 이사하면서도 이삿짐 속에는 '봉고차표 화분'을 가장 먼저 챙긴 것은 당연했다. 세월이 흘러 아이들은 커서 시집도 갔으니, 우리 내외도 어느새 백발이 성성해지고 말았다. 켄야와 함께한 세월은 강산이 네 번이나 바뀔 정도로 훌쩍 지난 셈이다.

창가에 서 있는 켄야 옆으로 살그머니 다가가 본다. 강산이 네 번씩 바뀌는 동안 무수한 새 줄기가 돋아났다가 사라지기를 거듭했고, 지금은 여덟 개가 튼실하게 중심을 잡고 있다. 키도 집주인보다 더 커졌다. 약간의 거름과 물만 있으면 화분 속 비밀스런 공장에서 줄기를 만들어 물총을 쏘듯 허공으로 쑤욱 밀어 올리는 기술을 보면, 보통 재주꾼이 아니라는 생각이 든다. 줄기는 팔등신 모델의 다리처럼 곧고 미끈하다. 그는 힘차게 뻗다가 적당한 높이에 이르면 곡선을 그리며 부드럽게 휜다. 그 순간부터 이파리를 내보내기 시작한다. 줄기와 이파리 사이에 가지는 없다. 줄기에서 잎이 나오는 것도 신비롭지만 부드럽게 휘어지는 절제된 유연함과 그 타이밍의 선택이 절묘하다. 휘어져야 할 곳에 이르렀다는 높이를 어떻게 알아채는 것일까. 여덟 개 줄기의 키가 어슷비슷한 것을 보면서 그 재주에 탄복할 수밖에 없다. 이파리는 줄기에 달린 셈이니 결국 뿌리와 줄기가 켄야의 모든 것인 셈이다. 훤칠하고 미끈한 줄기와 적당한 높이, 유연한 자세가 켄야가 보여주는 멋이자 정체성이다.

하지만 줄기에 예속되어 있다는 말은 이파리에게는 섭섭하게 들리는 말일 테다. 사실, 켄야의 이미지는 이파리를 빼면 할 말이 없을 정도이다. 이파리들은 큰 키에 알맞은 넓이로 조화롭게 줄을 선다. 이파리들은 몸통은 여유롭지만 끝은 창처럼 예리해서 서슬이 보통 아니다. 긴 줄기 끝에 학의 깃털처럼 펴진 여덟 개의 이파리 묶음들을 보면 영락없는 제갈공명의 부채살 같다.

학우선(鶴羽扇) 여덟 개가 펼쳐진 것처럼. 천하의 지략가 공명도 동남풍을 불러올 때나, 사마의와 최후의 일전을 앞두고 거문고 하나로 허세를 부릴 때는 학우선을 조용조용 흔들면서 표정을 감추고 있었던 것이다. 그의 이런 포커페이스는 아내 황 씨가 학의 깃털로 만들어 준 학우선 때문이었다. "당신이 친정아버지와 대화하는 모습을 보고, 포부가 크고 기개가 드높은 사람이라고 생각했어요. 그런데 유비에 대해 이야기할 때면 표정이 환했고, 조조에 대해 말할 때는 미간을 잔뜩 찌푸렸고, 손권을 언급할 땐 고뇌에 잠긴 듯 보였죠. 큰일을 도모하려면 감정을 드러내지 말고 침착해야 합니다. 그러니 지금부터 감정이 동할 때는 이 부채로 얼굴을 가리세요." 아내의 말이었다.

그로부터 공명은 자신의 분신처럼 학우선을 몸에 지녔고, 그 부채가 있어 경계를 당할수록 침착해지고, 마음을 태연하게 함으로써 이성을 유지하고 올바른 판단을 할 수 있었다고 한다. 순간을 참지 못해 '버럭' 소리부터 질러놓고 뒤늦게 후회를 밥 먹듯 하는 나 같은 사람이야말로 켄야의 이파리를 학우선 삼아 표정을 감추는 수양이라도 해야 할 일이 아닌가.

"굿모닝!"

아침마다 물을 주면서 은근하게 말을 걸어본다. 이파리들이 내 팔뚝을 부드럽게 휘감으며 간질인다. 켄야의 대답인 셈이다. 나는 면장갑을 끼고 이파리 구석구석을 문지른다. 이파리 뒷면에는 깍지벌레들이 어느새 또 달라붙었다. "요것들이…" 나는 온통 적개심 가득한 눈빛으로 벌레들을 닦아낸다. 이파리들은 내 팔뚝을 또 간질이며 고맙단다. 물을 주면 시들한 잎에 생기가 돌고, 화분을 돌려주는 쪽으로 줄기를 뻗는 그다. 이제는 이파리 끝이 흔들리는 모습만 봐도 그의 기분을 알 것 같다. 봄이 오면 켄야를 마당으로 옮겨 남태평양의 고향 바람을 쐬어줘야겠다.

싱가포르의 코엘 칼링

금융과 무역을 중심으로 다양한 민족이 어울려 사는 매력 만점의 나라, 싱가포르로 여행을 떠나게 되었다. 벼르고 별렀던 여행이다. 보고 싶은 손녀 서윤이 가족이 그곳에 살고 있기 때문이다. 가이드 없이 아내와 둘만 나서는 해외 나들이라 살짝 걱정도 앞섰다.

12월 5일, 아침 아홉 시에 인천공항을 출발한 비행기는 여섯 시간 만에 싱가포르 창이공항에 도착하였다. 입국 절차를 마치고 공항 벤치에서 유심을 갈아 끼우고 있을 때, 등 뒤에서 "할아버지!"라 부르는 귀에 익은 목소리가 들렸다. 보고 싶었던 손녀와 딸이 우리 품에 안긴다. 학교가 파하고 서둘러 공항으로 달려왔단다. 일 년도 안 됐지만, 서윤이는 키도 컸고 의젓해진 것 같다.

우리는 택시를 타고 집으로 가는 동안 그간 밀린 이야기를 주고받기에 바빴다. 창밖으로 지나가는 싱가포르 도심은 깔끔하였고, 건물들과 가로수, 맑은 하늘이 잘 어울려 한 폭의 그립 같았다. 한바탕 소나기가 지나갔는가 싶은데, 언제 그랬냐는 듯이 햇볕은 눈이 부셨다. 마치 어린아이가 떼를 쓰다가 맛있는 걸 보고 금방 웃는 모습과 흡사하다고 할까. 큰 딸네 아파트에 도착해 짐을 풀었다.

싱가포르는 말레이반도 끝자락에 위치한 섬나라다. 1819년 영국이 싱가포르섬에 무역항을 두는 것을 허용하는 조약을 맺은 뒤로 영국의 식민지가 되었다. 제2차 세계대전을 겪으면서 3년 동안 일본제국에 점령당하기도 했다. 1945년 일본이 항복하자 싱가포르는 말레이시아연방과 합병하였다가 1965년 독립 공화국이 된다. 싱가포르는 서울보다 좁은 면적(616.3 평방킬로미터)에, 인구 6백여만 명이며 중계무역에 의존하고 사는 도시국가다. 2022년의 1인당 GDP는 8만 달러를 넘어 세계 8위 수준이라고 하니, 우리나라보다 두 배가 훨씬 넘는다.

도시국가인 싱가포르는 국토면적이 좁지만, 좁은 공간에 비해 공원이나 식물원은 꽤 많은 편이다. 영국 점령 시절 만든 열대 식물원 보타닉공원에 가보았다. 고무나무도 있고, 인주를 만들 때 쓰는 붉은 색 나무, 엄청 신기하고 큰 나무들도 많다. 무료 개방이라 싱가포르 사람들은 여기서 운동도 하고 산책도 하는 곳. 딸이 준비한 김밥과 음료수를 펴놓고 우리도 적도에서의 따끈한(?) 겨울 햇볕을 즐겼다. 공원 여기저기서 '코~에르' 라는 노랫소리가 인상적이다. 옥구슬 굴리는 듯한 싱가포르 뻐

꾸기, 이 나라 사람들은 '코엘 칼링(koel calling)'이라 부른단다. 시내 어디서든지 감미로운 노랫소리는 이국인의 발길을 멈추게 한다.

돌아오는 길에 지하철을 타보았다. 지하철은 시내를 관통하는 노선이 남북과 동서로 연결돼 있어 사통팔달이다. 혼잡하지도 않았고, 지상으로 달리는 구간이 상대적으로 길어 바깥 구경을 하기가 좋았다. 시내버스도 몇 번 이용해 보았는데, 지하철 못지않게 이용이 편리하다. 서울에서 쓰던 신용카드가 그대로 통용된다. 택시는 자주 이용하였는데, 스마트폰에 앱을 만들어 호출하면 정해진 시간에 맞게 도착하였다. 한국에서 이용하던 택시는 건물 1, 2층을 구분하지 못하던 경험을 했던 것에 비하면 훨씬 더 편리하다. 요금은 인터넷으로 자동결제 되는데, 시간대별로 요금이 차등화돼 있어 합리적인 시스템이라는 생각이 들었다.

싱가포르 시내는 거리가 깨끗하고 도심 곳곳에 나무가 많다. 이 나라의 공중도덕 준수는 이미 잘 알려진 대로다. 공중도덕을 준수하지 않으면 벌금을 물리고 심하게는 태형을 가한다고 하던데, 최근에는 실제로 그런 일은 잘 없는 듯했다. 부자나라, 치안이 잘 되고 거리는 깨끗하며, 공공의 안녕과 질서를 위해 엄격한 법치가 이뤄지고 있는 나라라는 인식이 들었다. 마약사범은 곧바로 사형에 처해진다. 거리에서 껌을 씹거나 변기

물을 안 내려도 처벌을 받는다고도 한다. 운전 중 코를 후비면 80만 원 벌금이라는 말도 들은 기억이 난다. 안전운전을 위해 한 손으로 운전대를 잡을 수 없도록 그렇게 한다는 것이지만 좀 심하다는 생각도 지울 수 없었다.

1993년 세계인의 이목을 집중시켰던 사건이 있었다. 당시 18세였던 미국 학생이 싱가포르에서 차량 50대에 빨간 페인트로 낙서를 했다가 체포돼 4개월 감옥, 2200달러 벌금에 6대의 태형까지 선고받았다. 태형은 한 대만 맞아도 엉덩이 살점이 떨어져 나갈 정도이고, 흉터는 평생 간다니 만만히 볼 것은 아니다. 외국에서 미국인이 두들겨 맞게 됐다는 소식에 미국 조야는 발칵 뒤집어졌다. 당시 빌 클린턴 대통령까지 나서 인권을 들먹이며 사면을 요청했다. 하지만 싱가포르 총리는 "법을 어기면 미국인이라도 예외 없이 합당한 죗값을 받아야 한다"며 거부했다. 직접 전화까지 한 미국 대통령의 체면을 생각해서인지 2대는 깎아주긴 했지만, 손바닥만 한 나라가 세계적 부국이 된 데는 다 이유가 있구나 싶었다.

국토도 작고 인구도 적은 데, 어떻게 부강한 나라가 되었을까. 그것은 이 나라의 국부(國父)로 추앙받는 리콴유(李光耀, 1923~2015) 총리 덕분이란다. 싱가포르는 말레이시아에 속해 있다가 1965년 독립을 당하게 된다(독립한 것이 아니라 당했다). 제발 싱가포르를 내치지 말아 달라고 말레이시아한테 통사정을 하였지만, 이 도시를 그들은 별로 쓸모가 없다고 판단하고 내

팽개친 것이었다.

싱가포르는 1965년 독립 이래 지금까지 사실상 일당독재를 유지하고 있다. 최고 권력자인 총리 일가가 정계, 재계 등 국가 요직을 두루 휘어잡고 있는 셈이다. 철권통치로 25년이나 권좌에 있었지만 기적적인 경제부흥을 이끌어 온 리콴유 전 총리와 2004년부터 14년째 집권 중인 그의 장남 리셴룽(李顯龍) 현 총리, 그리고 그 아들 역시 장차 유력한 총리감이라고 한다.

싱가포르 최고의 관광지를 둘러보았다. 우선 마리나베이 샌즈 호텔은 세계적인 관광명소다. 57층 규모의 건물 3개가 범선 모양의 스카이 파크를 떠받치고 있는 모습이 눈길을 사로잡는다. 한국 기업이 건축한 작품이라고 하니 나도 모르게 어깨가 으쓱해진다. 호텔 최상층에 있는 인피니티 풀은 마천루가 어우러진 야경을 바라보며 수영을 즐길 수 있다는 설명을 들었지만, 다음으로 미루고 발길을 돌렸다. 꿩 대신 닭이라고 저녁에 선보이는 레이즈쇼를 머라이언 공원에서 감상하기는 했다.

마리나베이에서 싱가포르강을 따라 올라가면 붉은 지붕의 2층 건물들이 강변에 줄지어 있다. 본래는 영국식민지 시절 싱가포르의 무역 물자를 취급하던 선착장이었지만, 현재는 노천 카페와 레스토랑이 들어서 있다. 이곳은 싱가포르의 지나온 역사를 가늠해 볼 수 있는 곳이다. 박물관과 정부 의회 사무실도 둘러보았다. 박물관을 한 바퀴 돌고 서윤이와 둘이서 잠시 쉬고 있을 때, 현지인이 뭐라고 말을 걸어왔다. 그때였다. 핸드폰에 열중하던 손녀가 그 사람과 대화를 주고받는 것이었다. 또렷한 발음과 상냥한 표정의 손녀가 대견스러웠다.

"서윤이 최고야!" 집으로 오는 차 안에서 손녀에게 말해주었다. 오늘따라 더 예쁘기만 한 열 살짜리 손녀를 말로만 칭찬할 수는 없지 않은가. "오늘은 할아버지가 한턱내겠다." 내 말이 채 끝나기도 전에 서윤이는 만세를 부른다. 애미와 의논하더니 갈비를 먹고 싶다고 했다. 우리는 번화가의 한복판에 있는 한국인 식당을 찾아냈다. 서울 출신이라며 넉살을 떠는 셰프가 고기를 맛있게 구워주었고, 맛있게 먹는 서윤이를 보며 우리는 즐거웠다. 서윤이는 인증사진을 찍어 서울에 있는 아빠, 이모에게 보내는 등 기분 만점이다.

꿈같은 열흘이 눈 깜짝할 사이 지나가고 말았다. 오늘은 서울로 떠나야 하는 날. 서윤이는 어젯밤부터 벌써 헤어지기가 싫은 눈치다. 딸도 우리도 섭섭하기는 마찬가지. 짐을 택시에 싣고 넷이 공항으로 가면서도 서윤이는 말이 별로 없다.

"서윤아, 이제 열흘 있으면 아빠가 오잖아?"

손녀가 얼마 안 있어 아빠와 공항에서 만나는 상상으로 분위기를 바꾸어 주려고 우리는 애를 썼다. 출국 수속을 마치고, 탑승구 앞에서 뒤돌아보니 그때까지 두 모녀는 우리를 향해 손을 흔들고 있다. 우리 내외도 손을 크게 흔들어 주었다. 그 순간 코엘 칼링처럼 예쁜 서윤이의 목소리가 우리 내외의 가슴으로 날아와 꽂혔다. "안녕!" 아내의 눈에는 아까부터 이슬이 맺혔고, 나도 코가 찡했다.

황진이와 서화담

　조선조 중종 때, 황진이는 38세라는 짧은 일생을 뜨겁게 살았다. 세상의 풍류남아나 영웅호걸은 죄다 그녀의 임이요, 사랑이었다. 양반의 얼녀였던 그녀는 그 당시 조선사회의 규범에 따르면 양반의 첩이 될 운명이었다. 첩이라는 것이 정실부인에 비하면 한참 못 미치는 것이지만, 사대부의 첩이라면 안정적인 삶을 살 수는 있었을 것이었다. 그러나 그녀는 신분상의 운명보다는 자유를 택했다. 물론 기녀로 산다는 것 또한 신분상의 운명에서 벗어났다고 할 수는 없을 것이지만, 그녀는 다른 기녀와는 사뭇 달랐다.

　진이는 특유의 미모와 지성, 예술적 감각을 앞세워 단숨에 흔하디흔한 노류장화(路柳墻花)를 넘어선 조선 최고의 기생으로 명성을 떨치게 된다. 진이가 머물던 송도에는 어떻게든 그녀를 한번 만나고 싶어 하는 남자들로 넘쳐났다. 하지만 자존심이 강하고 성깔이 도도했던 그녀는 기생이지만 아무 남자나 만나지 않았다고 한다. 당연히 신분이 높은 귀족이나 사대부라 해서 예외는 더욱 아니었다.

진이는 자신만큼 뛰어난 예술성에 고결한 인품까지 겸비한 풍류명사를 가려서 상대했다. 그녀의 바람은 자신을 기생이 아닌 한 사람의 예인(藝人)으로 존중해주는 남자를 원했던 것이다. 그녀는 맨 먼저 조선 최고의 군자라고 불린 벽계수(본명 이종숙)를 만난다. 여색에 지조를 뽐내던 벽계수를 달밤에 만월대로 유혹하고서 「청산리 벽계수야」라는 시조 한 수를 읊는다.

진이의 격조 있는 구애 시조 앞에 벽계수는 군자로서의 허울을 벗어 던졌다. 벽계수는 이 한 번의 만남으로 자존심을 허물고 만 것이다. 왕실 종친이라는 신분과 당대 최고의 호인 벽계수를 무너뜨린 일로 그녀는 더욱 유명세를 타게 된다. 덩달아 벽계수에 이어 30년간 면벽참선(面壁參禪)으로 불가의 생불로 통하던 지족암의 만석선사를 파계시킨다. 명창 이사종을 사랑하여 6년간 계약결혼을 하였고, 그와 조선 팔도를 유람하며 예술 동지이자 영혼의 동반자로 인생을 함께 나눴다고 한다.

물이 한껏 오른 진이는 드디어 도학군자로 이름을 날리던 화담 서경덕을 유혹하기로 한다. 화담은 평생 여색을 멀리하기로 소문난 사람이다. 그녀는 혼자서 밤중에 화담의 초당으로 찾아갔는데… 도학군자 화담은 소문난 외간 여자를 내색하나 없이 단칸방으로 들게 하는 것이 아닌가. 두 사람은 첫닭이 울 때까지 시문 이야기로 시간 가는 줄 몰랐다. 드디어 화담이 이

부자리를 보아 주었을 때, 그녀는 남녀 유별한데 부엌에 나가서 자겠다고, 마음에 없는 말을 던져본다. 화담이 '이렇게 따스한 방을 놔두고, 어찌 부엌에다 재우겠냐'며 손사래를 친다. 그녀는 못 이기는 척 잠자리에 들었다. 그런데 화담은 그녀에게 먼저 자라고 하면서 책읽기에만 열중이었다. 그녀는 그러는 화담이 진짜 도학자일까 위선자일까 종잡을 수가 없었다. 그렇게 한 식경이 지나서야 화담은 호롱불을 끄고 부스럭부스럭 그녀 옆에 눕는다. 그녀는 어둠 속에서 속으로 쾌재를 불렀고, 이제야 그 시꺼먼 속을 확 까발린다며 잠결인 척 화담의 품으로 안겨들었다. 하지만 화담은 아무런 반응이 없었다. 잠꼬대하는 척 팔을 들어 화담을 안아보았다. 그런데 화담은 이미 쿨쿨 잠들어 있었다. 천하의 미색을 아랑곳하지 않고서…. 그녀는 두 손을 들고 말았다. 모든 남성이 그녀 앞에 무릎을 꿇었건만 화담만큼은 아니었던 것이다. 화담의 높은 덕망 앞에 결국 진이는 감복하고, 그의 제자가 되기를 자청하게 된다.

그런 일이 있고 나서 그녀는 화담의 사람됨을 사모하여 늘 거문고와 녹주를 가지고 화담의 초당에 가서 즐기다가 가곤 하였다. 하루 이틀 만남이 깊어짐에 따라 화담과 진이는 스승과 제자로서의 정이 이성으로서의 정으로 변해가는 듯했지만, 도덕이 높은 화담은 글을 배우러 오는 그녀를 허심탄회하게 사랑할 수 없었을 터다. 그녀 역시 스승으로서의 존경을 넘어서는 마음의 흔들림을 붙잡으려고 몹시 고심도 했으리라. 그럴

즈음 진이가 은근하게 본심을 시조 한수로 고백한다.

　　　청산(靑山)은 내 뜻이요 녹수(綠水)는 임의 정이

　　　녹수 흘러간들 청산이야 변할 손가

　　　녹수도 청산을 못 잊어 울어 예어 가는 고

　　자신의 뜻을 변함없는 '청산'에, 자꾸만 변하는 임의 정을 '녹수'에 비유한 진이의 심정이 묻어난다. 임의 정은 흐르는 물처럼 흘러가면 그만이지만, 임을 향한 내 마음은 일편단심을 지킬 것이다. 임도 흐르는 물처럼 내 곁을 떠나간다 해도 결코 나를 잊지는 못할 것이라 은근히 잡아맨다.

　　이런 감정의 갈등 속에서 진이가 화담을 찾는 날이 뜸해지자, 화담도 그녀를 기다리는 마음을 발견하고는 스스로 놀란다. 밤은 깊고 적막한데 낙엽이 구르는 소리에 놀라 영창을 열고 혹시나 그녀가 올까 기다리고 있는 자신의 모습에 고소를 머금는다. 다시 문을 닫고 불은 껐으나 잠이 오지 않는다. 화담인들 가만히 있을 수 있겠는가.

　　　마음이 어린 후니 하난 일이 다 어리다

　　　만중운산(萬重雲山)에 어느 임 오리요마는

　　　지는 잎 부난 바람에 행여 긴가 하노라

화담도 인간인지라 그녀가 안 오면 그리움을 참지 못하고 은근한 사랑을 시조 한 수로 답하고 있는 것이다. 산마루에 잎이 지고 낙엽이 떨어질 때는 독수공방의 외로움이 더욱 적적하다. 자기 곁을 떠난 임(진이)을 찾는 담백한 정이 은은하게 차고 넘친다. 스스로 이런 마음을 어리석다 하였지만 어찌 도학군자의 은근한 연심을 함부로 폄훼할 수 있겠는가.

스승 화담이 나이 58세에 세상을 하직하니 홀로 남겨진 제자는 큰 상심에 빠졌다. 그녀는 화담이 세상에 남긴 발자취를 찾아 길을 나선다. 세상 사람들은 둘을 송도삼절(松都三絶)이라 부르기 시작했다. 박연폭포와 함께.

장사도 시비(詩碑)

통영은 걸출한 예술가들을 배출한 예향(藝鄕)이다. 시인 유치환, 김춘수, 김상옥, 소설가 박경리, 화가 전혁림, 음악가 윤이상, 극작가 유치진 등이 통영에서 태어났거나 여기서 자랐다. 이런 축복의 땅, 통영에서 내가 첫 직장생활을 시작하였으니 큰 행운이라고 여겼다. 그중에서도 '영원한 노스텔지어의 손수건'으로 내 젊은 영혼을 달래 주었던 청마 유치환이 살았던 곳. 그의 흔적이 시내 곳곳에 서려 있어, 그와 함께 숨 쉬는 듯 일년여를 보냈었다. 오십여 년이 지난 오늘, 통영 가는 길에 나섰다가 두 사람의 사랑 이야기가 떠올랐다.

청마 유치환(1908~1967)은 23세 때인 1931년 문예 월간에 시 「정적」을 발표하면서 문단에 등단했다. 일제의 검속 대상에 몰리면서 잠시 만주로 나갔다가 1945년 37세 되던 해 통영으로 돌아와서 통영여자중학교에서 교편을 잡는다.

정운 이영도(李永道 1916~1976)는 경북 청도에서 태어났다.

21살에 출가, 딸 하나를 두었으나 남편과 일찍 사별하였다. 당시 통영에 살던 그녀의 언니 집에 머물면서 정운은 수예점을 운영하였다. 해방되던 해 가을 그녀가 통영여중 가사교사로 부임하면서 두 사람의 인연은 시작되었다. 그녀의 아름다움과 남다른 기품에 청마는 첫눈에 걷잡을 수 없는 사랑의 불길이 치솟았다.

같은 교무실에서 얼굴을 마주하면서도 청마는 그녀에게 하루도 빠짐없이 편지를 썼다. 퇴근 후에도 수예점에서 대부분의 시간을 보내던 정운을 보기 위해, 수예점이 보이는 우체국 창가에서 청마는 연서를 쓰기도 했다. 정운이 운영한 수예점과 그녀의 언니가 운영하던 약방은 우체국에서 바로 보이는 곳이다. 시「그리움」은 청마가 이즈음 정운에게 바친 사랑의 세레나데였다.

파도야 어쩌란 말이냐
파도야 어쩌란 말이냐
임은 물같이 까딱 않는데
파도야 어쩌란 말이냐
날 어쩌란 말이냐

— 유치환,「그리움」

정운은 유교적인 전통규범을 지켜야 했으므로 마음의 빗장을 굳게 걸어 잠그고 청마의 사랑이 들어설 틈을 주지 않았다. 그러나 날마다 배달되는 사랑의 시편들에 마침내 바위같이 까딱도 않던 정운의 마음도 조금씩 흔들리기 시작했다. 하지만 이들의 정신적 사랑은 시작됐으나, 이루어질 수 없는 사랑이었기에 이들의 만남은 거북하고 안타깝기만 했다. 「무제 1」은 정운의 첫 시조집 『청저집(靑苧集)』에 실렸던 작품이다. 청마와의 연정을 한창 싹틔우고 있을 무렵의 심경을 토로한 것이다.

오면 민망하고 아니 오면 서글프고
행여나 그 음성 귀 기우려 기다리며
때로는 종일을 두고 바라기도 하니라

정작 마주 앉으면 말은 도로 없어지고
서로 야윈 가슴 먼 창(窓)만 바라다가
그대로 일어서 가면 하염없이 보내리라

— 이영도, 「무제 1」

이렇게 주고받은 편지는 청마가 60살이 되던 1967년 부산에서 불의의 교통사고로 유명을 달리한 후에야 끝이 난다.

1947년 이후 20여 년 동안 청마가 정운에게 띄운 연서는 모두 5,000여 통이었다. 사모의 정을 담은 편지를 거의 매일 보낸 셈이다. 청마가 세상을 하직했을 때, 정운은 「탑」이란 시를 통해 그녀의 애틋한 마음을 표현했다. 사랑은 미완성을 통해서 비로소 완성되는 것이다, 그래서 영원히 사리로 남아 푸른 돌로 굳었으면 한다.

> 너는 자만치 가고 나는 여기 섰는데
> 손 한 번 흔들지 못하고 돌아선 하늘과 땅
> 애모는 사리로 맺혀 푸른 돌로 굳어라
>
> — 이영도, 「탑(塔)」

정운은 청마의 시 세계를 넓혀 주었고, 정운에게 청마는 외로움과 고난을 이겨나갈 수 있도록 받쳐주는 정신적 지주였던 셈이다. 보는 관점에 따라서는 불륜이라고 지탄할 수도 있겠지만, '사랑'은 예술인에게 영원한 테마이다. 이들의 사랑은 서로의 시를 시들지 않게 해준 자양분이 되었다.

안타까운 것은 1946년부터 1950년까지의 초기 편지는 6·25전쟁 때 불타버린 일이다. 우익 진영에 몸담은 청마이었기에 '만일의 경우 편지로 말미암아 사랑하는 사람의 신변에 위험이라도 있게 된다면' 하고 염려한 청마는 함께 피란을 떠날 수 없는 안타까운 사연과 함께 자신의 편지를 불태울 것을 당부했다고 한다.

정운은 그때까지의 편지는 그대로 시(詩)고 문학이었다고 여겼다. 피란을 떠나기 전까지만 해도 유치환의 일방적인 애정에 자신은 어디까지나 우정으로 자처해 왔었는데, 피란 가서 나라가 위기에 놓였을 때 재회의 기약도 없는 유치환의 안위를 기도로써 달래면서 비로소 그와의 정이 단순한 우정만이 아닌 애정임을 자인할 수 있었다고 정운은 나중에야 밝혔다.

청마의 사후, 당시의 주간지에 이들의 러브스토리가 '사랑했으므로 나는 행복하였네라'라는 제목으로 실린 것이 계기가 되어 청마의 편지 중 200통을 추려 같은 제목의 단행본 『사랑했으므로 나는 행복하였네라』를 출간한다. 그런데 이 책은 나오자마자 일약 베스트셀러의 반열에 올라서게 된다. 당시로는 드물게 25,000부나 팔려나갔다. 책 출간으로 그들의 사랑이 세상에 널리 알려진 계기가 되었다. 그 서한집 인세의 주인공은 누구였을까. 편지를 쓴 청마? 편지를 보관한 정운? 아니면 청마의 아내? 답은 편지를 보관하고 있던 정운이었다. 정운은 그 돈을 시 전문지 『현대시학』에 작품상 기금으로 기탁하였다.

청마의 시에 일관되게 나타나는 특징은 허무와 애수일 것이다. 청마의 이 허무와 애수는 단순히 감상적이지 않고 이념과 의지를 내포한다. 그래서 내가 청마의 시를 좋아하는지 모르겠다. 통영항에서 뱃길로 삼십 분, 장사도 섬 꼭대기에 오르니 남해 바다가 그림처럼 내려다보이는 곳에 시비 하나가 우뚝 서 있다.

사랑하는 것은
사랑을 받느니보다 행복하나니라.
오늘도 나는
에메랄드빛 하늘이 환히 내다뵈는 우체국 창문 앞에 와서
너에게 편지를 쓴다.

행길을 향한 문으로 숱한 사람들이
제각기 한 가지씩 생각에 족한 얼굴로 와선
총총히 우표를 사고 전보지를 받고
먼 고향으로 또는 그리운 사람께로
슬프고 즐겁고 다정한 사연들을 보내나니.

세상의 고달픈 바람결에 시달리고 나부끼어
더욱 더 의지 삼고 피어 헝클어진 인정의 꽃밭에서
너와 나의 애틋한 연분도
한 망울 연연한 진홍빛 양귀비꽃인지도 모른다.

사랑하는 것은

사랑을 받느니보다 행복하나니라.

오늘도 나는 너에게 편지를 쓰나니

그리운 이여 그러면 안녕!

설령 이것이 이 세상 마지막 인사가 될지라도

사랑하였으므로 나는 진정 행복하였네라.

　　　── 유치환,「행복」

비석 뒷면으로 돌아서니 또 한 편의 시가 새겨져 있다.

산이여, 목 메인 듯 지긋이 숨죽이고

바다를 굽어보는 먼 침묵은

어쩌지 못할 너 목숨의 아픈 견딤이랴

너는 가고 애모는 바다처럼 저무는데

그 달래임 같은 물결 같은 내 소리

세월은 덧이 없어도 한결 같은 나의 정

　　　── 이영도,「황혼에 서서」

하나의 시비(詩碑)에 두 작가의 작품을 앞뒤로 새겨놓은 것은 처음이었다. 나는 허공을 향해 큰 소리로 읽기 시작했다. 「행복」을 읽은 뒤, 「황혼에 서서」를 읽었고, 그러기를 몇 번이나 하였다. 두 작가의 사랑 이야기는 그리움이라는 파도가 되어 황혼에 접어든 과객의 가슴에서 철썩거렸다.

설마 그런 일이

자동차 바퀴 공기압이 낮다는 경고등이 들어왔다. 운전대 옆 화면에 말발굽 모양같이 생긴 표시다. 자선골프대회에 가기 위해 친구 P를 종합운동장 근처에서 픽업하기로 했었는데 갑자기 난감해졌다. 강원도에 있는 골프장인 만큼 꽤 먼 거리를 가야 한다. 인터넷을 뒤져 여기저기 근처 차량수리 업체에 전화를 해봤지만, 일요일이라 쉰다는 대답들만 돌아온다.

요즘 건강을 챙긴답시고 지하철을 매일 이용하였으니 자동차 시동을 걸 일이 별로 없었다. 오늘처럼 간간이 골프나 치러 갈 때 이용하는 것을 두고, 자동차도 주인에게 갑질을 하는지도 모를 일이다. 건강도 챙기면서 기름값 지출도 줄었지만, 결국 손재수가 들고 말았다. 도대체 새 차였을 때는 무쇠처럼 단단해서, 발로 툭툭 건드려보면 탱글탱글 탄력이 장난 아니었는데…. 튜브 속 꽉꽉 차 있던 공기가 어떻게 밖으로 샐 수 있는지 알다가도 모를 일이다. 날마다 굴리기라도 했더라면 모르되, 상전처럼 가만히 모셔놓지 않았는가. 굴려야 바람이 안 빠진다? 어제쯤 미리 점검이라도 했더라면 지금 이렇게 마음이 다급하지는 않을 텐데….

일단 잠실수영장 근처 약속장소까지는 가야 했고, 친구와 만나자마자 의논을 해보았다. 그 역시 무슨 뾰족한 방법이 있을 리 없다. 우리는 현 상황을 짧은 시간에 대강 정리해야 할 필요를 느꼈다. 첫째 골프대회 행사시간에 맞추려면 시간 여유가 별로 없다는 것(티맵으로 소요시간을 이미 빠듯하게 정해놓은 상태이므로), 둘째 수리업체들이 문을 닫은 상태인데, 온 서울 시내를 뒤져서 찾아다닐 수는 없다는 것. 우리는 위험을 무릅쓰고 출발할 수밖에 없다는 결론에 도달했다. 대회 참가는 포기할 수 없고, 수리업체도 문을 연 곳이 없으니 달리 방도가 없을 수밖에. 우리는 이 상황을 가장 현명하게 판단하고 행동하는 사람들인 양 착각하면서 서둘러 출발하였던 것이다.

사실은 그 두 가지 이유가 전부는 아니었다. 이를테면 세 번째 이유는 설마 '타이어가 터져서 사고까지 날 정도는 아니겠지' 하는 막연한 요행수 때문이었다. 어찌 보면 미련하기 짝이 없는 일이었다. 만약 고속도로를 달리는 중에 바퀴에 펑크가 나면 큰 사고는 불문가지일 텐데 천하태평도 유분수였다. 목숨을 담보로 모험을 하는 일일 수도 있다는 생각을 하면서도 믿는 것은 오직 '설마' 뿐이었다. 칠순의 두 할배는 무식을 배짱으로 용감무쌍하게 그냥 달렸다. 앞만 보고. 목적지가 골프장인지 저승인지도 모른 채. 운전대 앞 계기판을 슬쩍슬쩍 훔쳐보는데 그놈의 말발굽은 사라질 줄 모른다. 노랗던 색깔이 빨간색으로 변하더니 또다시 노란색으로 되돌아오곤 하였다.

상황이 이랬지만 두 사람은 겁도 없었다. 긴장하는 빛도 없다. 나누는 화제의 초점은 생뚱맞다. "왜 바퀴의 공기압이 낮아지는가?"에 대한 분석을 하기 시작한다. 튜브 속에 갇혀있는 공기가 샌다는 사실이 과학적으로 납득이 안 간다는 주장에 맞장구를 친다. 자동차 바퀴 속 튜브를 육안으로 보면 미세한 구멍도 있을 이유가 없다고 내가 문제를 제기한다. 차를 사용하지도 않고 그냥 세워두는데 왜 바람이 빠지냐는 친구 할배의 의문…. 둘의 상식으로는 당연한 의문이었다. 두 할배가 내린 결론은 오래 써먹어서, 즉 나이를 먹어서 그럴 수밖에 없다고 마무리하기에 이르렀다. 우리의 화제는 자동차 바퀴의 공기압에서 사람도 나이 먹으면 다리에 힘이 빠진다는 것으로 자연스럽게 옮아갔다.

벌써 사오 년 전 일이다. 친구 L은 갑자기 얻은 췌장암으로 병원 신세를 지고 있었다. 발병한 지 불과 네댓 달이 지나도 들려오는 소문은 점점 절망적이었다. 나는 어느 날 친구의 병문안을 위해 서울대 병원으로 그를 찾아갔다. 누워서 맞는 초췌한 얼굴을 보는 순간 그는 영 딴 사람처럼 보였고, 몇 달을 누위있는 친구가 짠했다. 나는 갑자기 환자의 다리를 주물러 주고 싶은 생각이 들었다. "친구야, 다리 좀 주물러 줄게."하고 그의 다리에 내 두 손을 얹었을 때…. 친구의 다리는 겨릅처럼 느껴졌다. 유년 시절 삼나무 껍질을 벗기고 난 뒤의 하얗게 마른 겨릅, 기운이라고는 한 푼도 없는 바로 그것이었다. 사람 몸도 잠시라도 사용하지 않으면 그 기능이 떨어져 드디어 이렇게 겨릅처럼 마르는 것이었다. 자동차 타이어도 바람이 빠지듯, 사람도 바람이 빠지면 그 명이 다하는 것일 테다.

한평생 우리는 너무도 많은 실수를 하면서 산다. 중요한 일은 가볍게 넘기고, 가벼운 것은 쓸데없이 무겁게 여기면서 말이다. 건강검진 의사의 판정에 겁을 먹고 고민만 하다가 병을 키우는 일이 있는가 하면, 큰 병인데도 의사의 말을 대수롭지 않게 여겨서 세월만 보내다가 결국은 목숨을 내놓아야 하는 경우도 종종 본다. 이런 경우를 두고 미련하다고 할 것이다. 오늘처럼 공기압이 낮다는 신호가 들어와도 아랑곳하지 않고 고속도로에 올라 액셀러레이터를 밟는 나 같은 사람이 그런 부류가 아닐까 한다.

다행스럽게도 오늘은 '설마'가 통하는 날이었다. 가평휴게소까지 별 탈 없이 주행하였고, 그곳에는 카센터도 있어서 4천 원어치 바람을 넣고 해결하였다. 그런데 그 카센터 주인의 설명이 좀 찜찜하였다. 앞뒤 바퀴 중 두 군데가 공기압이 낮은데,

정식 점검을 받아보는 것이 좋겠다는 거였다. 혹시 모른다면
서…. 하지만 우리가 누군가. 카센터 사장의 처방을 뒤로 흘리
면서 두 할배는 그곳을 떠났다. '설마 그런 일이 있으랴'면서.

6부
100살까지 산다면

방 두 칸에 지하방 한 칸이 딸린 양옥이었다. 제 눈에
안경이라 했던가. 우리 눈에는 넝쿨 채 굴러온 호박이나
다름없었다. 지하방은 전세를 줄 수 있었고, 은행 융자
와 친지의 도움도 받아서 이럭저럭 잔금을 치렀다. 이삿
짐을 푼 날은 온 세상을 다 얻은 듯했다. 내 이름이 새겨
진 문패도 달았다. 대여섯 평 마당에는 화초도 심었고,
주말이면 물주는 일이 즐겁기만 했다. 세상사는 일이 그
순간처럼 행복했던 적이 없었다.

—「어디 사세요」 중에서

100살까지 산다면

오랜만이오, K형! 올여름은 엄청 덥습니다. 지자체에서 노인네들 함부로 나다니지 말라는 경고 문자를 매일 보내오네요. 어제는 아파트 옆 동에 사시는 팔순 영감님이 더위를 못 견뎌 돌아가셨다는 소식도 들렸습니다. 119 소방차의 사이렌 소리가 요란했어요. 나도 노인 축에 들어가니만큼 사실 겁이 좀 납니다.

선풍기 앞에 앉아 눈을 감고 뜬금없는 생각을 해봅니다. 나는 과연 몇 살까지 살 수 있을까 하고요. 어떤 전직 대학 총장은 70살까지 살 줄 알고 정년퇴직 후 대충 세월을 보냈는데, 20년을 덤(?)으로 더 살고 나서는 허송세월한 것을 뒤늦게 한탄한다는 글을 읽은 적이 있습니다. 그렇지요. 노인네 앞일은 알 수 없습니다. 무쇠 건강을 자랑하던 이도 밤잠 잘 자다가 세상을 떠나는가 하면, 골골하던 약골도 백 세까지 능히 사는 걸 보면 말입니다. 형은 하나님과 가까운 목회자이니 혹시 그날이 언제쯤인지 힌트라도 받은 적이 있으시오?

231

흔히들 백세시대라고들 해요. 성경에서는 사람 한평생을 150년이라고도 합디다만, 과학의 발달로 질병을 치료하는 기술이 향상되고 좋은 약도 개발되니 정말 성경 말씀대로 돼가는 걸까요? 사람마다 건강, 건강하면서 챙기고, 규칙적인 생활과 적당한 운동에다 몸에 좋은 음식까지 즐기니까 평균 수명이 길어지는 것은 당연할지도 모르겠습니다. 해마다 10월 2일이면 노인의 날이라 해서 정부에서 100세를 맞는 어르신들께 무병장수를 빈다며 청려장(青藜杖)이라는 지팡이를 선물로 줍디다. 작년에도 2,600여 명에게 주었는데 10년 전에 비해 그 숫자가 곱절 이상 늘었다고 들었어요.

조선시대는 아비가 쉰 살이 되면 자식이 청려장을 바쳤는데 그것이 가장(家杖)이요, 예순이 됐을 때 마을 사람들이 선사하면 향장(鄉杖), 일흔에 나라에서 주면 국장(國杖), 여든에 왕이 하사하면 조장(朝杖)이라 했다지요. 그 청려장은 쇠약해진 몸을 의탁하라는 의미를 넘어서 집안·마을·국가를 위해 헌신해 온 생애를 공경한다는 뜻이 더 깊었을 터이지만, 요즘의 지팡이에는 과연 그런 의미가 있을지 모르겠습니다. "살날이 짧은" 노인이라는 막말도 서슴지 않는 세태가 아닙니까.

옛날처럼 자식이 지팡이라도 주는 시대는 더욱 아닌 것 같아서 "오래 사는 것이 꼭 축복만은 아니다."라는 말도 나왔겠지요. 그러나 '축복만이 아니라'는 표현은 머지않아 '축복이 아나라'는 단정적인 표현으로 바뀌고 말겠지요. 어제 119에 실려 갔다가 돌아가신 영감님이 축복인지 불행인지 얼른 정리가 안 되네요. 얼마 전 신문에서 어떤 분이 〈오래 살려면 챙겨야 할 일〉(제목은 정확하게 기억 안 나지만)이라며 일곱 가지인가를 언급한 것을 봤는데, 그중에서 갑자기 생각나는 걱정거리 몇 가지를 말해 볼까 합니다. K형도 나와 동년배이니 읽어 보시고 좋은 의견 있으면 답 좀 주시구려. 노인끼리 수다 떠는 셈치고….

첫 번째 걱정거리는 돈 없이 오래 사는 겁니다. 즉 자칫 수명을 다하기 전에 노후자금이 먼저 바닥나는 경우이지요. 늙어서 돈 없으면 굶어 죽을 수밖에요. 물론 정부에서 그냥 놔두지는 않을 거라고 여기지만, 별로 미덥지는 못하네요. 쓸모도 없다고 오히려 천덕꾸러기 취급을 받을까 두렵습니다. 어쨌든 '내 수명'보다 '자산(資産)의 수명'을 조금이라도 더 길게 만들어 놓아야 안심이 될 것 같네요. 하지만 자산의 수명을 늘릴 여유자금이라도 있으면 달리 방도를 취해 보겠지만 이미 때는 늦은 거지요. 몇 푼 안 되는 연금이나 받아서 죽는 날까지 아껴 써야 할 수밖에요.

두 번째 걱정은 골골하며 오래 사는 겁니다. 건강하게 오래 살기를 염원하지만, 그게 어디 내 맘대로 됩니까. 2022년 한국 남성의 기대수명은 79년 9개월인데 이 중 14년 8개월을 병치레하며 지낸다고 합니다. 오래 산다 하여도 병치레하면서 오래 살면 무슨 소용이 있겠습니까. 유병 기간이 길어지면 육체적인 고통과 재정적 어려움을 함께 가져올 것은 불을 보듯 빤하지요. 아직은 큰 병으로 이렇다 할 병원 신세는 안 지고 있어 그나마 다행이라 생각합니다만. 죽는 날까지 건강관리가 중요할 것 같네요. 혹시 모를 질병과 간병에 대비한 자금도 걱정되고요. 그러고 보니 또 돈 이야기에서 만납니다그려.

세 번째 걱정은 일도 없이 오래 사는 것입니다. 다행스럽게도 아직까지 출근할 곳이 있으니 감사한 일이지만, 언제 이 일도 끝날지 모르겠습니다. 벌써 눈도 침침해지는데, 기억력도 희미해지면 계속할 수 없을 테니까요. 일과 직장은 여러 인간관계를 형성하는 장점이 있는데, 이런 인간관계의 끈마저 놓치게 되는 것은 치명적일 테지요. 일이 없어지면 늘어난 시간을 등산과 여행으로만 채우기에는 남은 기간이 너무 길지도 모릅니다. 글쎄, 글쓰기라도 계속하면 치매도 예방하고 취미도 살릴 수 있을까 싶기는 하지만, 그것도 체력이 받쳐주어야 할 텐데 말입니다.

마지막 걱정거리는 혼자 오래 사는 것입니다. 집사람과 한날한시에 세상을 하직하면 금상첨화이겠지만 그게 어디 쉬운 일이겠습니까. 정부 고령자 통계에 따르면, 2020년 현재 65세 이상 고령 가구 중 34.9%가 혼자서 살고 있다고 해요. 2050년이 되면 그 비율이 41.1%까지 치솟는다고 하니. 혼자 살아야 하는 것은 피할 수 없는 것 같아요. 집사람 없이 혼자 살아가는 것은 생각만 해도 아득한 일이네요. 그때를 대비해서 요리와 세탁기 돌리는 법도 터득해 두어야 할까요? 내가 먼저 죽으면 집사람이 받을 연금이 얼마나 되는지도 챙겨 봐야겠군요.

K형! 내가 생각해도 부질없는 넋두리에 불과합니다. 이렇게 혼자서 걱정해 봐야 아무 소용이 없는 일 같기는 해요. 왜냐면 100살까지 산다는 보장은 창조주만이 아는 일이니까요. 내 생명의 끈이 어느 곳까지 이어져 있는지 알지 못하니까 그렇습니다. 매사에 계획적으로 살아왔다고 자부하는 내 생각으로도, 이건 무슨 회계학적 공식에 딱 넣어서 추정할 일도 아니지요. 계획대로 굴러가지 않을 것이기 때문입니다.

그렇다면 그저 체념하며 사는 것이 답일까요? 아니면 후회 안 하는 삶 정도로요? 언젠가는 죽는다는 사실을 받아들이면서 후회 없이 인생을 사는 것이 중요할 것 같네요. "후회는 '한 일에 대한 후회'와 '하지 않은 일에 대한 후회'로 구분된다. 한 일에 대한 후회는 오래가지 않지만, 하지 않은 일에 대한 후회는 죽을 때 한다." 노스웨스턴대학교 심리학과 닐 로즈 교수의 말이 떠오릅니다. 일단 지금까지 해오던 대로 잘 먹고 잘 자고 많이 걸으렵니다. 그리고 생의 마지막 순간에 후회할 일이 무엇인지 조용히 생각해 볼까 합니다. 안녕, K형!

21그램을 향하여

　향년 88세로 타계한 이어령 선생은 『이어령의 마지막 수업』에서 이렇게 썼다. "요즘엔 아프니까 밤낮 몸무게를 잰다. 시간에도 무게가 있어. 매일 가벼워지거든. 옛날에는 무거워지는 걸 걱정했는데, 지금은 매일 가벼워지는 게 걱정이야…."라고. 시간에도 무게가 있다는 말도 재미있지만, 매일 가벼워지는 것이 걱정이라는 석학의 푸념이 남의 일 같지 않다.

　나도 한때는 체중이 80kg에 육박한 적이 있었다. 십여 년전 현직을 떠날 때까지 그랬다. 퇴임식장에서 찍었던 사진을 보노라면 뱃살은 나왔고, 양 볼에는 윤기가 자르르 흘렀으며 목살은 두껍게 접힐 정도였다. 건강검진 때 담당의사는 걱정스런 표정을 지으며 5kg 정도라도 줄이기를 권했었다. 그 정도도 정상수치 밖이지만 단번에 확 줄이는 게 쉽지 않을 것으로 짐작하고 그랬을 터였다. 의사의 권고대로 체중을 줄여보려 하였지만, 1kg 줄이는 것도 절대 녹록지 않았었다.

한 해를 보내면서 그동안 적어온 '체중기록표'를 넘겨본다. 햇수로 십여 년 동안 거의 매일 적어온 '나'라는 무게의 기록이다. 처음 시작할 때 80kg이었던 것이 해마다 조금씩 줄어들었고, 어제(2023년 12월 31일) 현재 70kg까지 줄었다. 의사가 줄였으면 했을 때는 도저히 불가능하다고 믿지 않았던가. 하지만 별일 없이 오늘에 이른 것은 체중관리를 잘한 덕택으로 자랑이라도 하고 싶다. 그것은 노하우라고 할 것까지는 아니지만 꾸준한 걷기 운동이 주된 원인이라 믿고 있다. 기록표에는 2018년 6월부터 본격적으로 걷기를 시작한다고 적혀 있다.

최근 4년 동안 하루 평균 만 보 정도는 걸었다. 대단한 곳을 갔다 온 것도 아니고 아파트 주변을 몇 바퀴씩 돈 것이다. 한 바퀴에 2,500보이니 아침에 두 바퀴, 저녁에 두 바퀴 돌면 자연스럽게 목표가 채워진다. 재미가 붙으니 아침에 세 바퀴를 도는 날도 있었고, 주말에는 아침에 네 바퀴, 낮에 두서너 바퀴를 돌아 15,000보를 훌쩍 넘기는 날도 있었다. 이젠 아파트 주변 오솔길에 박혀있는 작은 돌멩이까지 눈 감아도 떠오를 정도다. 출근해서도 사무실에서 점심 식사를 한 뒤 가까운 양재역을 돌아오면 5,000보는 족히 된다.

과유불급이었을까. 재작년 한때는 몸무게가 68kg 아래로 내려갔었다. 남들은 체중이 는다고 걱정인데 나는 체중이 너무 줄어서 걱정이었다. 거울에 비친 얼굴은 쪼글쪼글해 보였다. 고

기반찬을 일부러 먹어보기도 했지만, 체중은 쉽게 회복되지 않았다. 오랜만에 만나는 사람들이 "왜 그리 말랐어?" "어디 몸이 아픈 데라도?"라고 걱정까지 한다. 진주 동생을 오랜만에 만났는데, 아내한테 오빠가 몸이 안 좋은 것 아닌가 하고 걱정하더라고 하였다. 아내도 걱정이 되는지 나더러 체중을 그만 빼라고 만류하기도 하였다.

그렇다고 체중을 빼고 늘리는 재주가 있을 리 만무한 터라, 사실 나도 걱정되기는 마찬가지였다. 건강검진 의사에게 고민을 털어놓았더니, 5, 6kg 정도 빠지는 것은 걱정할 필요가 없노라고 하였다. 몸에 특별한 이상이 없어 의사도 그렇게 말한 것 같지만 속으로 여전히 걱정은 되었다. 그래도 원인이 무엇일까? 분석이 취미인 내가 인터넷을 뒤져 보았으나, 그럴듯한 이유를 찾을 수 없었다. 일단 걷기 운동의 결과라고 결론짓기로 하였다. 남들은 부러워할 일을 사서 고민할 필요가 있는가 하면서.

그즈음 '건강관리의 기본은 매일 몸무게 재기'라는 의견을 접하게 되었다. 일본인 의사 호사카 다카시의 『나이 듦의 기술』에서였다. 그냥 몸무게만 매일 잰다고 건강이 유지될 리가 없을 텐데, 저자는 매일 정해진 시간에 잴 것을 주문하고 있다. 과연 그럴 수 있을까. 아침마다 샤워 후에 '체중기록표'를 적고 있는 나에게는 눈이 번쩍 띄는 조언이었다. 나도 모르게 무릎을 쳤다. 어쩌면 내 체중관리 노하우가 전문가의 인정을 받을 수 있을지 모를 일이었다. 체중을 달아보는 노력만으로도 은연중 체중을 의식하고 있다는 것이고, 결과적으로 상당한 효과를 이미 거두고 있다는 이론에 수긍이 갔다.

몸무게를 줄이는 일은 어느 분야에서든 필요한가 보다. 항공사도 마찬가지다. 아시아나항공이 국내선 항공기에 탑승하는 승객들의 몸무게를 측정한다는 뉴스를 보았다. 이는 승객 표준 중량 측정으로, 승객들은 기내에 휴대하는 짐과 함께 측정대에 올라 몸무게를 재면 된다고 한다. 항공사에서는 필요 이상의 연료를 싣지 않아도 돼 연간 10억 달러의 연료비가 절감될 수 있다고 한다. 측정대를 무사히 통과하려면 스스로 체중을 줄여야겠다고 승객들은 생각할 것이다. 체중을 꾸준히 재는 것만으로도 체중이 준다는 다카시 의사의 주장과 큰 차이가 없지 않은가.

몸무게가 줄어드니 걷기가 편해지고 몸이 가볍다는 것을 느낀다. 처음 걷기를 시작하였을 때는 걷는 것조차도 힘들었다. 그런데 지금은 2,500보 정도는 뛰어서 돌기도 한다. 고등학교 3학년 때와 50년이 지난 지금의 몸무게가 똑같다. 어머니 뱃속에서 세상으로 나올 때 2, 3kg였을 테고, 어른이 되어 80kg까지 무게를 가졌었다. 이제부터는 점점 줄어갈 것이 뻔하다. 던칸 맥두걸 교수가 죽음의 순간에 인간의 무게를 측정하면 약 21g으로 가벼워진다고 하였는데, 내 몸도 결국은 21g을 향하여 가고 있는지 모른다. 그다음에는 한 줌의 재가 되고 말겠지.

『보르헤스와 나』를 읽고

 소설을 읽을 때마다 작가가 묘사하는 등장인물과 만나게
된다. 그 등장인물들은 독자에게 동정과 질시의 대상이 되기도
하고, 때론 경탄의 대상이 되기도 한다. 작가의 영감이나 의도
에 따라 소설을 읽고 난 독자의 느낌이 달라지는 이유일 것이
다. 『보르헤스와 나』를 읽으며, 등장인물인 호르헤 루이스 보
르헤스(1899~1986)를 만나게 되었다. 솔직히 보르헤스에 대해
아는 것이 별로 없었으므로, 첫 페이지에서부터 인터넷과 백과
사전을 자주 뒤적여야 했다.
 소설 형식으로 쓰인 회고록이라 할 수 있는 이 책에서 20대
청년인 '나'는 50여 년 전 스코틀랜드로 우리를 데려간다. 그는
베트남전을 피해 미국을 떠나 스코틀랜드에서 제2의 인생을 시
작하는데, 여기서 보르헤스와 예상치 못한 짧고도 긴 만남이
이루어진다. 이 청년은 훗날 영문학 교수이자 작가가 된 제이
파리니다.

1986년 6월의 어느 날 아침, "라틴아메리카 문학의 인기를 주도했던 아르헨티나의 작가 보르헤스가 86세를 일기로 사망했다."는 뉴스를 듣는다. 한동안 망연자실했던 나(파리니)는 그와의 인연을 회상하는 식으로 이야기를 시작한다.

파리니가 스코틀랜드에서 처음 만났던 보르헤스는 시력을 잃고 쇠약한 상태였다. 원래 보르헤스의 번역자인 알래스태어가 보르헤스를 돌보기로 했으나 급작스럽게 런던으로 떠나야 하는 상황이 되는 바람에 그가 보르헤스를 돌보게 된다. 보르헤스는 파리니가 1957년식 모리스 마이너를 모는 것을 알자 자신의 오랜 소원이었던 하이랜드를 여행하게 해달라고 부탁한다. 그곳에 앵글로 색슨어로 된 수수께끼에 관심이 있고 하이랜드의 인버네스에 산다는 어느 신사를 방문하고 싶어 한다. 파리니에게 사랑과 시에 대해 가르쳐 주겠다고 약속한 수다쟁이 보르헤스는 사실상 서구문학과 사상에 대한 웅장한 정신적 여정을 펼쳐 보인다. 미로와 거울과 분신으로 가득한 보르헤스의 세계가 그들 앞에 아른거리면서 초현실적인 여행이 시작된다.

첫 만남부터 예사롭지 않다. 헐렁한 갈색 세로줄무늬 양복, 오렌지빛 폭포수와 날아가는 물고기 무늬에 식사 때 먹은 음식물 흔적까지 가득한 넥타이를 맨 보르헤스. 청년 파리니의 인사에 대한 그의 대답은 "더 크게 말해, 난 맹인이란 말일세!"였다.

자신감만큼 수다도 특급이었다. 아르헨티나 국립도서관을 대표하는 이 '인간 백과사전'은 방대한 인용을 통해 청년에게 끊임없이 말하면서, "본 것을 정확하게 묘사"해 달라고 부탁한다. 북해를 지날 때 청년의 설명이 "파도가 치고요…."였을 때, 이어지는 보르헤스의 요구사항은 "그건 충분히 구체적이지 못해. 내달리는 파도에 관해서 이야기해 봐. 물 위에서 달리는 그 하얀 말들에 대해서 말일세. 그 색깔은 어떤가? 비유를, 이미지를 찾아. 나는 자네가 보는 것을 보고 싶네."였다.

카네기 도서관을 방문한 두 사람. 청년은 열심히 묘사한다. "창문이 마치 눈을 굳게 감고 있는 것처럼 화가 나 보이는 건물이네요. 지붕 선은 휘어진 눈썹 같고요. 뭔가 불만스러워 보여요." 서가에서 『브리태니커 대백과사전』 1911년도 판을 만난 보르헤스는 한 권을 뽑더니 탐욕스럽게 책등을 핥기 시작했다. 혀가 마치 고양이 같았다. 그의 눈 속에서 욕망이 꿈틀거리는 것 같았다. "선생님, 지금 뭐 하시는 겁니까?" 직원이 깜짝 놀라 물었다. 강렬한 혐오감이 그의 얼굴을 스쳐 지나갔다. "나는 책을 시식하는 걸 좋아해." 그의 혀는 가죽 책등을 끝까지 핥았다.

"묘사는 계시야! 그림을 창조하는 언어지!" "작가들은 늘 해적이지! 자신한테 좋은 건 무엇이든지 가져가고 약탈해서 자신의 목적에 맞게 바꿔버리기 때문이야. 작가는 자신보다 앞서 살았던 선구자들의 시체로 먹고 산다네." 이 또한 빛이 나는 문장들이다.

보르헤스는 1899년 아르헨티나의 부에노스아이레스에서 태어났다. 영국 출신 친할머니 영향 때문에 어려서부터 영국인 가정교사에게 기초교육을 받았다. 어린 시절부터 책을 가까이했던 그는 9세 때에 오스카 와일드의 동화 『행복한 왕자』를 에스파냐어로 번역해서 신문에 투고할 정도였다. 그는 우여곡절 끝에 국립도서관장에 임명된다. 하지만 그는 이미 거의 시력을 상실한 상태였다. 무려 8회나 안과수술을 받았지만, 가계에 흐르는 실명의 저주를 피하지는 못했다. 무려 80만 권의 책을 관리하게 되었지만, 정작 단 한 권의 책도 읽을 수 없었던 아이러니를 그는 「축복의 시」(1958)에서 이렇게 서술했다. "책과 밤을 동시에 주신 신의 경이로운 아이러니"라고.

그의 작품은 양이 적은 편이다. 순수 창작인 시집, 단편소설집, 산문집 등을 모두 합치면 20여 권 안팎이고, 각종 인터뷰와 강연문을 합쳐도 결코 많은 편은 아니다. 이 가운데서도 오늘날 그를 전 세계적인 작가로 인정받게 해준 것은 '보르헤스적 단편소설'들이다. 그는 평생 백과사전을 애독했으며 알파벳순으로 열거된 갖가지 특이하고 단편적인 정보를 토대로 이야기를 만들어 냈다. 보르헤스는 통념을 깨트리고 문학의 새로운 가능성을 보여준 놀라운 상상력의 소유자로 평가받는다.

"보석 같은 책이다. 코믹하고, 명민하며, 감동적이고, 문학과 풍경에 대한 사랑으로 빛난다." 이언 매큐언의 찬사에 끌려 잡았던 책, 결국 나를 실망시키지 않았다. 시종일관 유쾌하고 밝았다. 곳곳에 묘사된 아름다운 스코틀랜드의 풍경은 몇 년 전 다녀온 스코틀랜드 땅을 다시 디뎌보는 느낌이었다. 눈먼 보르헤스를 안내하는 작가와 함께 여행을 다닌 것 같기도 했다.

보르헤스는 가는 곳마다 사건을 일으키며 코가 빠지게 웃기기도 하고 수다스러워 정말 어디로 튈지 모를 지경이다. 작가가 받은 영감은 아마 그를 많이 성장하게 했을 것이 분명하다. 작가가 보르헤스가 아버지냐고 묻는 사람들의 말에 그렇다고 하는 장면은 인상 깊었다. 여행 후 작가에게는 또 다른 아버지가 한 명 더 생긴 셈이다.

작가는 시인 로스케의 말을 빌려 '한 사람에 대한 순수하고도 잔잔한 기억'으로 이 책이 기억되기를 바란다고 후기에 남겼다. 그의 의도대로 이 책은 보르헤스에게 바치는 최고의 선물이 틀림없을 것 같다. 내 가슴에 오래 기억될 책 중의 하나다.

어디 사세요

　얼마 전, 지인 자녀의 결혼식 피로연 자리에서였다. 요즘 젊은이들이 소개팅 자리에서 맨 먼저 묻는 말이 무엇인지 아느냐고 누가 물었다. 뜬금없는 물음에 모두 글쎄다 하면서 생각에 잠겨 있을 때, 누군가가 말했다. "어디 사세요?"라고. 테이블에 동석했던 하객들이 의외로 고개를 끄덕였다. 그것은 어느 지역에 사느냐고 물어서, 상대방의 재력을 간접 탐색하려는 의지가 계산돼 있다는 뜻일 것이다.

　요즘 젊은이들의 결혼 연령은 우리 때에 비하면 많이 늦어진 편이다. 대학 졸업하고 군대를 마치고도 결혼은 아직도 멀었다. 취직이라는 또 하나의 관문을 통과해야 하기 때문이다. 그런데 그 취직이라는 것이 실로 하늘의 별 따기다. 드디어 취직에 성공하는 행운을 누려도 나이는 보통 마흔을 넘고 만다. 이런 세태가 청춘들로 하여금 배우자가 될 사람의 성격이나 장래 희망보다는 경제적 능력 유무를 우선 알고 싶었을 것이리

라. 그렇다고 그들을 탓할 수만 없는 일이 아닐 수 없다.

어쨌든 부모의 도움을 받아 대학을 졸업하기는 했다 치자. 먼저 군대부터 갔다 와야 한다. 2년 반 동안 병영에 갇혀 정지된 세월을 보낸다. 이때까지는 그래도 다들 거치는 과정이니 서로 위안이 될 터이다. 그러나 제대를 하고 사회에 나서면 포장 안 된 자갈길이 기다리고 있다. 우선 취직이 하늘의 별 따기다. 다행히 부모들은 당분간은 자식의 뒷배가 되어 준다. 그나마 자식이 옛날에 비해 숫자가 줄어들었기에 한두 명 뒤치다꺼리 해주는 부모의 심정이 남아있는 것이다. 그러나 다음 단계, 결혼하려면 취직이 되지 않고서는 어렵다. 다행하게도 취직이 되어 결혼을 위한 맞선을 보는 자리까지 가더라도 청춘의 머리는 복잡하다. 나이는 이미 마흔 줄에 들어섰고 집 한 칸 없는 신세라 앞날이 까마득할 뿐이다. 그런 현실을 알면서 어찌 그들을 두고 뭐라고 할 수 있을까.

반백 년 전 청춘들은 사람 하나 보고 장래를 맡겼다. 결혼이란 상대방의 재력보다는 성격을 보고, 한평생을 믿고 의지하면서 검은 머리가 파 뿌리로 변할 때까지 함께 살겠다는 각오였다. 맨주먹으로 시작한 신혼생활이 물질적으로는 당연히 부족했지만, 결코 힘들다고 생각하지 않으면서 희망을 가졌던 것 같다. 그것은 젊음의 패기와 서로를 믿는 사랑이 넘쳤고, 함께 고생하며 살림을 이루고 자식을 키워야 한다는 부모님으로부터 무언의 바람도 이어진 것이리라.

단칸 셋방살이 시절, 어느 날 집을 보러 다니기 시작했다. 박봉으로 살아가기 바빴던 시절인데 무슨 용기로 집을 사겠다고 맘먹었는지 모를 일이었다. 발품을 팔아야 한다는 말을 믿고 갓난아기를 업은 아내와 둘이서 주말마다 집을 보러 다녔다. 인터넷도 없을 때라 복덕방을 순례하는 것 외에는 방법이 없었다. 복덕방 문을 열고 멈칫거리며 "집 나온 것 있어요?"라고 물어본다. 몇 명이 둘러앉아 화투를 치면서 고개도 돌리지 않은 채 들려오는 말은 한결같았다. "현찰 얼마 있어요?"라고. 아랫배에 힘을 단단히 주고 "예, 이천만 원이요."라 답한다. 대답은 늘 "딴 데 가보쇼"였다. 그나마 현찰을 두 배로 부풀려 말했는데도….

주말이면 어김없이 지도에 표시해가며 아내와 함께 영등포와 노량진 일대를 누비고 다녔다. 복덕방 문을 노크하는 것조차 어려워하였던 우리 부부는 어느새 대궐을 살 것 같은 당당한 자세로 돌아다니기 시작했다. 틈틈이 발길을 멈추고 음료수로 목을 축이면서 우리는 서로를 위로했다. "서울 집을 사는데 이 정도는 고생해야지"라고. 우리는 마음을 단단히 먹었고, 끈질기게 매물을 찾아다녔다. 늦가을에 시작한 우리의 매물 순례는 반년 이상이 지났는데도 별 소득이 없었기에 우리는 점점 지쳐 갔다.

다행스럽게도 발품의 결과는 헛되지 않았다. 신길동 큰길가에 있는 단독주택을 만난 것이다. 방 두 칸에 지하방 한 칸이 딸린 양옥이었다. 큰길에 달린 대문을 길게 들어서면 마당도 있었다. 제 눈에 안경이라 했던가. 우리 눈에는 넝쿨 채 굴러온 호박이나 다름없었다. 지하방은 전세를 줄 수 있었고, 은행 융자와 친지의 도움도 받아서 이럭저럭 잔금을 치렀다. 드디어 서른네 살 되던 해 2월, 이삿짐을 푼 날은 온 세상을 다 얻은 듯했다. 생애 처음으로 내 이름이 새겨진 문패도 달았다. 대여섯 평 마당에는 화초도 심었고, 주말이면 물주는 일이 즐겁기만 했다. 세상사는 일이 그 순간처럼 행복했던 적이 없었다.

이십 대 초반에 직장, 이십 대 후반에 결혼하였고, 삼십 대 중반에 내 집을 마련할 수 있었으니 요즘에 비하면 호강이었던 셈이다. 요즘 청춘들이 들으면 호랑이 담배 먹던 시절이라 할 거다. 시샘을 할지도 모르겠다. 그때는 대학을 졸업할 때쯤이면 기업마다 "제발 우리 회사로!"라는 인크루트 행사가 줄을 이었다. 기업 관계자가 학교에 찾아와서 자사 PR을 하던 시절이었으니… 취직 걱정이 없으므로 결혼부터 하더라도 어쨌든 희망이 없지 않았다. 당장 맨주먹이더라도 어떻게 살아가겠다는 꿈이 통했던 시절이었다.

요즘 청춘들에겐 약 올리는 이야기 같아 서글퍼진다. 젊은 이들이 희망을 가지고 살아갈 수 있도록 일자리도 늘어났으면 좋겠다. 젊은이들이 세상사는 희망이 있어야 출산율 세계 최하위라는 오명도 자연스럽게 사라질 것이다. 위정자들은 정책의 우선순위를 나라 장래를 멀리 내다보고 정해야 하겠다. 젊은이들이 마음 놓고 일할 수 있고, 희망을 가질 수 있도록 말이다. "어디 사세요?" 보다 "꿈이 뭡니까?"라고 물어보는 소개팅 자리로 언제쯤 되돌아갈 수 있을까.

지하철 노약자석

아침마다 지자체에서 '오늘 날씨가 어떠어떠하니 대중교통을 이용하시라'는(지나치도록) 친절한 안내를 받고, 지하철을 타 보았다. 출퇴근 시간에는 지하철이 콩나물이라고 알고 있었는데 피크타임을 조금 지나서 이용하니 그렇지도 않았다. 더구나 어르신 카드가 있으니 공짜 요금에 자동차 기름값 안 들고, 게다가 노약자석에 앉아 갈 수 있으니, 이거야말로 '꿩 먹고 알 먹고, 둥지 털어 불 때는' 일 아니겠는가.

노약자석 이용이 좋기는 했으나, 처음에는 약간 눈치가 보였던 것이 사실이었다. 사람들이 나를 노약자석에 앉을 나이가 아직 아닐 것으로 착각할지도 모른다는 지레짐작 때문에…. 하지만 그런 눈이 삔 사람들은 아직까지 만나지 못했다. 하여튼 아무리 손님이 빽빽하게 탔어도 노약자석은 여유가 있다는 사실을 알고부터, 노약자석이 있는 칸 앞에서 차를 기다리는 요령도 생겼고, 빈 노약자석이 있으면 얼른 들이밀고 앉을 정도로 대담해졌다.

그런데 어제 아침에는 눈살 찌푸려지는 광경을 보고 말았다. 노약자석에서 어떤 분이 졸고 있었다. 그분(나이는 나보다 훨씬 적어보였다)은 비스듬하게 누워 좌석 두 칸을 차지한 채, 입은 반쯤 벌려진 상태로, 침을 흘리며 자고 있었다. 그분 앞에 서 있는 나는 매우 궁금했다. 이분은 왜 아침 출근 시간에 전철을 탔을까? 복장을 보면 등산이라도 가는 것 같지는 않았고, 더군다나 나처럼 출근하는 분 같지도 않았다. 자식들 집에 손주 봐주러 일찍 간다? 아니면 친구라도 세상을 하직해서 상가에서 밤샘이라도 하고 오는 길인가? 잠을 못 잔 것 같으니….

출근 시간 지하철 안에는 사람들이 빼곡하다. 주로 젊은 사람들이다. 그들은 오늘 하루 일과를 생각하면서 직장으로 향하고 있다. 그들은 노약자석에는 아예 앉으려 하지 않는다. 당연히 노약자를 위한 특별석으로 인정하는 데 이의가 없는 듯하다. 사실 우리 지하철은 모든 면에서 세계 최고 수준이다. 우선 깨끗하고 안전하다. 그리고 운행 시간이 정확하다. 그런데 그보다 더 세계적이라 할 것은 젊은이들이 노약자들을 배려하는 지하철 분위기라고 나는 확신한다. 그런 젊은이들이 있어 우리나라의 미래는 희망적이다.

그런데 한 언론 보도에 의하면 지하철 '노약자석'이 아니고 '교통약자석'이 맞단다. 대부분 만 65세 이상 노인들만 앉다 보니 노약자석이라 부르지만 본래 노인, 장애인, 만 12세 이하 어린이, 임산부 및 아이를 안은 어머니, 환자와 부상자 등 각종 '교통약자'들이 앉을 수 있도록 배려하는 좌석이라고 한다. 어 쨌든 우리나라에서는 오로지 노인들만 앉을 수 있는 것처럼 인 식되어 버린 것 같다. 게다가 65세 이상 지공거사(지하철을 공짜 로 타고 다니는 노인)들 때문에 적자 규모가 커진다고 난리다. 노 인 인구 급증으로 지공거사 나이를 상향하자는 의견도 나오지 않았던가. 자칫 노인 대우를 못 받게 될 노인이 생길지도 모를 분위기다. 노약자석이라 하더라도 다리 쩍 벌리고 앉아 졸고 있는 모습은 자제하는 것이 좋을 것 같다. 그것도 출퇴근 시 간에는.

세월이란 나쁜 놈

2023년 새해가 밝았다. 너나없이 나이를 한 살 더 먹는다. 배부르지도 않는 나이를 두고 왜 (나이를) '먹는다'고 하는지 모르겠다. 나이 먹는 것이 안타까운 노인네들은 도무지 이해할 수가 없기 때문이다.

그런데 올해는 6월에 나이가 줄어든다고 한다. 한 살 줄어드는 사람도 있고, 많게는 두 살까지도. '만(滿)나이 통일법'이 6월 28일부터 시행되기 때문이란다. 이날을 기점으로 생일이 지났으면 한 살, 안 지났으면 두 살이 줄어든다. 횡재도 이런 횡재가 없다. 살다가 이런 날도 있구나 싶다. 역시 오래 살고 볼 일이다.

1951년 7월이 생일인 사람의 예를 들어보자. 그는 올해 나이가 세 번 바뀐다. 새해가 됐으니 어제 날짜로 세는 나이는 73세다. 그런데 6월에는 만 나이가 적용돼 71세로 두 살씩이나 줄어든다. 7월에 생일이 지나면 그때는 72세가 된다. 올해는 나이를 먹기도 하고, 토해내기도 하면서 괜히 바쁘다.

우리나라에서 쓰는 나이 계산법은 '세는 나이', '만 나이', '연 나이' 등 3종류다. 가장 보편적으로 사용하는 '세는 나이'는 출생일부터 한 살로 친다. 이어 다음 해 1월 1일부터 해가 바뀔 때마다 한 살씩 늘어난다. 12월 31일에 태어난 사람은 다음 날 해가 바뀌면 두 살이 된다. 어머니 뱃속에서 태아로 만들어지기 시작했을 때부터 한 살로 치는 것이다. 태아에게 상속권을 인정하는 민법 규정에도 그 근거는 있는 것 같다. '연 나이'는 일상에선 거의 쓰지 않는다. 행정 서비스의 효율성을 위해 일부 법령에서 적용하는 개념이다. 병무청 같은 데서 쓴다고 한다. 단순히 현재 연도에서 태어난 연도를 빼서 계산한다.

　'만 나이'는 출생일을 기점으로 실제 산 날짜를 집계한다. 태어난 시점부터 생후 100일, 6개월 식으로 따지다가 다시 생일이 도래해 1년(돌)이 됐을 때 비로소 한 살이 된다. 만 나이는 국제적으로 널리 통용되는 방식이다. 하지만 0살이라는 개념은 좀 생소한 게 사실이다. 언젠가 유럽여행을 갔을 때였다. 엘리베이터를 타니 로비 층이 1층이 아니라 0층이었고, 한 층을 올라가니 1층이었다. 처음엔 낯설었지만 온도를 잴 때 0도에서 시작해서 영상과 영하로 갈라지는 것을 생각하면 이상할 것도 없다는 생각이 들기는 했다.

　따지고 보면 '만(滿) 나이 통일법'은 단순한 행정상의 혼란을 없애겠다는 목적일 뿐, 이미 먹어버린 나이를 되돌려주는 것은 아니다. 불로초를 찾아 헤매던 진시황이 어리석어 보이는 것과 같은 것 아닐까. 망팔(望八)을 지나니, 세월 빠르기에 가속도가 한층 더 붙고 말았다. 세월이 '간다'거나 '흐른다'는 표현은 고전이다. '쏜살 같다'는 표현도 한물갔고, '총알 같다'는 말이 좀 더 실감 난다고 할까. 달력을 넘길 때마다 이런 느낌이 탄식으로 변한다. 요놈의 달력에게 화풀이라도 해보고 싶은 심정이다.

해가 뜨고 지는 것으로 날을 새던 서양과 달리 우리나라는 달이 차고 기우는 것을 기준으로 날을 세었다. '달력'이라는 말이 여기서 나왔다. 하지만 이 말이 쓰이기 시작한 것은 불과 100여 년 전이다. 조선시대에는 지금의 달력을 '책력(冊曆)'이라 불렀다고 하니까. 날짜 외에 해와 달의 운행, 월식과 일식, 절기 등도 적어 놓은 책이기 때문이다. '역서(曆書)'라고도 했다.

서양에서 달력을 만들어 쓰도록 한 인물은 율리우스 카이사르다. 로마의 정치가인 그는 기원전 46년에 '365일 6시간'을 1년으로 하고 4년마다 1일이 많아지는 윤년을 두도록 했다. 그러면서 홀수 달은 31일, 짝수 달은 30일로 정했다. 하지만 그렇게 하면 1년이 366일이 된다. 카이사르는 이를 해결하기 위해 2월에서 하루를 빼 29일로 만들었다. 카이사르에 이어 권력을 잡은 아우구스투스는 카이사르가 태어난 7월이 31일인 반면 자신이 태어난 8월은 30일인 것이 싫었다. 이에 2월에서 하루를 가져다 8월에 더했고, 8월이 31일로 늘면서 9월은 30일로 줄고 10월이 31일로 되는 등 기준도 뒤죽박죽돼버렸다. 권력자들이 마음 내키는 대로 달력을 주무른 셈이다.

한때는 달력보다 일력(日曆)이 판을 치던 시절이 있었다. 그때는 하루에 한 장씩 "찌익~"하고 찢는 재미(?)가 있었다. 화장지가 귀했던 시절, 뒷간에 갈 때 사용하기도 했지만, 자원을 아낀다고 떠들면서 사라졌던 것 같다. 알고 보면 그 '하루'들이 모여 소중한 세월이 된 것이니, 세월을 좀 차근차근 반추해 볼 기회를 대수롭잖게 허송하고 만 셈이다. 하기야 귀찮아서 수십 일씩 찢지 않을 때도 있었는데…. 벽걸이 일력으로 세월을 붙잡고자 했노라고 때늦은 자랑이라도 할까 보다.

애꿎은 달력을 탓해 무엇 할까. 세상에서 가장 나쁜 놈은 따로 있는데…. 그 녀석은 제 갈 길을 가면서 혼자 가지 않고 많은 것들을 데리고 가버린다. 조금만 가져가는 것이 아니라 뭉떵뭉떵 들고 가버린다. 사랑하는 사람들을 데리고 가는가 하면, 남아있는 또 다른 사람들의 모습을 바꾸어 놓아 버린다. 곱던 얼굴에 쭈글쭈글 주름을 파놓고, 팔팔하던 기운도 시들게 해 버린다. 그는 세월이란 놈이다. 새해에는 이런 나쁜 놈과는 상종하지 않았으면 좋겠다.

선악(善惡)의 무게

『요범사훈(了凡四訓)』이란 책에 나오는 이야기 한 토막이다.

"중국 송나라에서 한림관의 직책을 맡았던 위중달(衛仲達)이 죽어서 명부(冥府: 저승의 심판소)로 불려가 선과 악을 기록한 두 가지의 장부를 보게 되었는데, 악(惡)의 기록은 마당으로 하나 가득 치쌓였고 선(善)의 기록은 작은 두루마리 하나에 지나지 않았다. 그런데 명관(冥官)의 명령으로 선과 악의 두 기록을 달아보니 놀랍게도 선의 기록 쪽이 훨씬 더 무거웠다. 다행히 위중달은 이승으로 되돌아가도 좋다는 명관의 판결을 받았으나, 마흔 살도 안 된 자기가 웬 악을 그렇게 저질렀는지 의아해졌고, 더욱이 선의 기록은 얄팍한데도 그 무게가 더 나가는 것 또한 괴이한 일로 생각되었다.

명관의 대답은, 악행이 있을 때만 적히는 것이 아니라 마음 속으로 옳지 않은 일을 생각하면 곧 악의 장부에 기록이 된다는 것이다. 또 얄팍한 선의 기록이 무게가 나가는 것은 나라를 위해 바른말을 한 때문이라는 것이다. 바른말을 하는 것은 그것이 채택되지 않아 실현될 기회가 없었다 하더라도 그 일념(一念)이 이미 만백성의 이익에 있었기 때문이다. 그때 만약 조정에서 그대의 말을 들었다면, 그 공덕이 매우 크다. 반대로 오직 한두 사람을 위한 것이라면, 비록 아무리 큰일일지라도 그 공덕은 작게 평가된다고 하였다…."

이 글은 위정자에게 정책이나 행동이 얼마나 중요한 일인지 잘 설명하고 있다. 어떤 일을 함에 있어서 이렇게 하는 것이 옳은지, 저렇게 하는 것이 옳은지 난감하거나 결정하기가 어려운 상황에 처했을 때는 많은 사람의 이익을 위하고 국가의 이익을 위해 의(義)를 행하라는 의미이다. 정부 공직자들이 깊이 새겨야 할 교훈이 아닐까.

요범사훈은 중국 명나라의 원황[袁黃, 호는 요범(了凡)]이란 사람이 아들에게 인생의 가르침을 전해주려고, 그가 69세 되던 해에 유훈으로 쓴 책이다. 선행을 통해서 죄를 갚을 수 있고 미래를 개척할 수 있다는 것을 아들에게 알려주고 있다.

원황은 유년 시절 공(孔) 선생이라는 도인을 만나 "공부를 하면 과거에 급제해 관리가 될 것"이라는 말을 듣고, 과거 공부를 해 다음 해에 예언과 같이 합격한다. 공 선생에게 평생의 운을 점쳐보니 "모년에는 과거 합격해 관리에 등용되고 승진을 거듭하다가, 50세가 되면 대윤(大尹)이란 벼슬에 오르며, 53세 8월 14일에 집에서 운명할 것이다. 아깝게도 자식은 없겠다."라고 돼 있었다. 그로부터 20년 동안을 살아보니 공 선생이 예언한 대로 틀림없이 됐다. 그래서 '인생은 태어날 때부터 운명이 결정된 것'으로 알고 살아가던 중 35세 되던 해에 우연히 당대의 대선사인 운곡(雲谷)을 만나 "공덕 3천 점을 얻으면 운명이 바뀐다."는 가르침을 받는다. 그는 운명을 바꾸기로 각오하고 35세부터 선행을 시작해 10년 만에 선행 공덕 3천 점을 얻었다. 그러자 이듬해 아내가 임신해 48세에 아들을 얻었다. 다시 3천 점의 공덕을 얻어 수명이 53세라는 운명을 바꾸어 73세까지 살았다고 한다.

공덕을 쌓으면 운명도 바꿀 수 있다고 하니, 오래 살려면 지금부터라도 선행 공덕 3천 점을 향하여 출발해 볼까 싶다.

행복하세요

"행복하세요!"

출퇴근 길 지하철에서 듣게 되는 인사다. 개찰구를 통과하면서 카드를 들이대면 어김없이 들려온다. 앞뒤 사람들은 '딕~'하는 기계음인데, 나 같은 '어르신'에는 상냥한 여자 목소리로 다가온다. 비록 기계음이기는 하지만.

코로나19가 한창일 때는 인사말이 달랐다. 남녀노소를 가리지 않고 '마스크를 착용하세요!'라고 하였다. 다소 앙칼진, 명령조의 여자 목소리에 위축되면서 반사적으로 마스크를 착용할 수밖에 없었던 기억이 난다. 보건 당국에서 그 점을 노렸으리라. 코로나가 물러가고 나니 '어르신, 건강하세요!'로 바뀌었었다. 목소리만은 조금 부드러워진 듯하였으나, '어르신'이라는 말이 왜 그리도 크게 들리는지 모를 일이었다. 젊은 사람들 붐비는 출퇴근 시간에 하릴없이 지하철이나 타고 소일하는 노인처럼 보일까 봐 심기가 편치 않았다. 세계 10위권의 부강한 나라로 만드는 데 일조를 한 세대라고 추켜 준다면 고마운 일이다. 하지만 어떤 정치권 인사가 "남은 수명에 비례해 투표권을 주자"는 노인 폄하 발언도 서슴지 않는 세태가 아닌가. 속으로는 지하철 당국에 건의라도 하고 싶었다. '어르신'을 제발 빼 달라고….

지하철을 이용하면서 마음이 편치 못한 것은 또 있다. '어르신' 말고 왜 '행복하세요'라고 기계음을 입력했을까 하는 점이다. 행복이란 호의(好意)를 전하는 것은 좋지만, '하세요'라는 말을 갖다 붙인 것 때문에. 과문한 탓인지는 모르나, 동사는 명령형, 청유형, 현재진행형으로 사용할 수 있지만, 형용사인 '건강하다'나 '행복하다'를 명령형이나 청유형으로 쓰는 것은 문법상 맞지 않은 것으로 알고 있다. 그것은 상대방에게 '기쁘세요'라고 하는 것과 같은 것이다. '건강하게 지내세요'나 '행복하게 지내세요' 정도로 사용해야 할 것이다.

비슷한 경우로 '착하다'라는 말도 잘못 쓰이고 있다. '착한 건물주' '착한 가게' '착한 음식점' '착한 분양가' 등 선(善)한 의지를 강조할 때 쓰인다. 정치권에서 영세 소상인 고통 분담을 위해 '착한 임대료'가 필요하다고 열을 올린다. 국어사전에는 '착하다'를 '언행이나 마음씨가 곱고 바르며 상냥하다'라고 풀이하고 있는데, 그렇다면 '착한 임대인'이란 언행이나 마음씨가 바르며 상냥한 건물주여야 할 것 아닌가. 임대료 깎아주는 것과 건물주의 인성이 착한 것과는 반드시 일치하는 것은 아닐 것이다. 그런데도 '착한 임대인'에게 세금을 깎아주겠다면서 국가기관도 '착하다'의 말뜻을 헷갈리게 하는 데 앞장서고 있다.

우리의 일상에서 호칭(呼稱) 문화의 파행은 또 어떤가. 작은 아버지나 숙부를 부르는 호칭이 '삼촌'으로 통용되고 있다. '삼촌'은 아버지 형제의 촌수를 나타내는 것이지 호칭이나 지칭이 아니다. 식당 여종업원은 '이모'로, 골프장 캐디는 '언니'로 통한다. 관공서나 금융기관을 방문하는 나이깨나 먹은 손님은 '아버님' '어머님' 소리를 듣는 게 일상화되었다. '아버님'은 남의 아버지를 칭하거나, 며느리가 시아버지를 부를 때 쓰는 말이다. 그런데 대부분 남성들은 '아버지'를 '아버님'이라 부르고, 장인에게도 '아버님'이라는 호칭을 쓴다.

요즘은 일상화 되어버린 '아빠'라는 호칭, 그것은 본래 어린 아이의 용어였다. 그런데 시집가고 장가든 3, 40대 남녀도 여전히 '아버지'를 '아빠'라고 부른다. 손자를 본 5, 60대 남성이 8, 90대 아버지에게 '아빠'라고 부를 날도 멀지 않았다. '오빠'라는 호칭도 친오빠를 비롯해 남친이나 남편을 부를 때도 사용한다. TV 드라마에서도 그렇게 뒤죽박죽이니 그런가 보다 하고 따라가는 것이다. 이런 현상은 언론매체들이 기여한 몫이 크다.

호칭의 오용과 혼용만 문제가 되는 게 아니다. 언어의 근간인 동사의 사용도 왜곡되었다. 언론에서도 상용하는 '전해졌다'는 표현이 있다. 도대체 누가 누구에게 전했다는 것인가. 시험을 치르는 게 아니라 '치러졌다'고 하고, 풍경과 현상을 보는 게 아니라 '보여진다'고 한다. 우리 언어와 문장에서 주체가 사라지고 일본어식 사동형과 영어식 수동형의 동사가 난무하는 현상을 어떻게 이해해야 할까. 지금이 국권을 상실한 일제강점기도 아니고, 미국 문화에 혼을 빼앗겼던 20세기도 아닌데….

우리 말과 글을 교란하는 국적 불명의 외래어 범람 현상은 또 어떤가. 그 대표적인 사례가 아마도 외계어의 나열과도 같은 아파트 이름일 것이다. 이제는 행정용어조차 외래어 남용이 대세이다. '거버넌스' '로드맵' '마스터플랜' '메타버스 플랫폼' '스모킹 건' '싱크 탱크' '옴부즈맨' '이니셔티브' '클러스터' '태스크포스'…. 외래어가 들어가지 않으면 국민의 언어생활과 국가의 행정행위까지 뒤뚱거릴 지경이다.

우리 한글은 교육 수준이 낮은 서민 언어이고, 서양에서 온 외래어는 학식이 높은 귀족층 언어인가. 어느 모임에서 나왔던 우스갯소리가 생각난다. '국수'와 '국시'의 차이에서 시작한다. 국수는 '밀가루'로 만들고, 국시는 '밀가리'로 만든다. 밀가루는 '봉지'에 담은 것이고, 밀가리는 '봉다리'에 담은 것이다. 봉지는 '가게'에서 팔고, 봉다리는 '점빵'에서 판다…. 서울말을 선호하고 사투리를 천시하는 문화를 빗댄 이 유머의 국제적 변용이 바로 외래어를 선망하고 우리말을 폄훼하는 오늘의 우리 언어문화가 아닐까. 서양인들이 한국에 오면 한국식 외래어를 다시 배워야 할 것이다.

　언어란 공동체가 그 뜻을 정해서 서로 소통하기 위한 약속
이다. 세월이 흘러 의미가 바뀌는 것은 어찌할 수 없다 하더라
도, 그 약속이 수시로 바뀌고 변질된다면 의사 소통과정에서
혼란이 가중될 수밖에 없다. 자연스러운 단어의 변화와 달리
본래의 의미를 훼손해가며 왜곡을 조장해서는 곤란하다. 그것
도 다중을 상대하는 국가기관이나 공기업에서 말이다. 오늘도
지하철역에서 '행복하세요'라는 인사를 듣지만 행복한 기분을
느낄 수 없다. 나만 그럴까.

경제 영토

첫 해외여행으로 뉴질랜드와 호주를 갔었다. 1995년 연말께였다. 해외여행이 자율화됐다고는 했지만, 공직사회에서는 아직도 그림의 떡이었다. 그나마 업무성과 우수자로 뽑혀서 행운을 거머쥔 덕분이었다.

설렘으로 여행 출발 며칠 전부터 밤잠을 설쳤다. 비행기를 타고 수천 킬로미터가 넘는 먼 나라로 여행을 떠난다는 것이 믿어지지 않았다. 밤에 떠났기에 태평양 한복판에서 해돋이를 맞게 되었는데, 구름바다를 헤치고 솟아오르는 태양은 너무도 황홀했다. 마치 지구 밖을 여행하는 우주인의 기분이 된 것 같았다. 적도 아래로 내려가면 남쪽으로 갈수록 춥다는 것은 상식이지만, 내 감각으로 체험하기는 처음이어서 계절의 곤두박질을 따라잡기가 곤혹스러웠다.

첫발을 디딘 뉴질랜드는 한반도의 1.3배로 우리나라보다 약간 큰 26만 평방킬로미터이다. 이만한 땅에 인구는 채 500만이 안 된다고 하니, 이웃과 어깨 부딪치며 사는 우리와는 비교가 되지 않았다. 대신에 면양의 숫자가 사람보다 몇 배 많다고 한다. 오클랜드에서 양털깎이 쇼를 관람할 때였다. 여러 나라 관광객들을 위해 5개 국어로 동시통역을 했는데, 한국 관광객에게도 한국어로 통역을 해주는 것이었다. 아직도 가난하고, 힘없는 우리나라로 알았는데 괜히 마음 뿌듯했었다.

다음 여정으로 간 호주에서 있었던 일이다. 시드니 국세청에 공무상 방문을 마치고 관광에 나섰다. 제임스 쿡 선장이 호주 대륙에 첫발을 디뎠다는 보타니항이 내려다보이는 고속도로 휴게소에 들렀을 때였다. 언덕 위의 휴게소 전망대에 오르니 어른 키 높이의 널찍한 조형 탁자 위에 청동으로 부조(浮彫)된 세계지도가 펼쳐져 있다. 나와 일행은 본능적으로 우리나라를 찾아보았다. 거기 중국 대륙과 일본 열도 사이에 한반도가 있었다. 엄지손톱만 했다. 하지만 머나먼 이국에서 찾아낸 내 나라, 무척 반가웠다. 한반도는 삼면의 바다를 끼고 위로 봉긋이 솟아있는데, 다른 곳과 달리 빤질빤질하게 윤이 난다. 앞서 다녀간 우리나라 사람들이 짚어보면서 말했을 테다. "여기다!"라고…. 나 역시 그곳을 손가락으로 짚고 또 짚었었다.

그때 울컥하는 반가움과 함께 떠올랐던 아쉬움…. 우리 조상들은 왜 나라 밖으로 진작 눈을 돌리지 못했을까? 영국 사람 제임스 쿡은 200여 년 전 지구를 한 바퀴나 돌아 이곳에 상륙했다는데…. 그들은 보타니만에 상륙해서 원주민을 밀어내고 도시를 만들고 항구도 건설했다. 그랬던 영국은 해가 지지 않는 나라가 되었고, 지금도 사실상 온 세계를 지배하고 있다. 쿡 선장이 상륙했던 1770년 그때, 조선은 정조 임금이 즉위했을 때였다. 이즈음 조선은 청나라의 학문을 받아들여 북학론이 유행하면서 실학사상에 눈을 겨우 뜰 정도였다고 역사 시간에 배웠다. 하지만 오랜 당파싸움에 절어 바깥세상 모르는 우물 안 개구리 신세를 벗어나지 못했던 것이다. 결국은 멀지 않아 국권을 이웃 나라에 강탈당하는 수모를 후손들은 겪어야만 하였다.

19세기 말은 세계사적으로 대격동의 시기였다. 서구는 산업혁명으로 일궈낸 부와 과학기술을 바탕으로 나머지 세계를 정복하는 제국주의가 절정으로 치닫고 있었다. 이른바 서세동점(西勢東漸)의 시작이었다. 하지만 동아시아는 폐습과 쇄국의 무게에 짓눌려 수백 년 전이나 다름없는 상태로 미망을 헤매고 있었다. 결국 동양문화의 구심점이던 중국조차 서구 열강의 제물이 되어갔으니, 중국(청)을 세계의 중심으로 믿고 의지해온 조선은 지리멸렬 그 자체였다. 19세기 조선의 면면은 너무 한심해서 자세히 들여다보는 것조차 서글프다.

그런데 동아시아 나라 중에서 일본은 달랐다. 중국마저 열강의 먹이가 되는 걸 보고 그들은 절치부심, 국력을 길러 식민지 후보에서 오히려 식민지를 개척하는 열강의 대열에 합류하는 기적 같은 일을 이뤄낸다. 어쩌면 그리도 빠르게 변신할 수 있었을까. 그들은 국력을 신장시켜 황인종의 세계사적 발흥을 이끈 주역으로 발돋움한다. 칭기즈칸 이후 700년 만에 서구인들이 경악할 정도라면 지나친 표현일까?

우리나라는 지정학적으로 중국 대륙과 일본 열도 사이에 갇힌 반도이다. 기후적으로 남태평양의 태풍이나 시베리아의 찬 겨울바람도 양쪽에서 막아주는 형세다. 언제나 온화한 기후에 지진도 없이 평온하고 살기 좋은 나라다. 그래서 우리 조상들은 덜 진취적이었는지 모른다. 대륙이나 해양으로 뻗어 나갈 생각보다는 늘 소극적이고 수동적이었던 것 같다. 그뿐인가. 서로 힘을 합치는 일보다는 서로 헐뜯고 싸우기에 몰두하였다. 이방인들이 표류해 와도 그들에게서 새로운 것을 받아들이려는 노력에 인색하였다. 일본은 네덜란드 사람으로부터 조총을 구입하고, 그 제작기술을 자기들 것으로 만든 것과 비교된다. 그들은 그 총으로 조선을 칠 년 동안이나 쑥대밭으로 만들지 않았는가. 임진왜란 발발 한 해 전에 대마도주가 조선 조정에 선물로 조총 두 자루를 보내왔으나, 그 성능을 알려고도 하지 않고 창고 속에 처박아만 두었다니… 잠시 떠나온 내 나라를 생각하며 안타까운 마음 금할 길 없었다. 먼저 다녀간 여행객들도 똑같은 마음이었으리라.

첫 해외 나들이 이후 벌써 30여 년 세월이 흘렀다. 다행스럽게도 며칠 전 반가운 소식이 전해진다. 우리나라의 1인당 국민총소득(GNI)이 지난해 기준으로 3만 6,000달러를 넘기면서 일본을 앞섰다고 한다. 그뿐만 아니다. 인구 5,000만 명 이상 국가 중에서 6위를 차지했다고 한다. 지난달 공개된 스위스 국제경영개발대학원(IMD)의 '2024년 국가경쟁력' 평가 결과는 더욱 놀랍다. 한국이 '30·50클럽(국민소득 3만 달러·인구 5,000만 명 이상)'에 속한 7개국 중에서 미국에 이어 2위에 올랐다는 소식이다. 나도 모르게 어깨가 으쓱 올라간다.

지금 우리는 너도나도 해외 나들이를 한다. 명절이나 연휴가 되면 인천공항은 발 디딜 틈이 없을 정도로 붐빈다. 올해들어 해외에서 신용카드를 사용한 금액이 작년 동기보다 25% 이상 늘었다고 한다. 그들은 어찌 관광만 하겠느냐. 디디는 곳곳마다 새로운 문물을 배워오고 우리 것을 홍보하기도 할 것이다. 우리의 산업역군들은 수출 전선에서 비지땀을 흘리고 있다. 우리의 수출 규모도 세계 다섯 번째를 다툴 정도이다. IT기술과 K-팝이 든든한 뒷받침을 해주니 이제 우리의 기상은 마침내 날개를 달았다. 좁은 반도에 갇힌 지정학(地政學)의 핸디캡이 아니라 이제는 우리의 경제영토를 넓히는 지경학(地經學) 전략을 내세울 때가 아닐까.

박인목의 작품세계

홍정화(가천대 명예교수·문학평론가)

박인목의 작품세계

홍정화(가천대 명예교수·문학평론가)

1. 작가의 의도와 시사점

칼럼리스트이자 수필가인 박인목 박사가 네 번째 수필집을 발간하였다. 가까이서 지켜본 지인으로서 반갑고 경하스러운 마음을 가지면서, 쉼 없이 샘솟는 듯한 생활의 즐거움과 이야기들을 분출해내는 그의 깊은 보물샘에 대한 궁금증과 함께 경탄을 금할 길이 없다.

작가는 평생을 공직에 봉직하면서 그리고 자기발전을 목표로 뛰어든 학문 세계에 몸담으면서 나름대로 다양한 훈련을 쌓고 지식의 샘을 깊고 넓게 만든 것으로 보인다. 거기에 더하여 논리적이고 탐구적인 성향이 좋은 글을 양산할 수 있는 토대가 아닌가 짐작한다.

이번에 내놓는 네 번째 수필집을 통하여 끊임없이 진전을 거듭하는 그의 작품에 대한 열정과 의지가 넘치는 광경을 목도하게 된다. 인생 후반기에도 성장과 발전이 충분히 가능하다는 것을 입증하는 듯하다.

작가는 작품집에서 글을 6부로 나누어 배치하고 있다. 작품들을 인간의 7가지 감정인 희로애락애오욕(喜怒哀樂愛惡慾)으로 분류하여 지난날의 겪었던 감정들을 돌이켜보며 슬며시 미소를 짓고 있는 듯하다.

첫째, 제1부(택시 위로 점프한 골키퍼)에서는 희(喜)에 대한 감정으로서 기쁘고 좋아했던 일과 즐거워했던 일들의 편린들이 물안개 피어오르듯이 눈앞을 아른거리는 모습들을 보여준다.

둘째, 제2부(떠날 때는 말 없이)에서는 노(怒)에 대한 감정으로서 성질이 나고 화가 치밀어 오르는 일들을 겪은 감정들을 차분한 마음으로 소개하고 있다.

셋째, 제3부(학처럼 살다간 친구)에서는 애(哀)에 대한 감정으로서 슬프고 애절한 사연들을 담아 당시의 일들을 되새겨보고 있다.

넷째, 제4부(보리누름 축제)에서는 낙(樂)에 대한 감정으로서 좋아하고 즐거웠던 시절의 일들을 되돌아보고 있다.

다섯째, 제5부(싱가포르의 코엘 칼링)에서는 애(愛)에 대한 감정으로서 사랑하던 관계나 친밀하게 느껴졌던 일들을 소환하고 있다.

여섯째, 제6부(100살까지 산다면)에서는 욕(慾)에 대한 감정으로서 인간의 100세 인생과 같은 욕심과 욕구에 대한 추구를 토론의 대상으로 올려놓고 있다.

수필집 전체를 통하여 작가의 인생관과 역사의식이 나타난다. 그의 엄격한 자기관리, 긍정적 역사의식이 넘쳐흐르며 아울러 공직자로서의 국가관도 작품 도처에서 드러남을 숨길 수 없다.

2. 택시 위로 점프한 골키퍼

작가는 월드컵 축구를 보며 지난날의 축구에 대하여 가졌던 추억을 반추한다. 카타르 월드컵에서 선전한 선수들이 귀국하며 '중요한 것은 꺾이지 않는 마음'이라는 현수막을 들고 있었다. "그 어떤 역경에도 가장 중요한 것은 꺾이지 않는 마음이라는 긍정적인 정신, 얼마나 멋있고 든든한가."라는 작가 자신의 평가와 함께 공항 환영행사에서 뜨거운 환영을 받는 그들을 보며, 학교 시절 축구선수 기회를 마다했던 자신의 소심함에 슬그머니 화가 난다고 때 아닌 후회를 하는 모습이 칠순 신사의 투정으로 보여 퍽 인간적이다.

그는 직장 동료나 친구들과 경쟁적으로 소리치는 '한 잔 더'에 대한 과거의 추억을 되새기는 장면을 아름다운 삶의 발자취로 묘사하고 있다. 오랜만에 만난 친구와 밥만 먹고 헤어질 때나, 직장 동료들과 저녁 회식을 끝내고 헤어질 때 '한 잔 더'의 기회가 주어진다면 그날의 분위기는 확 달라질 것이라고 주장한다. 옳은 지적이다. 또한 '2차'라거나 '입가심'이라는 말도 있지만, 감히 '한 잔 더'라는 격조와 친근감을 따라오지는 못한다고 주장한다. 모든 남자가 동의하는 주장이 아닌가 싶다. 그러나 나이가 들어 인생 후반부에 이른 이제 기력이 쇠잔하여 '한 잔 더'할 형편도 안 될 지경에 이르면 그 흔한 커피집에서라도 향수를 달래야 할 것이라고 생각하며, 소중한 인연들이 켜켜이 쌓인 한잔의 추억들을 그리워하는 모습이 아름다운 정경으로 떠오른다.

「어떤 입학식」에서 고교 시절 친구들이 1박 2일 골프모임을 통하여 지난날의 모습을 찾고 우정을 다지는 시간을 소개하고 있다. 그들은 하룻밤 사이에 몰라보게 젊어진 감정을 느끼며 달라진 그들의 모습을 그대로 드러낸다. 작가는 그 장면을 "머릿속이 온통 젊은 시절의 이미지들로 꽉 차버리면 몸도 저절로 젊어지는 것이 증명된 순간이었다. 거짓말 같았다."고 즐거워한다. 작가는 골프모임으로 학교생활을 반복하는 분위기를 조성하여 젊음을 되찾는 모습이 아름답다고 주장한다.

작가는 「옥천사의 휴일」에서 소풍날에 친구와 함께 일탈 시간을 가졌던 사건을 떠올리며 당시 고3 스트레스에 짓눌렸던 그 시절을 회상하는 모습을 보여준다. 동료들과 담임선생님의 신뢰 덕분에 그 시절을 즐거웠던 시절로 떠올리는 광경이 아름답게 느껴진다.

작가는 자신의 집 누수로 아래층 가구에 피해를 주자 여러 업체를 불러 누수 현장을 잡아내고, 자신이 직접 그곳을 원상으로 복구하는 작업을 스스로 마무리하는 치밀한 모습을 보여준다. 그 덕분에 그는 아내로부터 칭찬 한마디 "당신 훌륭해!"라고 듣고 즐거워하는 시간을 가진다. 그는 크든 작든, 복잡하든 간단하든 간에 스스로 하는 것, DIM(=Do It Myself)을 실천하여 대단한 성취감을 느끼는 듯하다. 이는 자칫 매사에 방관자로 지내며 무기력하게 흐르는 인생 후반부의 활력을 찾는 모습을 보여주는 것이다.

작가는 세계 청소년축구 4강과 항저우 아시안게임을 보고 악바리 근성은 운동선수들에게는 필수적인 것이 아닐까 싶다고 생각한다. 그는 박종환 감독을 추모하고 안세영 선수의 강한 의지를 보며, 반대로 복싱이나 레슬링 같은 투기 종목에 두각을 나타내는 선수가 드물다는 점을 아쉬워한다. 그 이유가 뭔지 생각해 볼 필요가 있지 않을까. 헝그리 정신이 퇴색했기 때문이라는 주장이 우세하다. 헝그리 정신과 악바리 근성은 똑같다고는 할 수 없을지 모르지만 서로 통하는 것이리라.

3. 떠날 때는 말 없이

작가는 설날 덕담을 통하여 스스로 다짐하는 기회를 가진다. 그리하여 사마천(司馬遷) 사기(史記)의 맹상군 열전에 나오는 "교토삼굴(狡兎三窟)"을 소환하게 되었다. '꾀 많은 토끼는 굴을 세 개나 뚫는다는 의미이다. 작가는 굴 세 개는커녕 제대로 된 한 개도 파놓지 못한 자신을 돌아보며 찔끔했다고 겸손해한다. 특히 덕담은 말로 하는 것보다 실천으로 보여줄 때 효과가 있을 것이라며 새해에는 늦었지만 '수필가'라는 굴 한 개라도 제대로 만들어야겠다는 각오를 피력한다. 수필가로서의 굳은 다짐인 듯하다.

작가는 「떠날 때는 말 없이」에서 어렵게 뽑아 몇 달 동안 일하던 직원이 아무런 설명 없이 사무실을 그만두어 난감한 입장을 피력하고 있다. 떠날 때 왜 당당하게 가겠다는 말 한마디를 못 했을까 하는 점이 아쉽다는 점을 지적하며, 가겠다는 사람 억지로 잡지는 않을 것이라고 담담히 말한다. 요즘 젊은 세대의 가치관을 이해하는 듯한 광경이다.

「고추농장」에서 작가는 후배 모친상에 부의금을 전달하지 못한 실수를 떠올리며 늦었지만 정성껏 설명하여 체면을 만회하면서 자신의 자만심을 되돌아본다. 이 사건을 계기로 이웃 할머니가 가꾸는 고추 화분(고추농장)을 감싸며 봉변을 주던 할머니 모습을 생각한다. 작가는 그 할머니로부터 받은 수모와 부의금을 제대로 처리하지 못한 자신을 자책하며, 두 가지 사건에서 자신의 모습이 크게 다르지 않다는 생각에 실소를 자아내었다고 한다. 실수가 한꺼번에 온 것을 되돌아본다.

「우천시가 어디요」에서 작가는 책은 읽지 않고 유튜브 같은 영상자료에만 빠져있는 요즘 어린이들을 보면 걱정이 앞선다고 염려한다. 아이들에게 문해력을 상승시켜 주는 것은 부모가 할 일이다. 글과 책, 신문을 많이 읽고, 쓰는 과정에서 얻는 언어적 감각만이 제대로 된 해결책이 아닐까 하며 조심스럽게 자신의 주장을 밝힌다.

작가는 '좌우명'에 대하여 자신의 입장을 밝힌다. 그는 영화 국제시장에서 중요한 소품으로 등장하는 듯한 좌우명에 관심을 가진다. 그가 어려서부터 간직한 장자의 좌우명 두 꼭지는 그날 이후 지금까지도 자신의 좌우명으로 자리를 차지하고 있다는 것이다. 그는 사무실 책상 유리판 밑에 깔아놓고 틈틈이 뜻을 새겼으며, 덕분에 큰 탈 없이 공직을 마감했다고 자부한다. 국제시장의 주인공 덕수는 질풍노도의 시대를 살았지만, 그는 가족을 잘 지켜냈다. 그것은 아마도 "인내는 쓰다. 그러나 그 열매는 달다."는 좌우명 때문이었을 것이다.

「거짓말 랭킹」에서 작가는 거짓말 중에서 국가의 혼란을 가져오는 거짓말을 질타한다. 데이터를 다뤄 결론을 도출해 내는 사람의 의도에 따라 줄거리가 바뀔 수 있다는 것이다. 과거 정권에서 주택 통계의 작성·공표 과정에서 청와대와 국토부가 한국부동산원에 통계 자료를 사전 제공토록 하고, 대책 효과가 있는 것처럼 보이게 조작했다는 감사원 감사가 있었다. 사실이라면 잘못된 통계도 문제이지만, 이런 행위는 나라의 정책을 엉뚱한 방향으로 몰아가고 국가의 신뢰도를 떨어뜨리는 일이라고 작가는 단언한다.

4. 학처럼 살다간 친구

작가는 「봄날은 가는데」에서 아직도 출근하는 자신에 대하여 돌아보며, 이러한 일이 감사해야만 할 일일까 생각해본다. 이런 환경에 있는 그를 두고 친구들은 부러워하는 이도 있는 반면, 동정 어린 눈초리를 보내는 이도 있는 것 같다고 추측한다. 친구들의 시선은 아직도 일이 있다는 것에 대한 부러움과 함께, 이제 쉴 나이인데도 일에 묻혀 지내는 그를 두고 안타깝게 여길 수도 있다는 두 가지 시각이 존재함을 인식한다는 것이다.

작가는 학처럼 살다간 친구를 애도하며 그의 아내로부터 그간의 사정을 듣는다. 작가는 친구가 오늘의 이별을 미리 알았는지 평소와는 다른 모습을 보여주었다는 사실을 그의 아내를 통하여 알게 되었다. 미망인 심 여사는 "서너 달 전부터, 아침저녁으로 부엌일을 도맡아 하는 거였어요. 밥하는 건 물론이고 반찬도 만들고 냉장고 청소도 해주는 것이 이상할 정도였어요. 새벽에 일어나면 내가 좋아하는 찬송가도 틀어주었답니다….."고 전한다. 친구는 노부모 봉양에 힘든 아내한테 진 무거운 빚을 두고 그냥 떠날 수는 없어서 그랬을지도 모를 일이라고 작가는 짐작할 뿐이다. 작가는 고매한 인품을 지녔던 한 마리 단정학(丹頂鶴)이 하늘나라로 떠나고 만 것이라고 아쉬움과 함께 슬픔을 드러내고 있다.

작가는 「끝내 못다 한 말」에서 장례식도 없이 서둘러 떠난 중학교 동창의 다음과 같은 이야기를 소개하고 있다. 친구가 마지막 남긴 카페 글이라고 한다.

해 질 녘 강가에 서서 노을이 너무 고와 낙조인 줄 몰랐습니다. 이제 조금은 인생이 뭔지 알만하니 모든 것이 너무 빨리 지나가는 것 같아요. 그러니 사랑하세요. 많이많이 사랑하세요. 언젠가 우리는 보고 싶어도 못 보겠죠. 어느 날 모두가 후회한답니다.

친구는 갈 길을 이미 알고나 있었던 사람처럼 신신당부하는 모습이 역력하다. 먼 길 떠난 그는 빈소도 없었다고 한다. 작가는 영정사진이라도 붙잡고 작별의 인사를 나누고 싶지만 아쉽고 안타깝다며, 끝내 하지 못했던 한마디는 가슴속에 묻어야겠다고 한다.

작가는 바쁘게 살아가는 현시대의 군중들을 살펴보며, "여백이 필요한 시대"라고 주장하면서 "나물 먹고 물 마시고 팔을 베고 누웠으니 즐거움이 그 안에 있다"며 유유자적하던 옛 사람들이 지금의 우리 모습을 본다면 과연 뭐라고 할까를 생각하는 듯하다. 선현들은 분초를 다투고 허우적대며 풍요롭게 사는 현대인에 대하여 연민의 정을 느낄 게 분명하다는 것이다.

작가는 여백(餘白)이 필요한 시대에 우리는 살고 있다고 견해를 집약한다.

작가는 「파리에 대한 환상」에서 파리의 이면을 생각한다. 소매치기 많은 도시 환경을 기억하면서, 이 때문에 서유럽 여행도 많은 이들이 주저하게 된다는 점을 지적한다. 그러나 서울은 어떤가. 안전한 환경에서 다양성이 존재하고 시민들은 풍요를 누리면서 살아간다. 한국은 치안과 교통 등 인프라가 완벽하게 갖추어진 나라임을 느끼며, 이러한 나라에 살고 있는 것은 큰 복이라는 것이다. 작가는 그런데 그런 복을 모르는 이도 많은 것 같다고 안타까워한다.

5. 보리누름 축제

작가는 「내가 좋아하는 것들」에서 요즘은 집을 나서는 일이 줄어든 대신, 거실에서 보내는 시간이 늘었다고 말한다. 클래식 음악에 빠지고 있어서란다. 요한 스트라우스 2세의 〈아름답고 푸른 다뉴브〉를 들으며, 잔잔히 흐르다가 찰랑대는 물결처럼 느껴지는 음률이 주는 감동을 잊지 못한다고 한다. 그러자 유럽여행 때 헝가리 대통령궁에서 내려다보던 부다페스트 시가지 사이로 흐르는 다뉴브강이 눈에 선하다고 그 즐거움을 고백한다.

작가는 지나치게 특정 연예인이나 정치인을 맹목적으로 따르는 현상도 어쩌면 디토 소비의 일환으로 봐야 할지도 모르겠다고 지적한다. 그래서 자신의 정체성이나 개성을 망각하고 맹목적인 추종을 일삼는 행위는 결코 바람직 하지 않다고 주장한다. 작가는 도전정신을 키워야 할 젊은이들이 맹목적인 추종 행동에는 빠지지 말기를 요청한다.

작가는 과거의 기억을 즐거운 마음으로 떠 올린다. 특히 매년 열리는 고교 동기들의 골프모임에서 그 시절의 말투만을 사용하여 그 시절로 돌아가 보는 듯한 기회를 가진다는 것이다. 그 모임 후 작가가 "오늘, 고자미동국 표준말로 하루를 보내니 기분은 댓길이었다"고 즐거움을 표하는 모습에 공감을 한다.

또한 작가는 어린 시절 보리타작을 하던 기억을 떠올려본다. 보리타작 마당에서 만끽하던 멸치회 맛, 목구멍에 붙었던 까락을 씻어주었던 막걸리 맛은 까마득한 전설이 되어버려 아쉽고 그립다고 옛일을 떠올린다.

작가는 나이 먹을수록 겁먹지 말고 뭐든지 도전해 봐야겠다고 다짐한다. 젊은 사람들에게 물어보는 것도 방법이지만, 늘 그리할 수도 없는 노릇이며, 이것저것 해보면서 배우는 것이 치매를 예방하는 데도 도움이 될 것 같다는 행위의 정당성을 찾는다. 그는 어르신 카드 없이 지하철 이용방법을 여러 시행착오 거쳐 터득한 후, 무슨 큰일이라도 해결한 사람처럼 의기양양해졌고, 저녁 식탁에서 아내한테 자랑하였다고 공개한다. 작은 것에서도 성취감과 즐거움을 느끼는 모습이 인생 후년의 일상이 아닐까.

작가는 파리올림픽 양궁경기를 보면서 정곡은 과녁의 중심이고 가장 중요한 부분이기 때문에 핵심이라는 뜻도 된다고 설명한다. 그래서 어떤 일의 중요한 내용을 콕 집어내는 것을 '정곡을 찌른다'라고 말한다는 것이다. 정곡을 잘 찌르는 사람을 최고의 전문가라고 하지만 세상에는 매사에 정곡을 찌르지 못하고, 언제나 주변을 어슬렁거리는 이들도 많다고 주장하며, 자신도 또한 그런 사람 중 하나라고 한껏 자세를 낮춘다.

6. 싱가포르의 코엘 칼링

작가는 통영여중에서 만난 청마와 이영도의 사랑에 대하여 관심을 표한다. 통영에서 첫 직장생활을 한 그는 통영에 대한 사랑과 애착이 대단한 듯하다. 그는 박완서의 수필을 통하여 청마의 연인 정운 이영도가 후배 문인들에게 자상하고 따뜻하면서 엄격한 분으로 알려져 있다는 평을 보았다. 작가는 작품으로 말할 뿐, 그의 사생활이 반드시 작품 수준과 일치해야 하는 것은 아닐 것이며, 세계적인 작가라도 사생활이 작품 수준에 못 미치는 사례는 수없이 많다고 주장한다. 이영도의 독자로서 기대는 그녀가 청마와의 지고지순한 사랑을 눈곱만큼도 훼손하지 않았기를 간구했다는 것이다.

작가는 「차장과 자취생」에서 설 명절이 되면 불현듯 고향이 떠오른다는 것이며, 고향 가는 길을 생각하면 자취생 시절 버스를 탔던 기억이 난다는 것이다. 그 시절을 생각하면 미소를 머금은 그 차장(車長) 누나가 떠오른다는 것이다. 교복 주머니에서 차비를 꺼내려 했으나 빈손인 자신을 말없이 허락해준 것이다. 작가는 고마움을 생각하며 지금은 할머니가 되어 어디서 행복하게 살고 있을까 추억에 젖는다.

작가는 싱가포르에 주재원으로 가 있는 딸 가족을 방문하여 꿈같은 열흘을 보냈다. 서울로 떠나야 하는 날. 손녀 서윤이는 어젯밤부터 벌써 헤어지기가 싫은 눈치를 보이고, 딸도 섭섭한 기색을 보인다. 그는 출국 수속을 마치고, 탑승구 앞에서 뒤돌아보니 그때까지 두 모녀가 손을 흔들고 있다. 그 순간 코엘 칼링처럼 예쁜 서윤이의 목소리가 작가 내외의 가슴으로 날아와 꽂혔고, 그의 아내의 눈에는 이미 이슬이 맺혔으며, 자신도 코가 찡했다고 감정을 털어놓는다. 근엄한 사나이도 손녀와 딸에게는 그저 물렁물렁한 부모일 뿐인가?

싱가포르를 떠나며 작가는 "부자나라, 치안이 잘 되고 거리는 깨끗하며, 공공의 안녕과 질서를 위해 엄격한 법치가 이뤄지고 있는 나라라는 인식이 들었다."고 방문 소감을 피력한다.

작가는 「설마 그런 일이」에서 한평생 우리는 너무도 많은 실수를 하면서 산다고 지적한다. 중요한 일은 가볍게 넘기고, 가벼운 것은 쓸데없이 무겁게 여기면서 지낸다고 거듭 주의를 환기시킨다. 그러한 예로 타이어에 공기압이 부족한 것을 알고도 설마 하며, 친구를 태우고 그대로 운전하면서 골프장으로 향한 것을 들고 있다.

7. 100살까지 산다면

작가는 「100살까지 산다면」에서 언젠가는 죽는다는 사실을 받아들이면서 후회 없이 인생을 사는 것이 중요할 것 같다고 말한다. 작가는 "후회는 '한 일에 대한 후회'와 '하지 않은 일에 대한 후회'로 구분된다. 한 일에 대한 후회는 오래가지 않지만, 하지 않은 일에 대한 후회는 죽을 때 한다."는 노스웨스턴대학교 심리학과 닐 로즈 교수의 말을 기억한다. 작가는 친구에게 보내는 서신의 형식을 통하여 허심탄회하게 그의 노후에 대한 소신을 피력한다.

일본인 의사 호사카 다카시의 『나이 듦의 기술』에서 매일 정해진 시간에 체중을 잴 것을 제안하고 있다. 아침마다 샤워 후에 '체중기록표'를 적고 있는 작가에게는 눈이 번쩍 띄는 조언이었다고 한다. 이는 체중을 달아보는 노력만으로도 은연중 체중을 의식하고 있다는 것이고, 결과적으로 상당한 체중관리

효과를 거둔다는 이론에 수긍이 갔다고 감탄한다.

작가는 젊은이들의 소개팅 자리에서 묻는 첫 말이 '어디 사세요'라는 것을 듣고, 젊은이들의 삶의 어려움을 설명하고 있는 말이라고 안타까워한다. 어느 지역에 사느냐고 물어서, 상대방의 재력을 간접 탐색하려는 의지가 계산돼 있다는 것이다. '꿈이 뭡니까'라고 물어보는 소개팅 자리가 되어야 하지 않을까? 자신들의 세대가 살아온 시간을 이야기하면 요즘 청춘들에겐 약 올리는 이야기 같아 서글퍼진다는 것이다. 젊은이들이 희망을 가지고 살아갈 수 있도록 많은 기회가 창출되고 그들의 도전의식이 충만한 사회가 만들어져야 할 것이다.

작가는 세월을 '제일 나쁜 놈'으로 표현하여 흘러가는 세월에 대한 아쉬움을 말하고 있다. 그는 달력의 하루들이 모여 세월이 된 것이니, 세월을 차근차근 반추해 볼 기회를 대수롭잖게 허송한 것에 대한 탓을 한다. 세월이란 녀석은 제 갈 길을 가면서 혼자 가지 않고 많은 것들을 데리고 가버린다는 것이다. 사랑하는 사람들을 데리고 가는가 하면, 남아있는 또 다른 사람들의 모습을 바꾸어 놓아 버린다. 곱던 얼굴에 쭈글쭈글 주름을 파놓고, 팔팔하던 기운도 시들게 해 버린다고 세월을 탓한다.

작가는 지하철 게이트를 통과할 때마다 듣는 '행복하세요'라는 어르신카드 전용 멘트에서 부자연스러움을 느끼는 듯하다. 젊은 사람들 붐비는 출퇴근 시간에 하릴없이 지하철이나 타고 소일하는 노인처럼 보일까 봐 심기가 편치 않았었다는 것이다. 세계 10위권의 부강한 나라로 만드는 데 일조한 세대라고 추켜 준다면 고마운 일이라고 자존심을 은근히 내세운다. 지하철을 이용하면서 마음이 편치 못한 것은 또 있는데, 왜 '행복하세요'라고 기계음을 입력했을까 하는 점이다. 행복이란 호의(好意)를 전하는 것은 좋지만, 문법상 맞지 않은 것으로 보아 '행복하게 지내세요' 정도로 사용해야 한다고 제안한다.

작가는 해외여행을 하면서 '경제적 영토'가 넓어진다는 점을 절감하는 듯하다. 그는 해외여행을 통하여 한국을 들여다볼 기회를 가지며 좁은 영토만을 탓할 것은 아니라는 점을 지적한다. 디지털 산업을 비롯한 다양한 분야의 발전은 K-컬쳐의 든든한 뒷받침을 받아 눈부시다는 점을 강조한다. 그래서 좁은 반도에 갇힌 지정학(地政學)의 핸디캡이 아니라 이제는 우리의 경제영토를 넓히는 지경학(地經學) 전략을 내세울 때라는 주장을 편다. 타당한 지적이다.

보리누름 축제

박인목 지음

발행처   도서출판 **청어**
발행인   이영철
영업   이동호
홍보   천성래
기획   육재섭
편집   이설빈
디자인   이수빈 | 김영은
제작이사 공병한
인쇄   두리터

등록   1999년 5월 3일
         (제321-3210000251001999000063호)

1판 1쇄 발행 2024년 12월 15일

주소   서울특별시 서초구 남부순환로 364길 8-15 동일빌딩 2층
대표전화 02-586-0477
팩시밀리 0303-0942-0478
홈페이지 www.chungeobook.com
E-mail   ppi20@hanmail.net

ISBN   979-11-6855-308-8(03810)

이 책의 저작권은 저자와 도서출판 청어에 있습니다.
무단 전재 및 복제를 금합니다.